# L'ANIMA DELLA STREGA

## LE STREGHE DI KEATING HOLLOW, VOLUME 1

## DEANNA CHASE

Traduzione di

### ERNESTO PAVAN

Titolo originale: *Soul of the Witch*

**Copyright** © 2018 by Deanna Chase

Editing originale: Angie Ramey

Immagine di copertina: © Ravven

Traduzione dall'inglese di Ernesto Pavan

ISBN: 978-1-953422-18-7

Bayou Moon Press, LLC

www.deannachase.com

# TRAMA

Benvenuti a Keating Hollow, villaggio colmo di amore, magia e cupcake, dove nulla è più importante della famiglia.

A diciott'anni, dopo il tragico fallimento di una pozione, Abby Townsend lasciò Keating Hollow e la sua magia in cerca di redenzione. Dieci anni più tardi, dopo essere stata convocata dalla sua famiglia, è tornata. Non appena entra in paese, comincia subito a progettare la sua inevitabile ripartenza, ma non riesce a sfuggire al richiamo della salda comunità magica o allo sguardo profondo dell'uomo che non ha mai dimenticato. E quando una strega di otto anni non soltanto la riconduce alla sua magia, ma le ruba anche il cuore, Abby capisce che cosa significhi abbracciare l'anima di una strega.

# CAPITOLO 1

*D* *a questa parte per il terreno consacrato.* Il familiare cartello segnato dalle intemperie indicava che Abby si trovava ad appena una trentina di chilometri da Keating Hollow, la remota cittadina nel nord della California che era stata fondata dalle streghe quasi un secolo prima. Uscì dall'autostrada per imboccare la comunissima strada a due corsie e raddrizzò la schiena, mentre la stanchezza abbandonava all'improvviso il suo corpo provato dal viaggio. Guidava da tre giorni, temendo continuamente il momento in cui avrebbe oltrepassato il confine del piccolo villaggio stregato. Ma ora che si trovava lì, un formicolio di magia le penetrò nelle ossa e, per una frazione di secondo, la pace la colmò.

*Era a casa.*

La pace svanì, sostituita dall'ansia familiare che l'aveva spinta a fuggire dall'altra parte del Paese dieci anni prima. Serrò la presa sul volante mentre ripensava alla sua unica, breve visita natalizia di sei anni prima. Quel viaggio era durato solo tre giorni. Due giorni di troppo, secondo il suo parere. Era stato troppo duro. Troppi ricordi dolorosi. Troppo senso di colpa. Troppo tutto.

"Rilassati," mormorò mentre si concentrava sulle sequoie giganti, decisa a ignorare il passato. Non poteva cambiare ciò che era accaduto prima o qualunque cosa fosse accaduta da quel momento in poi. E non poteva continuare a fuggire per sempre. Non questa volta. Sua sorella l'aveva chiamata e le aveva detto che era il momento di tornare a casa: papà era malato. Gli occhi le bruciarono per le lacrime, che lei scacciò.

Piangere non era ammissibile. Non in quel momento. Soprattutto non di fronte a suo padre. Più tardi, quella sera, dopo aver trascorso un po' di tempo a tavola con lui, di fronte a una grossa tazza della famosa cioccolata calda di nonna Harper, allora avrebbe potuto chiudersi in bagno e crollare nella doccia.

La strada tortuosa si raddrizzò e il denso bosco di sequoie svanì dallo specchietto retrovisore. Abby entrò nel pittoresco centro della cittadina e, d'impulso, svoltò e parcheggiò di fronte allo A Spoon Full of Magic.[1] Dopo essersi stiracchiata le gambe doloranti, guardò nella vetrina gli shaker magici pesare gli ingredienti e trasferirli nelle ciotole di rame. Le sue labbra guizzarono in un piccolo sorriso. Nessuno faceva cheesecake al cioccolato più buone di quelle della signorina Maple.

Abby entrò nel negozio e inalò i dolci profumi deliziosi del caramello e del cioccolato. Il suo stomaco brontolò mentre le veniva l'acquolina in bocca.

"Abigail Townsend?" esclamò una voce acuta da dietro il bancone.

Abby sollevò lo sguardo e individuò una procace rossa avvolta in un grembiule a righe bianche e blu. I suoi capelli erano legati in cima alla testa e portava degli eleganti occhiali dalla montatura blu tartarugata.

"Ciao, Shannon," disse Abby, trattenendo una smorfia mentre posava lo sguardo sulla sua nemesi dei primi anni delle superiori. Aveva sempre segretamente sperato che la ragazza che per sei mesi le aveva reso la vita impossibile si sarebbe ritrovata con l'acne e i capelli crespi. Sfortunatamente, la donna che Abby aveva ora di fronte aveva una pelle perfetta e riccioli setosi che avrebbero potuto essere protagonisti della pubblicità di uno shampoo.

"Accidenti. Non ci vediamo da..." Il viso abbronzato di Shannon divenne cinereo mentre la conclusione della frase le si bloccava in gola.

"Dal funerale di Charlotte," disse Abby, la voce priva di emozioni.

"Sì. Giusto." Shannon distolse lo sguardo mentre si puliva le mani su uno straccio. Quando risollevò la testa, il sorriso che aveva sul volto sembrava decisamente posticcio. "È bello vedere che sei tornata in paese. Sei appena arrivata? Yvette aveva detto che saresti venuta."

"Sì, ho appena parcheggiato e ho deciso che non potevo lasciar passare un altro giorno senza le barrette al cioccolato e caramello della signorina Maple."

"Ottimo." Shannon estrasse una bacchetta turchese coperta di glitter e la puntò verso la vetrina. Un istante dopo, mezza dozzina di barrette fluttuò fuori dalla vetrina e si infilò in una scatoletta bianca.

"Ma sono troppe," protestò Abigail. "Ne volevo soltanto una."

"Offre la casa. Consideralo un regalo di benvenuto."

Una spoletta di nastro turchese alle spalle di Shannon prese a girare rapidamente su se stessa e poi si fermò, creando una

matassa di circa mezzo metro. Shannon si voltò, tagliò il
nastro con la forbice e lo avvolse velocemente attorno alla
scatoletta, legandolo agilmente in un fiocco perfetto. "Tieni,"
disse, spingendo la scatola verso Abby.

"Non dovevi," disse Abby, scuotendo la testa.

Shannon agitò la mano per deviare l'obiezione. "Portale a
Lin. Sono le sue preferite."

Abby fece per rifiutare, ma cambiò rapidamente idea e
annuì. Quelle barrette erano *davvero* le preferite di Lincoln
Townsend e, se Shannon voleva fare un piacere a suo padre,
Abby non avrebbe certamente rifiutato. "Grazie. Sei molto
gentile."

"Lin aiuta sempre tutti. È il minimo che io possa fare.
Desideri qualcosa per te?"

Abigail ordinò una cheesecake al cioccolato e una latta del
preparato speciale per cioccolata della signorina Maple. Dopo
aver pagato, prese la scatola della torta e si allungò verso il
sacchettino con i dolcetti e il preparato.

"Aspetta." Shannon infilò una mano sotto il bancone e tirò
fuori un paio di sacchettini di stecche di cannella. "Prendi
anche queste." Con un piccolo sorriso di solidarietà, aggiunse:
"Aiutano la guarigione."

Il singhiozzo che Abby aveva trattenuto negli ultimi tre
giorni le serrò di nuovo la gola. "Grazie," si costrinse a dire, la
voce gracchiante e troppo piena di emozioni.

"Andrà tutto bene," disse Shannon, mettendo la mano su
quella di Abby. "Me lo sento."

Abby fissò la genuina sincerità negli occhi dell'altra donna e
sentì un piccolo pezzo di cuore che guariva. Aveva quasi
dimenticato che, a Keating Hollow, la gentilezza dava vita a
una magia tutta sua. "Lo spero." Fece per uscire, ma mentre

apriva la porta, si guardò alle spalle e sorrise. "Grazie, Shannon. Avevo bisogno di sentirlo."

"Di nulla. Goditi il ritorno a casa."

Abby annuì e uscì in Main Street al suono del campanello della porta. Si fermò e trasse un respiro profondo, lasciando che l'aria dal vago profumo di sequoia la accarezzasse prima di risalire sulla macchina.

Aveva appena inserito la chiave quando qualcuno che stava sparando *Fireball* di Pitbull a tutto volume si infilò nel parcheggio accanto, suonando disperatamente il clacson.

*Bip, bip, biiip.*

Abby lanciò un'occhiata, pronta a dire all'automobilista di andare a quel paese, ma si immobilizzò per la sorpresa alla vista dell'auto da golf a sei posti, delle sue luci stroboscopiche lampeggianti e della pazza che si sbracciava per farsi notare da lei.

Abby aprì la portiera ed esclamò: "Wanda?"

"Abby!" La donna procace premette un interruttore sul cruscotto, spegnendo la musica. Quindi saltò fuori dalla macchina e corse da Abby, avvolgendola in un grande abbraccio. "Mia dea, non riesco a credere che tu sia arrivata. Aspettavo da tutto il giorno."

Il calore si diffuse nel corpo di Abby mentre abbracciava strettamente la sua amica delle superiori. "Cosa stavi facendo? Pattugliavi i confini della città in attesa del mio arrivo?"

"Ah! Adesso non esageriamo." Wanda si ritrasse e sorrise. "Stavo andando al negozio di liquori per rifornire il frigo del vino quando ti ho vista uscire dalla signorina Maple." Guardò attraverso il finestrino della Mazda CX-3 di Abby. "Cheesecake al cioccolato. Non sei mai riuscita a resistere a quella bontà, vero?"

Abby rise. "Non quando è quella della signorina Maple."

5

Sbirciando alle spalle di Wanda, inarcò incuriosita un sopracciglio. "Alla faccia del mezzo."

"Vero?" Wanda tornò all'auto da golf e si infilò al posto di guida. "Guarda qui." Girò la chiave e premette un pulsante sul cruscotto. I fari diventarono viola proprio mentre gli altoparlanti cominciavano a pompare Prince. Muovendo su e giù le sopracciglia, Wanda aggiunse: "Bello, eh?"

"Una figata," disse Abby, tentata di saltare a bordo con la sua amica. E lo avrebbe fatto, se non avesse dovuto andare a casa da suo padre.

Una luce maliziosa illuminò gli occhi nocciola di Wanda. "Io e qualche altra ragazza facciamo una gara questa sera, a mezzanotte. Ti unisci?"

"Una gara di auto da golf?" Abby rise.

"Certo. Un po' di acqua di sirena ed è la cosa più divertente che si possa fare con i vestiti addosso. Fidati me. Ti piacerà un sacco."

Ridacchiando, Abby scosse la testa. "Mi piacerebbe molto. Ma sono appena tornata e…"

"Capisco. Volevo solo allargare l'invito. La prossima volta, eh?"

"Puoi scommetterci," disse Abby. "E non mi dimenticherò dell'acqua di sirena."

Wanda ammiccò. "Chiamami dopo che ti sei sistemata e radunerò le ragazze per un'altra corsa. Nel frattempo, sono sempre disposta a portare questa bellezza a fare un giro lungo il lago. D'accordo?"

"Suona benissimo, Wanda!" esclamò Abby dopo che Wanda ebbe fatto retromarcia.

Wanda saltellò sul sedile al ritmo della musica, godendosi pienamente la vita mentre percorreva la strada.

Avvertendo uno strano senso di perdita, Abby risalì

nuovamente a bordo del suo SUV, si allacciò la cintura e imboccò con prudenza Main Street.

Abby passò di fronte al suo negozio di libri usati, poco più in là sulla destra, le vetrine già decorate con zucche e spighe di grano. Sorrise quando vide Woodlines e Cozy Cave[2], i due ristoranti rivali della cittadina. Si trovavano l'uno di fronte all'altro ed entrambi sfoggiavano cartelli che dicevano *Vincitore del concorso "Migliori polpette di granchio del paese"*.

Un minuscolo filo di pace si avvolse attorno al suo cuore. Era bello sapere che nulla cambiava mai a Keating Hollow.

Beh, quasi nulla.

La familiare insegna gialla e verde del birrificio di suo padre apparve alla vista: *Townsend's Keating Hollow Brewery*[3]. Ma invece del furgone GMC rosso del Cinquantotto di suo padre, parcheggiata di fronte c'era una Jeep Wrangler blu scuro.

"E quella di chi è?" borbottò Abby. Poi spalancò gli occhi quando un uomo alto e dai capelli scuri, con un sorriso sghembo che lei avrebbe riconosciuto ovunque, uscì dall'attività e si recò a un camion delle consegne in folle. L'uomo aveva in mano un portablocco e indossava una polo nera, la stessa che lei aveva visto mille volte addosso a suo padre. Il suo cuore palpitò e le farfalle le invasero lo stomaco.

Clay Garrison, il suo primo bacio, il suo primo amore, il suo primo tutto, era tornato a Keating Hollow e lavorava al birrificio di suo padre.

*Porca di quella miseria.* Abby guardò nello specchietto retrovisore, controllando i suoi arruffati capelli biondi, legati alla bell'e meglio in uno chignon, e il volto affaticato e segnato dal viaggio. Le tracce del trucco leggero di dodici ore prima erano svanite da tempo. Doveva andarsene prima che Clay la vedesse, considerato che aveva l'aspetto di una che aveva trascorso la notte sotto un ponte.

Abby premette sull'acceleratore e, un istante dopo, si fermò violentemente. La cintura fu l'unica cosa a impedirle di volare fuori dal parabrezza mentre il rumore del metallo contro il metallo le riecheggiava nelle orecchie.

# CAPITOLO 2

"*C*hia!" esclamò Abby, portandosi una mano al petto dove la cintura le si era conficcata nella carne. "Porca di quella… Oh, no!" Fissò la Mini Cooper bianca accartocciata di fronte a lei. Con il cuore in gola e la testa che martellava, si slacciò velocemente la cintura e volò fuori dall'auto, proprio mentre un'adolescente sconvolta usciva dalla Mini Cooper.

"Oh mia dea," disse Abby, le mani che tremavano per lo shock dell'incidente. "Va tutto bene? Mi dispiace tanto."

La minuscola bruna annuì, i riccioli scuri sollevati dalla brezza del tardo pomeriggio. "Penso di sì." L'adolescente si voltò e guardò il paraurti della sua auto. La sua espressione frastornata si trasformò in orrore sconvolto quando si schiaffò una mano sulla bocca aperta. In un sussurro soffocato, disse: "Mia zia mi ucciderà."

"Non temere," disse subito Abby, nel tentativo di rassicurare la ragazza. "La colpa è mia e sono assicurata. Basterà qualche riparazione e sarà tutto come nuovo."

Ma la ragazza scosse la testa. "No. Non capisci." I suoi occhi da bambola si riempirono di lacrime. "Non avevo il permesso di guidare la sua macchina."

"Porca miseria," disse sospirando Abigail.

"State tutte bene? Ho già chiamato l'ufficio dello sceriffo," disse una profonda voce maschile che fece formicolare la pelle di Abby. Lei si guardò alle spalle, pregando che l'asfalto si aprisse e lasciasse che la terra la inghiottisse. Santi numi, era bellissimo. L'adolescente alto e allampanato che lei aveva tanto amato non c'era più, sostituito da un uomo che aveva sviluppato un petto ampio e spalle definite.

L'adolescente scosse di nuovo la testa e Clay la raggiunse, appoggiandole le mani sulle spalle. "Dove ti fa male?"

L'adolescente indicò Abby. "Ha distrutto la Mini."

"Cosa?" Clay lanciò una breve occhiata a Abby, quindi si rivolse nuovamente verso la ragazza. "Ma tu stai bene?"

"Fisicamente sì. Ma–"

Clay interruppe l'adolescente e si voltò verso Abby, l'ansia che brillava nei suoi begli occhi marroni. "Abigail. Ciao."

Abby quasi sospirò come la ragazzina malata d'amore che era stato un tempo. Invece, salutò Clay con un gesto della mano. "Ciao, Clay. Ne è passato di tempo, eh?"

L'espressione di Clay si fece subito neutra. "Già. Proprio così." Abbassò la testa e passò lentamente in rassegna il corpo di Abby.

Lei abbassò gli occhi sui pantaloni da yoga lisi e sulla maglietta bianca che indossava, notando la macchia di senape sopra il seno sinistro. *Perfetto*, pensò. Quale ragazza non avrebbe sognato di rincontrare il suo amore perduto vestita in quel modo? Che scherzo crudele. Qualcuno avrebbe dovuto girare un film su di loro e intitolarlo *La Sciattona e la Bella Bestia*.

"E tu? Hai ossa rotte, bernoccoli o lividi?" chiese Clay.

"No, solo la mia auto." Abby fece una smorfia mentre si voltava verso l'adolescente, che stava componendo disperatamente un messaggio sul suo cellulare. "È meglio spostare le macchine mentre aspettiamo."

La ragazzina sollevò di scatto la testa. Guardò prima Abby, poi Clay, poi la coda che si stava formando alle loro spalle. "Giusto."

Abby tornò alla macchina, infilò la chiave nell'accensione e cercò di accendere il motore.

*Click, click, click, click, click.*

"Eddai," disse Abby, riprovando. Nulla.

Clay si avvicinò alla portiera e si sporse attraverso il finestrino aperto. "Problemi?"

"A quanto pare, la batteria è morta. Credi che la signorina Mini Cooper mi aiuterà a ricaricarla?"

Entrambe lanciarono un'occhiata verso l'altra auto, giusto in tempo per vedere la Mini Cooper schizzare lungo la strada e svanire dietro l'angolo.

Quando Clay riportò la sua attenzione su Abby, lei lo fissò incredula e chiese: "È successo davvero? Se n'è andata come se niente fosse? Non le ho nemmeno dato i dati per l'assicurazione."

"Magari sta solo facendo il giro," disse l'uomo, stringendosi nelle spalle.

Abby si guardò alle spalle, alla ricerca della piccola auto, ma vide soltanto l'ingorgo formato dagli automobilisti frustrati che giravano prudentemente attorno alla sua auto, imboccando contromano la corsia opposta. "Merda."

"Metti in folle," disse Clay. "Dobbiamo spingere."

Abby fece come lui aveva chiesto, quindi aprì la portiera e scese. Mentre Clay spingeva da dietro, lei spinse dal lato del guidatore, dirigendo il piccolo SUV in un parcheggio vuoto.

Gli automobilisti alle sue spalle suonarono i clacson in segno di apprezzamento mentre passavano loro accanto.

Clay, che sembrava ancora fresco come una rosa, la raggiunse sul marciapiedi. Entrambi fissarono il cofano devastato. Anche se la Mini Cooper non avesse preso il volo, sarebbe stato impossibile ricaricare la batteria. Il cofano non si sarebbe aperto senza l'aiuto di un buon meccanico.

Abby chiuse gli occhi per un istante, quindi si rivolse a Clay. "Allora, da quanto sei tornato in paese?"

"Da un paio d'anni. E tu?" chiese lui senza guardarla.

"Da circa venti minuti."

Clay distolse lo sguardo e le sue labbra si contrassero in un mezzo sorriso. "Alla faccia dell'accoglienza."

"Non dirlo a me." Abby trasse un sospiro esagerato. "Meglio che chiami Yvette. Probabilmente mi stanno aspettando tutti."

Tirò fuori il cellulare, ma lo sguardo intenso di Clay la trafisse, paralizzandola temporaneamente. Il paese cessò di esistere, i rumori del traffico svanirono e rimase soltanto Clay. Abby si sporse in avanti, come catturata dal magnetismo dell'uomo, e si leccò inconsciamente le labbra.

Lui si schiarì la voce. "Pensavo che dovessi chiamare Yvette."

"Giusto." Facendo un passo indietro, Abby selezionò il contatto di sua sorella e premette il pulsante di chiamata. Scattò subito la segreteria. Abby prese fiato per tranquillizzarsi. "Vette?" disse al telefono. "Ho fatto un incidente. Sto bene, ma arriverò un po' ritardo. Chiamami quando ascolti." Concluse la telefonata e si ficcò il telefono in tasca.

"Sei venuta in macchina dalla Louisiana?" chiese Clay, gesticolando verso la targa. "È un po' tanto per una visita alla famiglia, vero?"

"Ecco–"

"Signor Garrison," chiamò un uomo con l'uniforme marrone di un poliziotto mentre attraversava la strada. "Eccola qui. Dov'è l'incidente per cui ha chiamato?"

Clay mi indicò. "Abby ha tamponato una Mini Cooper, ma la ragazza che la guidava se n'è andata senza lasciare i suoi dati."

"Abigail Townsend," disse il poliziotto, scuotendo la testa con aria di disapprovazione. Abby lo riconobbe come un vecchio compagno di classe di Yvette, Pauly Putzner. Aveva tre anni più di lei, le aveva chiesto di uscire una volta subito prima che lei e Clay avessero cominciato ufficialmente a frequentarsi e, a occhio e croce, da allora aveva messo su circa venti chili. E come se ciò non bastasse, aveva anche un principio di calvizie.

"Sembra che non sia cambiato nulla da quando ti sei data alla fuga dieci anni fa. Vedo che sei ancora un'irresponsabile."

Abby avvampò di imbarazzo e di rabbia. Chiuse le mani a pugno e si concentrò sul *non* dire all'agente dove poteva ficcarsi il manganello.

"Non è Abby quella che è scappata, Pauly," disse Clay, scuotendo la testa senza curarsi di nascondere il fastidio nel suo tono di voce. "Magari dovresti prendere le nostre dichiarazioni prima di giudicare."

Pauly emise un verso di disapprovazione, ma tirò fuori un piccolo taccuino. Qualche minuto dopo, avendo apparentemente registrato tutti i dettagli che considerava importanti, chiese il numero di targa e il foglietto dell'assicurazione di Abby. Dopo che lei gli ebbe fornito entrambi, emise un altro sbuffo di derisione. "New Orleans? Ti pareva. Ho sentito dire che è pieno di pervertiti, laggiù."

"Ehi!" disse Abby, le mani sui fianchi. "Cosa vorrebbe dire?"

Clay le passò un braccio attorno alle spalle e la attirò a sé in modo che fosse premuta contro il suo corpo caldo e muscoloso. *Afrodite e Zeus*, pensò, *quest'uomo è divino*.

"Agente Putzner," disse Clay, gli occhi stretti. "Forse dovrebbe limitarsi a compilare il verbale ed evitare di fare commenti."

"Giusto." Putzner ridacchiò mentre spostava lo sguardo da Clay a Abby. "Dimenticavo che voi due stavate insieme, una volta." Spostò lo sguardo su Abby. "Peccato che non abbia funzionato. Probabilmente, Clay potrebbe aiutarti a risolvere alcuni di quei problemi."

Abby fantasticò di dare un bello schiaffone al poliziotto... anche se, dentro di sé, ammise che probabilmente l'uomo aveva ragione.

Clay era sempre stato la sua roccia, fino al momento in cui tutto era precipitato. Stare fra le sue braccia e sentire il suo profumo di sapone con una nota di terra fresca la faceva sentire come se non se ne fosse mai andata tutti quegli anni prima, come se loro due non avessero mai rotto e Clay non avesse mai sposato un'altra donna.

*Sposato*. Giusto. Abigail si spostò a sinistra e abbandonò l'abbraccio protettivo di Clay. Schiarendosi la voce, disse: "Abbiamo finito?"

"Per ora," disse Putzner, guardandola insospettito. "Tenga il naso e la magia a posto finché è in paese, signorina Townsend. Non vogliamo altri guai qui."

Abby strinse i denti, rimpiangendo di non avere il potere di maledire le parti intime dell'uomo. Che soddisfazione sarebbe stata se quello si fosse svegliato l'indomani con l'uccello ristretto? Le sue labbra si curvarono in un sorriso al pensiero. Ma lei si limitò ad annuire e tacque mentre l'uomo si allontanava.

"A cosa stavi pensando?" chiese Clay.

"A niente."

Clay ridacchiò. "Con quel sorriso malefico? Cazzate. Stavi pensando a qualcosa."

Lei lo guardò stupita, quindi rise. "Diciamo solo che, se avessi il potere della trasfigurazione, quell'uomo avrebbe bisogno di una lente di ingrandimento per trovare la sua attrezzatura la prossima volta che avesse bisogno di scaricarsi."

"Ecco la Abby che conosco e a cui voglio bene," disse Clay, continuando a ridacchiare. Ma quando il suo sguardo incrociò quello di Abby, tornò immediatamente serio e l'uomo voltò la testa.

La gioia della sua presenza svanì ed Abby si premette una mano sull'addome, sentendosi come se qualcuno le avesse sferrato un pugno nello stomaco. Non era nemmeno lontanamente brutto come era stato quando lei l'aveva lasciato, tutti quegli anni prima, ma era un'eco del dolore che non l'aveva mai abbandonata. Voltò le spalle a Clay, temendo che l'espressione l'avrebbe tradita.

All'improvviso, la voce di Pink colmò il silenzio mentre cantava di una festa da iniziare e Abby fu sollevata nel vedere l'auto di Wanda fermarsi proprio accanto al suo SUV devastato.

La musica si interruppe e Wanda disse: "Ehi, tesoro. Mindy Jo all'enoteca mi ha detto che una della Louisiana ha fatto un incidente. Sapevo che dovevi essere tu. Tutto bene?"

"Sì," disse Abby, grata per la distrazione. "Ma la macchina è defunta. Sto aspettando che Yvette mi richiami."

"L'hanno chiamata alla caserma dei pompieri. Avevano bisogno di aiuto per spegnere degli incendi vicino alla casa del vecchio Hamilton. Ti serve un passaggio?"

"Sì," disse Abby senza esitazione, scacciando l'ansia che cercava di intrufolarsi nei suoi pensieri. Sua sorella Yvette era una strega del fuoco. La sua capacità di controllare quell'elemento aveva evitato per anni che l'intera contea prendesse fuoco durante gli asciutti mesi dell'autunno. "Puoi portarmi da mio padre?"

"Certo. Salta su."

"Ottimo." Abby si allungò verso il sedile del passeggero del SUV e prese la borsetta e i dolci che aveva comprato da A Spoon Full of Magic. E quando si voltò per incamminarsi verso la macchina da golf di Wanda, si ritrovò di fronte Clay.

L'uomo sbirciò attraverso i finestrini posteriori. "Non viaggi leggera, eh?"

Abby ridacchiò. "No, questa volta no. Non so quanto mi fermerò e ho delle saponette da produrre. Avevo pensato di prendere l'aereo e farmi spedire le mie cose, ma alla fine mi sono detta che sarebbe stato più facile guidare." Gli rivolse un sorriso sarcastico. "A quanto pare, forse non dovrei guidare proprio."

"Forse dovresti semplicemente evitare di fissare il panorama," disse lui con un sorriso provocante.

*Mannaggia.* Abby chiuse gli occhi. Clay l'aveva sorpresa mentre lo fissava. Beh, porca miseria, non era colpa sua se lui aveva un aspetto ancora migliore rispetto a dieci anni prima. Avrebbero dovuto obbligarlo ad attaccarsi un'etichetta addosso o qualcosa di simile.

"Probabilmente, è meglio che tu vada. Sono sicuro che tuo padre è ansioso di vederti," disse Clay, la voce improvvisamente bassa e colma di empatia mentre la compassione brillava nei suoi occhi scuri.

*Lo sa*, pensò Abby, che fu costretta a distogliere lo sguardo.

"Ne sono certa," concordò mentre si incamminava verso l'auto da golf di Wanda. Lo sapevano tutti che suo padre era malato? Era molto probabile. Avrebbe dovuto abituarsi agli sguardi preoccupati degli abitanti del paese. Ma ora come ora, con Clay che sembrava guardarle dritto nell'anima, era troppo. "È stato davvero bello rivederti, Abs," disse l'uomo. Lei si guardò alle spalle, incapace di decifrare l'espressione ora chiusa di Clay. "Anche per me, Clay. Grazie per l'aiuto." "Figurati. Stai attenta, d'accordo?" "Ci proverò." Quindi gli rivolse un breve sorriso e corse da Wanda, allontanandosi dall'uomo che, dopo tutti quegli anni, riusciva ancora a farle battere il cuore un po' più velocemente.

# CAPITOLO 3

*C*lay rimase sul marciapiede a guardare Wanda e Abigail allontanarsi in quell'assurda auto da golf e svanire nella luce del sole del tardo pomeriggio. Aveva creduto che gli fossero tornate le allucinazioni quando aveva sollevato lo sguardo dal portablocco e si era ritrovato di fronte Abby che lo fissava. Quante volte, negli ultimi due anni, l'aveva immaginata che tornava in paese? Un numero incalcolabile. Era strano vivere a Keating Hollow senza di lei.

Era quello il motivo per cui Clay aveva lasciato il paese dieci anni prima e l'unico motivo per cui era stato riluttante a tornare. Ma le circostanze erano cambiate, rendendo palese che era giunto il momento per lui di tornare a casa. Non si era pentito di aver preso la decisione di lasciare Los Angeles e tornare alla comunità di streghe di cui aveva fatto parte sin dall'infanzia, ma ciò non significava che vivere lì senza di lei fosse stato facile. E a giudicare dal modo in cui il cuore gli era quasi saltato fuori dal petto quando l'auto di Abby era andata a sbattere contro la Mini Cooper, era chiaro che nulla era cambiato dei suoi sentimenti nei confronti di lei. Non ora e probabilmente mai.

"Porca miseria," borbottò, passandosi una mano fra i capelli. Non poteva permettersi di imboccare nuovamente quella strada. Aveva problemi più grossi da affrontare. Lasciarsi distrarre da una persona che avrebbe preso e se ne sarebbe andata ancora una volta non era qualcosa che lui fosse disposto a rischiare.

Scese dal marciapiede, con l'intento di tornare nel birrificio, ma quando calpestò qualcosa di duro e dalla forma irregolare, si fermò e abbassò lo sguardo. La luce che si rifletteva su un pezzo di metallo argenteo quasi lo accecò. Strizzando gli occhi, Clay si chinò a esaminare l'oggetto.

Un mazzo di chiavi.

Le raccolse, guardò lo stemma sul portachiavi e lanciò un'occhiata al SUV di Abigail. Entrambi avevano lo stemma della Mazda. Passando il pollice sul tasto di sblocco delle portiere, Clay lo premette e udì un doppio click, segno che le chiavi erano proprio quelle. Dopo aver bloccato nuovamente le portiere, si infilò le chiavi in tasca e tirò fuori il telefono. Ma prima che potesse selezionare il numero, ricevette una chiamata e il suo telefono cominciò a riprodurre *Forget You* di Ceelo Green.

Clay strinse i denti e rispose. "Cosa c'è, Val?"

"Buongiorno anche a te, tesoro," disse dolcemente la donna. Un chiacchiericcio rumoroso faceva da sfondo alla sua voce, assieme a un sottofondo della musica pop da quattro soldi che le piaceva tanto.

"Smettila di prendermi in giro. Cosa vuoi?" Le dita di Clay si strinsero attorno al telefono così forte che lui si stupì che la plastica non si crepasse. "Si tratta di Olive? Sta bene?"

"Piantala. Sembri un vecchio," scattò Val, la gentilezza

rimpiazzata dal veleno. "Olive sta benissimo. Volevo solo dirti che sto facendo delle riprese a Palm Springs. Olive resta con me per un'altra settimana."

"Avevamo concordato due settimane, Val. Non tre," disse Clay, badando a non alzare la voce. Aveva imparato che arrabbiarsi con Val serviva solo a farla impuntare. "Olive deve tornare a casa. Ha la scuola. Non puoi scombinarle i programmi così."

"Perché no? Tu l'hai fatto quando l'hai trascinata in quel paese dimenticato da Dio in mezzo al nulla."

"Tu ti eri trasferita a Parigi," disse a denti stretti Clay. "Senza di noi."

"Sono stata via solo sei mesi. Gesù, Clay. Non sono mica scappata con un altro."

*Già.* Clay scelse di evitare l'argomento. Aveva sentito le voci. Aveva vissuto le notti solitarie durante le quali Val era andata a fare da "modella" per servizi che non sembravano mai fruttare alcunché. "Non importa," disse in tono tranquillo. "Porta Olive a casa, oppure dimmi dove siete e vengo io a prenderla."

"No. *Lei* ha un lavoro. Un lavoro che vuole fare. Non glielo toglierai. Non come hai provato a fare come me. La porterò a casa quando avrà finito."

"*Lei* ha un lavoro? 'Lei' sarebbe *Olive?*" sbraitò Clay al telefono.

Val non rispose e Clay si rese conto che il chiacchiericcio di fondo era svanito. Staccò il telefono dall'orecchio e guardò accigliato lo schermo. *Figlia di buona strega.* La sua ex gli aveva messo giù. La richiamò, ma scattò subito la segreteria. "Al diavolo!"

"Qualcosa non va a Garrisonville?" chiese una voce di donna alle sue spalle.

Clay voltò la testa e vide Yvette, la sorella di Abigail, in piedi sul marciapiedi con una grossa bottiglia d'acqua in mano. I jeans della donna erano macchiati di fuliggine, ma la sua maglietta da vigile del fuoco volontario di Keating Hollow era pulita, così come il berretto che le copriva i capelli castani.

"Quando mai qualcosa va?"

La donna gli rivolse un sorriso di solidarietà. "Val sta facendo la turbostronza?"

"Quando mai non lo fa?" Clay si sciolse le spalle, cercando di allentare la tensione. "Mi ha appena chiamato per informarmi che terrà Olive per un'altra settimana per farle finire non so quali riprese. Non so se si tratti di uno spot pubblicitario o di chissà cos'altro. A quanto pare, Val non crede di dovermi consultare prima di prendere decisioni che riguardano nostra figlia."

"Ahia." Yvette si accigliò, portandosi le mani alla vita snella. "Pensavo che avessi deciso di tenerla fuori da quell'ambiente."

"Io sì. Val non è d'accordo."

"Detesto dirtelo, Clay, ma credo che dovresti seriamente prendere in considerazione l'idea di contattare l'avvocato. Val continuerà a giocarti tiri come questo fino a quando non avrete stabilito l'affidamento."

"Probabilmente hai ragione," disse Clay, più per abitudine che altro. Tutti, in paese, gli avevano detto più volte la stessa cosa. L'unico problema era che Val aveva contatti che lui non aveva. Gli amici della sua ex avevano accesso ad avvocati specializzati che erano dei veri e propri squali. Legali costosi pronti a combattere una battaglia che Clay non poteva permettersi. Aveva sperato che lui e Val avrebbero potuto trovare un punto d'incontro. Mantenere le cose semplici, fare ciò che era giusto per Olive. Due anni prima, quella soluzione aveva funzionato bene. D'altra parte, a Val non era mai interessato fare la madre. Ma ora? Clay temeva che Val vedesse soltanto il denaro quando guardava la loro splendida bambina.

Quando lei lo aveva chiamato sei mesi prima, dicendo di voler trascorrere del tempo con Olive, Clay si era sentito sollevato, anche se un po' insospettito, e aveva accettato di condividere l'affidamento della bambina. Olive sarebbe andata a trovare la madre in occasione delle vacanze scolastiche, tutte le volte che Val lo avrebbe voluto. Sua figlia aveva bisogno della madre e Clay era disposto a fare tutto il possibile per assicurarsi che Olive trascorresse del tempo con lei.

La prima visita era stata piuttosto normale. Val aveva portato Olive a un'audizione, ma Clay aveva dato per scontato che l'audizione fosse di Val, dato che la sua ex sapeva che lui non era entusiasta al pensiero che Olive si avvicinasse all'industria dello spettacolo, soprattutto perché aveva solo otto anni. Ora, non era più tanto sicuro. Val se l'era coltivata, in quegli ultimi mesi? Di sicuro, le riprese che aveva combinato per Olive non erano una coincidenza. Trovare lavoro a Hollywood non era facile. Una voragine si aprì nelle profondità del suo stomaco e lui ebbe paura che i suoi peggiori sospetti fossero appena stati confermati. Doveva parlare con Olive, scoprire se era lei a volerlo o se Val glielo avesse imposto.

Yvette gli diede un colpetto sul braccio. "Chiama Lorna. Lei sa come gestire queste cose."

Lora era l'avvocato del paese. E sebbene Clay rispettasse quella dolce vecchietta, sapeva anche che i grossi avvocati di LA che Val minacciava di assumere se la sarebbero mangiata viva. "Ci penserò."

"Facci sapere se possiamo fare qualcosa." Yvette lanciò un'occhiata alla macchina devastata. "Cos'è successo?"

Clay inarcò un sopracciglio. "Non hai ascoltato la segreteria, vero?"

"No. Stavo spegnendo un incendio." La donna si tastò la tasca posteriore e tirò fuori un cellulare. Mentre controllava i messaggi, chiese a Clay: "Hai voglia di farmi un riassunto?"

"Tua sorella ha tamponato qualcuno mentre mi adocchiava." Clay non riuscì a trattenere il sorrisetto che gli sollevò le labbra.

"Abigail? È arrivata in paese?" Yvette spalancò gli occhi. "Stanno tutti bene?"

"Sì, ma quel SUV avrà bisogno di una bella riparazione. Dopo l'incidente, non ha voluto saperne di accendersi. Wanda ha dato un passaggio a Abigail su un'auto da golf super accessoriata."

Yvette ridacchiò. "Tipico. Beh, è un modo come un altro per tornare alla fattoria di famiglia." Tacque per un momento mentre ascoltava i messaggi. Quindi premette un pulsante e si portò di nuovo il telefono all'orecchio. "Abby? Sono davanti alla tua povera macchina."

Clay mostrò le chiavi. "Le sono cadute queste."

"Clay ha trovato le tue chiavi per strada." Yvette annuì a Clay in segno di ringraziamento. "Va bene. D'accordo. Ci vediamo presto."

Yvette tese la mano e prese le chiavi. "A quanto pare, quella svampita di mia sorella ha dimenticato di prendere la valigia prima di andarsene con Wanda." Guardò Clay. "Mi sa che era ancora distratta."

"Faccio questo effetto a certe persone."

"No, solo a Abby." Yvette aprì il bagagliaio, ci guardò dentro e sospirò. "Ora devo trovare un modo per spostare tutta questa robaccia nella mia Mustang prima di far rimorchiare la macchina fino all'officina."

Clay osservò il contenuto del bagagliaio. Tre valigie, dei cuscini, una borsa da portatile e una varietà di scatole erano impilati fino quasi a toccare il tettuccio. "È un miracolo che non abbia fatto un incidente prima. Come faceva a vederci con tutta questa roba?"

"Telecamera posteriore?" chiese Yvette. Poi scosse la testa. "Non importa. Nella mia macchina non ci sta nemmeno la metà di queste cose."

"Non preoccuparti," disse Clay. "Devo andare da Lin a portargli dei campioni. Posso caricare questa roba nella mia Jeep e portarla con me."

"Non devi farlo per forza," disse Yvette, guardandolo insospettita.

"Lo so. Non mi dispiace. Non è un problema," disse lui. E invece sì che era un problema. Aveva appena mentito, dicendo di dover portare dei campioni di birra a Lin, perché l'unica cosa a cui riusciva a pensare in quel momento era rivedere Abigail. Riprese le chiavi da Yvette. "Dille che le porto tutto fra qualche ora, dopo che avrò finito di lavorare."

Yvette sbuffò. "Certo. Ricordati solo che non rimarrà qui."

Clay lanciò un'occhiata al contenuto della macchina. "Non sembrerebbe."

# CAPITOLO 4

"*H*ai bisogno di una birra," annunciò Wanda mentre svoltava a destra in fondo a Main Street, lasciandosi alle spalle Clay e il resto del paese.

"Puoi dirlo forte." Abby si sfregò una mano sulla parte posteriore del corpo, pregando di non svegliarsi l'indomani con un brutto caso di cervicale. Non aveva guidato velocemente, vero? *Abbastanza.* Non aveva nemmeno frenato prima di investire l'auto dell'adolescente. "Ehi, per caso conosci qualcuno che guida una Mini Cooper bianca?"

Wanda contrasse le labbra mentre si concentrava. "Qui in paese?"

"Sì. La ragazza contro cui ho sbattuto stava guidando l'auto della zia senza permesso. Mi piacerebbe scoprire a chi appartiene la macchina, per scusarmi e assicurarmi che il proprietario abbia i dati della mia assicurazione."

"Mmm. Così, su due piedi, non mi viene in mente nessuno, ma se dovessi ricordarmelo, te lo farò sapere." Wanda sterzò a sinistra, imboccando la strada riservata alle auto da golf che il municipio aveva realizzato appositamente per la numerosa popolazione di guidatori di quel genere di vetture. Sulla sinistra c'era un grosso boschetto erboso e sulla destra scorreva il ruscello dei desideri di Keating Hollow, che scintillava nel sole del tardo pomeriggio. Non era raro vedere delle streghe che usavano quell'acqua per potenziare i loro incantesimi. Quel giorno non era diverso. Una donna dalla pelle scura era in piedi al centro del ruscello, con le braccia sollevate, il viso rivolto verso il sole mentre le sue labbra si muovevano in una cantilena.

Ancora una volta, quel senso di pace avvolse Abby, il cuore e l'anima felici di essere *a casa*. Esalò un sospiro, nonostante il disagio e il senso di colpa fin troppo familiare avessero già cominciato a filtrare dentro di lei.

"Qualcuno ha bisogno di libagioni," annunciò Wanda mentre parcheggiava sul lato della strada. Rivolse a Abby un sorriso complice, saltò giù dal sedile del guidatore e si incamminò verso il retro dell'auto da golf.

"Cosa stai–?" fece per dire Abby.

"Qual è il tuo veleno preferito?" Wanda le fece cenno di raggiungerla mentre sollevava il sedile posteriore dell'auto da golf. "Chocolate Stout? Pumpkin Spice Ale? Oppure, se proprio vogliamo darci alla pazza gioia, ho una Caramel Fest Porter."

Abby fissò il frigorifero e riconobbe l'etichetta della Keating Hollow Brewery. Poi rise, scuotendo la testa. "Da quando papà produce birre aromatizzate?"

"Da quando Clay Garrison è il mastro birraio."

Abby fece un passo indietro e sbatté le palpebre. "Clay è il mastro birraio?"

"Certo." Wanda inclinò la testa di lato e la osservò con aria preoccupata. "Non lo sapevi?"

"No. Quando è successo?" Se Clay aveva già cominciato a

imbottigliare nuove birre, doveva essere stato promosso mastro birraio da almeno un mese. Perché nessuno glielo aveva detto? Certo, Abby non aveva esattamente mantenuto i contatti con la sua famiglia, ma non era che li ignorasse. E negli ultimi mesi, aveva parlato o chattato con Yvette almeno mezza dozzina di volte.

Wanda si accigliò. "Ecco, non saprei esattamente. Ma l'ultima volta che sono stata al birrificio, Lin ha detto che Clay è il suo braccio destro da quando West è partito per frequentare la scuola di cucina, l'anno scorso."

"West ha mollato per andare a scuola di cucina?" Abby fissò sbalordita la sua amica. L'uomo alto, con un fisico da difensore, portava la barba lunga e aveva trascorso gli anni delle superiori lavorando nell'officina del padre, coperto di grasso da capo a piedi. Immaginarlo preparare salse delicate e *amuse-bouche* era divertentissimo. Ma, di nuovo, perché nessuno glielo aveva detto? Per quanto ricordava lei, suo padre aveva detto che West si era trasferito a Napa per andare a convivere con la sua ragazza di lunga data.

"Hai proprio bisogno di un aggiornamento sui pettegolezzi del paese, eh?"

"Sembra proprio di sì," disse Abby, chiedendosi cos'altro si fosse persa negli ultimi dieci anni. "Com'è che West si è messo a cucinare?"

Wanda sbuffò. "È andato a Las Vegas. Credo che sia finito a letto con l'assistente dello Chef Magico. Hai presente quel programma che danno su Spellbound? Da quel momento in poi, è ossessionato dalla cucina. Fa dei tortini di pasta fillo ripieni di granchio *favolosi*."

Lo stomaco di Abby brontolò proprio mentre *House of the Rising Sun* cominciava a suonare dal suo cellulare. Un'ondata di ansia la travolse. Non era dell'umore di parlare col suo ragazzo

DEANNA CHASE

a intermittenza subito dopo aver incontrato Clay. Al momento, la loro relazione era in fase calante, ma da quando lei gli aveva detto che sarebbe tornata a Keating Hollow, lui si comportava come se le cose andassero perfettamente bene fra di loro.

"Non rispondi?" chiese Wanda, lanciandole un'occhiata.

Abby annuì e abbassò lo sguardo sul bel viso di Logan che lampeggiava sullo schermo, lo sguardo cupo negli occhi azzurri dell'uomo mentre si concentrava su uno dei suoi umorali quadri a tema New Orleans. Era la sua foto preferita di lui, ma invece di portarle gioia era motivo di frustrazione. Quando si erano conosciuti, due anni prima, Logan era un'artista che viveva la vita alle proprie condizioni – un vero e proprio spirito libero. Ma sei mesi prima, aveva appeso i pennelli al chiodo e aveva cominciato a lavorare per l'agenzia di sviluppo immobiliare del padre. Ora parlava solo di permessi, riunioni del consiglio comunale e profitto.

"Abby? Dove sei?" La voce di Logan aveva un suono affannoso e c'era un fruscio di sottofondo nella chiamata.

"A Keating Hollow. Sono arrivata in paese mezz'ora fa. Stavo per chiamarti-"

"Bene. Benissimo. Sono felice che tu sia arrivata sana e salva. Come sta tuo padre?" Una porta sbatté, seguita dall'abbaiare di un cane familiare sullo sfondo.

"Non lo so. Non l'ho ancora visto." Abby si accigliò. "Dove sei?"

"Sono appena uscito da casa tua. Dovevo prendere del materiale che avevo lasciato qui dopo aver chiuso bottega."

"Hai ricominciato a dipingere?" chiese Abby, genuinamente felice per Logan. Lui aveva un grande talento. Abby era distrutta al pensiero che avesse praticamente dato forfait dopo che la sua galleria d'arte era fallita otto mesi prima.

"Io?" Logan rise amareggiato. "No. Non ho tempo. La figlia di uno dei soci vorrebbe imparare, per cui mi hanno costretto a darle una lezione. Quel tipo è uno stronzo di prima categoria, Abs. Crede che dipingere sia un passatempo divertente. E ora devo trascorrere la mia unica giornata libera a insegnare a una principiante a dipingere qualcosa che non sia una linea retta."

La gioia abbandonò Abby e la delusione per Logan le appesantì il cuore. Ma c'era comunque un lato positivo. "Se non altro, impugnerai di nuovo il pennello. Potrebbe andare peggio."

Logan sbuffò. "Lo sai che non sono bravo a dare lezioni, soprattutto ai neofiti. È un peccato che tu non sia qui. Saresti perfetta, considerato che anche tu stai ancora imparando. Tutti quei corsi che hai fatto si renderebbero finalmente utili."

Ogni pensiero delle velleità artistiche di Logan la abbandonò e una sfera di indignazione si formò nel ventre di Abby quando lei trattenne una risposta piccata. *Stai ancora imparando.* Che diavolo significava? Abby dipingeva da quando aveva lasciato Keating Hollow, dieci anni prima. E sì, aveva frequentato diversi corsi e ne frequentava ancora, quando aveva tempo. Le piaceva sperimentare tecniche e approcci diversi. Per quanta lo riguardava, non avrebbe mai smesso di imparare. Di per sé, il commento di Logan non la infastidiva; il problema era il sottinteso. Nella mente di Logan, lui era un pittore premiato e realizzato, mentre Abby era poco più di una semplice appassionata. Come se lei non si guadagnasse da vivere dipingendo e vendendo saponette fatte a mano. Ma il suo lavoro non era appeso in una galleria d'arte, per cui, chiaramente, non era abbastanza agli occhi di Logan.

"Abs?" le chiese l'uomo quando lei non rispose.

"Ci sono." Abby fissò il ruscello tranquillo, chiedendosi che effetto avrebbero avuto le proprietà magiche dell'acqua sulle sue lozioni curative.

"Comunque, ti ho chiamato per chiederti se credi che tornerai a New Orleans prima del ventuno."

"Di questo mese?" chiese Abby. "Sono solo due settimane e mezzo."

"Lo so. Ma c'è una cena con degli investitori e uno di loro ha richiesto la tua presenza. Credo che potrebbe fare la differenza per ottenere i fondi per questo progetto."

*Ti pareva. Ecco perché mi ha chiamato.* Di quei tempi, tutto ruotava attorno a lui. Abby strinse i denti e trattenne uno sbuffo infastidito. "Mi dispiace, Logan, ma ne dubito. Ti ho già detto che, a seconda di come andranno le cose, potrei dover trascorrere le feste qui."

"Certo. Certo. Ma se io ti prendessi un biglietto, credi che potresti tornare a casa per qualche giorno?"

Abby strinse le dita attorno al telefono. "Possiamo parlarne più tardi? Non ho ancora visto la mia famiglia."

"Certo. È solo che..."

"Solo che cosa?" Abby aveva esaurito la pazienza. Logan si aspettava davvero che, dopo aver guidato attraverso più di metà del Paese, lei prendesse un aereo e tornasse indietro solo per leccare i piedi a un investitore che poteva mandare in porto un affare di suo padre? Aveva cose molto più importanti a cui pensare, al momento.

"Quell'incontro è importante. Ho *bisogno* che tu ci sia. Avevi detto che mi avresti sostenuto se avessi accettato il lavoro."

Abby lo aveva detto, sì, ma prima che Logan decidesse che avevano bisogno di una "pausa". Abby allontanò il telefono dall'orecchio, lo fissò incredula e scosse la testa esasperata.

"Abby," disse Logan. "Ci sei?"

"Ci sono," disse lei, chiedendosi quando lui si fosse

trasformato in un infame egoista. "Ma non posso decidere prima di aver visto mio padre."

"Beh, tu pensaci, d'accordo? La cena è a quel ristorante che volevi provare: August, nel distretto commerciale. Scommetto che ne varrebbe la pena anche solo per l'anatra."

Abby non rispose. Cosa avrebbe potuto dire? Che non gliene importava nulla del ristorante e che non ci sarebbe andata nemmeno per tutta la terra verde della dea? Non aveva l'energia per affrontare Logan che la faceva sentire in colpa, di certo non di fronte a Wanda. Sin da quando la galleria d'arte di Logan aveva chiuso, lui era cambiato sotto alcuni piccoli aspetti. Invece di essere l'artista spensierato che l'aveva affascinata con l'arte, ora lui trascorreva la maggior parte del tempo al telefono, di fronte a un computer o a incontri d'affari che finivano troppo spesso in uno strip club. Non erano quelle le premesse con cui era iniziato il loro rapporto. Tuttavia, in nome di un senso di fedeltà e di amicizia, Abby aveva sostenuto la decisione di Logan ed era stata il suo più uno più spesso che no. Ma ora doveva concentrarsi sulla sua famiglia.

"Ti chiamo domani, d'accordo?" disse Logan.

"Certo. Domani." La voce di Abby suonò piatta alle sue stesse orecchie e lei fece una smorfia, non volendo creare un abisso fra di loro quando erano a tremila chilometri e passa di distanza.

"Ehi, Abs?" disse Logan, la voce improvvisamente bassa e piena di premura.

"Sì?"

"Non preoccuparti a meno che non ci sia qualcosa di cui preoccuparsi, d'accordo? Non serve a niente andare a cercare i guai."

Era quello che diceva sempre il padre di Abby quando lei era piccola. "Hai ragione. Grazie."

"Sono felice che tu sia a casa. È dove devi essere," aggiunse Logan.

"Davvero?" Non era quella l'impressione che lui le aveva dato quando le aveva chiesto di tornare a New Orleans.

"Certo. Per quanto mi piacerebbe che tu fossi qui, so che devi farlo per te e per la tua famiglia. Non volevo dare l'impressione di non averlo capito. Lo capisco. Se riesci a tornare per qualche giorno, bene. Se no, sopravvivrò... in qualche modo." C'era dell'umorismo nella voce di Logan, ora, e Abby si ritrovò a curvare le labbra nell'ombra di un sorriso.

"Vedrò come vanno le cose. Nel frattempo, sono certa che Lily può scongiurare il pericolo che tu debba partecipare non accompagnato a qualche spaventosa cena di lavoro."

Logan sbuffò. "Credo che preferirei portare quella pazza di mia zia Polly. Lei, almeno, non direbbe agli altri di smetterla di fare a gara a chi ce l'ha più lungo."

Abby rise. Quella volta in cui avevano incontrato la sua coinquilina durante uno di quegli insopportabili incontri, Logan le aveva chiesto di unirsi a loro. Nel giro di cinque minuti, due degli investitori ci avevano provato con lei e poi, in un colpo di idiozia, avevano cominciato a discutere di quale dei due avesse il portfolio di investimenti più grande, come se ciò potesse fare colpo su di lei. Lily si era alzata in piedi, aveva annunciato che le dimensioni dei loro portfolio non le interessavano, li aveva accusati di fare spudoratamente gara a chi ce l'aveva più lungo e se n'era andata prima ancora che arrivasse quello che aveva ordinato. "Spero che apprezzino il profumo dell'olio di patchouli."

Ridacchiando, Logan disse: "Com'è possibile che zia Polly e mio padre abbiano gli stessi genitori?"

"È una di quelle domande universali che non avranno mai risposta."

"Hai ragione."

Cadde per un attimo il silenzio, fino a quando Abby non si schiarì la voce. "È meglio che io vada. Ti chiamo domani."

"Abs?"

"Sì."

"Ti ricordi quando ho detto che avevamo bisogno di una pausa?"

"Lascia perdere, Logan. Ne parliamo un'altra volta," disse lei, seriamente stanca e per nulla desiderosa di parlare dello stato della loro relazione.

"Volevo solo dire che mi sbagliavo. Probabilmente ero stressato, ma ora che tu non sei qui... dannazione. Non ci sei da tre giorni e io sono già un disastro." Logan ridacchiò a bassa voce. "Che stupido, eh? Comunque, dimentica quella storia della pausa. Mi manchi...Ti-ti amo, Abby. Credo che, quando tornerai, dovremmo andare a vivere insieme."

Abigail rimase di stucco, fissando il vuoto mentre lo shock riecheggiava dentro di lei. Aveva sentito bene? Logan le aveva appena detto che la amava, per la prima volta dopo due anni di relazione, al telefono? E le aveva chiesto di andare a vivere con lui? Cercò di rispondere, ma le parole le si bloccarono in gola e tutto ciò che uscì fu un fastidioso squittio. Si schiarì la voce. "Ehm... ecco..."

"Abby, non hai sentito? Ho appena detto che ti amo."

"Ho sentito," mormorò lei. "È solo che non me lo aspettavo. Credo di essere sconvolta. Sai, il viaggio, mio padre e tutto il resto. Non so cosa dire."

"Potresti dire che mi ami anche tu," disse Logan. Suonava infastidito.

"Giusto. Ti... Anch'io, Logan. Parleremo un'altra volta della convivenza, d'accordo? Devo andare. Mi aspettano." *Anch'io.* Era vero? Lei lo amava? A un certo punto, aveva creduto che così fosse, ma cosa significava il fatto che lei non riuscisse a dirlo ad alta voce?

Ci fu una lunga pausa carica di significato. Quindi, Logan sospirò e disse: "D'accordo, Abby. Ti chiamo domani."

"Va bene. Buona notte, Logan."

La telefonata si chiuse senza che Logan dicesse un'altra parola. Abby chiuse gli occhi, mentalmente esausta. Dopo aver tratto un respiro profondo, si voltò e vide che Wanda la stava guardando.

"Il tuo ragazzo?" chiese Wanda.

"Diciamo così. Siamo in pausa. Si chiama Logan."

Wanda inarcò un sopracciglio. "Non volevo origliare, ma… sembrerebbe che qualcuno abbia scoperto com'è stare da soli e non ne sia felice."

Abby si strinse nelle spalle. "È molto impegnato e, a quanto pare, fatica ad abituarsi al fatto che io sia fuori città."

"Bah. È grande e grosso; troverà una soluzione."

"Senza dubbio." Abby infilò una mano nel frigo dell'auto da golf e prese una chocolate stout.

Senza dire una parola, Wanda le diede la prima bottiglia, quindi tirò fuori una bottiglia della Caramel Fest Porter. La sollevò in un gesto di saluto. "Sia resa grazia alle potenze per questo sentiero speciale, dove la birra scorre come il fiume."

Abby ridacchiò e scese dall'auto. Quando Wanda la raggiunse, chiese: "A che velocità arriva questo arnese?"

Con una luce malefica negli occhi, Wanda premette fino in fondo l'acceleratore e disse: "C'è solo un modo per scoprirlo."

# CAPITOLO 5

"*P*apà?" chiamò Abby, il morale risollevato dopo che Wanda aveva concluso il tragitto fino alla casa, tracciando una ridicola serie di cerchi nel viale circolare. Attraversò il capanno di tronchi di sequoia e trasse un sospiro di felicità mentre osservava le finestre a parete che davano sui trecento acri collinosi della Alchemy River Valley. I Townsend erano stati la prima famiglia a stabilirsi, oltre un secolo prima, nella vallata circondata da una gloriosa foresta di sequoie. E per quanto lontano lei potesse scappare, era impossibile sfuggire alle radici profonde che avvertiva sempre quando era a casa.

In quel momento, pensava che sarebbe stata felice di restare per sempre. Ma sapeva che, nel giro di qualche giorno, il suo istinto di fuga avrebbe preso il sopravvento e lei avrebbe cominciato a pianificare la partenza. Forse avrebbe *davvero* dovuto prendere in considerazione l'idea di tornare a New Orleans per qualche giorno. Non sarebbe rimasta lontano a lungo.

Nascose quel pensiero in fondo alla mente e attraversò il salotto, notando che nulla era cambiato dalla sua ultima visita. Non il divano componibile di cuoio liso, la vecchia sedia a dondolo che scricchiolava ogni volta che si muoveva, né l'impressionante quantità di candele di cera d'api che coprivano praticamente tutte le superfici libere. Persino il pentacolo in ferro battuto che suo padre aveva appeso sul caminetto in occasione dell'ottavo compleanno di Abby – il giorno dopo che sua madre li aveva lasciati – era ancora al suo posto.

Un dolore affilato la tagliò, come se una crosta fosse appena stata strappata via, rivelando una ferita vecchia e putrida. Maledizione. Avrebbe mai superato l'abbandono egoistico da parte di sua madre? Considerato che erano trascorsi vent'anni da quando aveva guardato la vecchia Volvo della mamma svanire lungo la strada per l'ultima volta, Abby dubitava fortemente che avrebbe trovato la pace nel futuro prossimo.

Abigail oltrepassò la soglia della veranda e si sentì subito meglio. All'aperto, il cortile di suo padre era glorioso come sempre. Tre varietà diverse di cespugli da frutto riempivano una metà della spianata, mentre l'altra era occupata da un meleto. Al centro di tutto c'era l'orto privato di suo padre. Conoscendolo, aveva piantato ogni sorta di verdura invernale esistente, con l'aggiunta di alcune varietà estive che solo lui riusciva a coltivare in quel clima così freddo.

Le prudevano le dita dalla voglia di toccare il suolo, di aiutare a strappare le erbacce, di entrare in contatto con la terra morbida. La magia dentro di lei si gonfiò fino a un livello travolgente ed Abby si costrinse a fare un passo indietro. Quello era il dominio di suo padre. Non il suo. Lanciò un'occhiata a est del giardino e vide il piccolo studio che suo padre aveva costruito per lei. Distolse subito lo sguardo.

C'erano troppi ricordi chiusi fra quelle pareti. Ricordi che lei non era pronta ad affrontare.

"Abby!" chiamò una voce allegra da dietro le sue spalle. "Sei arrivata!"

Abby si voltò e il suo cuore si gonfiò mentre sorrideva a sua sorella Faith. La sottilissima bionda era la più giovane delle quattro sorelle Townsend. E, pur avendo appena compiuto venticinque anni, non ne dimostrava più di diciotto, con i suoi jeans sbiaditi, la maglietta con il drago a maniche lunghe e gli stivali Ugg di pelo.

Faith si lanciò verso sua sorella, i lunghi capelli biondi ondulati che svolazzavano alle sue spalle. Abbracciò Abby con forza tale che lei trovò difficile respirare. "Ehi," disse. "Attenta alle costole."

"Scusa," disse ridacchiando Faith. "Era da tanto che non tornavi a casa."

Abby si staccò e si lisciò la maglietta. "Ci siamo viste qualche mese fa, quando sei venuta a New Orleans."

Faith fece schioccare la lingua. "È stato nove mesi fa e tu eri così occupata che ti ho vista appena."

"Non è vero. E quella sera in cui siamo andate a cena e poi al jazz club in Frenchmen Street? E poi, sei stata con me all'Art Market e mi hai aiutata a imballare il sapone che avevo appena finito."

"D'accordo, ci siamo viste, ma non abbiamo certo avuto modo di recuperare il tempo perduto. Ricordi una conversazione che non fosse incentrata sul lavoro o su come salvare la galleria d'arte di Logan?"

Abby ebbe un sussulto al ricordo della disperazione con cui aveva cercato di tenere insieme la situazione. "Mi dispiace, Faith. Hai ragione. Sono stata proprio egoista, vero?"

"No, non è questo che volevo dire," disse sua sorella,

scuotendo la testa. "Avevi dei problemi da affrontare. Li abbiamo tutti. Volevo solo dire che non siamo davvero riuscite ad avere il tempo di qualità in cui avevo sperato. Per favore, dimmi che ti fermerai per più di qualche giorno."

Una sfera di disagio si formò nelle profondità dello stomaco di Abigail quando lei annuì, confermando la sua intenzione di restare in paese. Dea, perché era così difficile? Lei amava la sua famiglia. Amava il paese. Semplicemente, non riusciva a sfuggire al rimorso schiacciante e ai motivi per cui se n'era andata. "Resterò. Devo solo trovare un posto da affittare in modo da evadere gli ordini."

Faith le rivolse un'occhiata impaziente. "Sai benissimo che puoi fare il sapone nel tuo studio, Abs. Papà non fa entrare nessuno. Dice che è il tuo dominio."

"No, io non credo," disse cocciutamente Abby. "Sai che non posso lavorare lì. Troverò un altro posto. Ci sarà pure qualcuno che ha una stanza libera. Mi serve solo dell'acqua corrente e l'elettricità. Per il resto, mi posso organizzare."

"Come vuoi." Faith scosse la testa, l'espressione più triste che infastidita. "Basta che non scappi finché abbiamo bisogno di te."

"Parli come Yvette."

"Ottimo," disse Yvette da dietro di loro. "Magari qualcun altro riuscirà a farla ragionare. La dea sa che i miei metodi non funzionano."

Abby e Faith si voltarono e videro la maggiore delle sorelle Townsend appoggiata allo stipite della porta fra il salotto e la veranda. Portava i capelli legati in un'ordinata coda di cavallo, il trucco impeccabile, e a parte i jeans sporchi di fuliggine, nessuno avrebbe mai immaginato che avesse trascorso le ultime ore affrontando un incendio boschivo.

"Ciao anche a te, Yvette," disse Abby, facendo per stringere sua sorella in un rapido abbraccio. Ma Yvette la prese fra le braccia e non la lasciò andare, tenendola ferma per un lungo momento. Quando, finalmente, la lasciò andare ed Abby si staccò, Yvette aveva gli occhi umidi mentre scacciava le lacrime.

All'improvviso, il mondo le crollò attorno e le non riuscì a trattenere a sua volta le lacrime, che presero a scorrere incontrollate lungo le sue guance.

Yvette afferrò le mani di Abby e di Faith e strinse. "Sono tanto felice che tu sia qui, Abs."

"Anch'io," disse Faith, afferrando la mano libera di Abby. Le tre rimasero a formare un piccolo cerchio, senza che nessuno parlasse mentre affrontavano la corrente di emozioni che minacciava di travolgerle.

Alla fine, Abby si liberò e con voce tremante chiese: "Dov'è papà?"

"È nel frutteto con Isaac. Stanno controllando che non ci siano funghi sugli alberi," disse Yvette. "Dovrebbero rientrare presto."

"Come sta Isaac?" chiese Abby, riferendosi all'uomo che da dodici anni era il marito di sua sorella. Si erano sposati quando Yvette aveva solo ventun anni e, stando a quanto diceva lei, Isaac era il marito perfetto. Aiutava papà nella fattoria, puliva la casa, portava a spasso il cane, teneva la contabilità della libreria di Yvette e gestiva il suo casinò magico online senza lamentarsi. Erano la classica coppia americana. Mancavano solo i due virgola tre bambini.

"Bene," disse Yvette, ma Abby non mancò di notare come avesse distolto lo sguardo e la tensione nel suo tono di voce. "Come al solito." Poi, Yvette sollevò lo sguardo e guardò Abby. "E tu? Come sta Logan?"

Abby sospirò. "Bene, credo."

"Bene, credi?" disse Yvette con una risatina triste. "Molto rassicurante."

"Si comporta in maniera strana da quando la galleria ha chiuso. Siamo in pausa." Abby giocherellò con l'orlo della maglietta. "Non voglio parlarne."

"Andiamo in cucina," disse Faith, tirando le mani delle sue sorelle. "Possiamo preparare della cioccolata calda e parlare di Clay."

"Giusto," disse Yvette con un sorrisetto. "Ma se dobbiamo parlare di Clay, può darsi che Abby abbia bisogno di qualcosa di più forte."

"L'unica cosa di cui dobbiamo parlare è del perché nessuno mi ha detto che lui è diventato mastro birraio al birrificio," disse Abby mentre saliva su uno degli sgabelli.

Entrambe le sue sorelle si voltarono a fissarla.

"Cosa c'è?"

"Papà non te l'aveva detto?" chiese Yvette.

Abby appoggiò entrambe le mani sul piano di legno liscio. "No. Me lo ha detto Wanda. È stata così gentile da darmi un passaggio dopo che ho tamponato una povera ragazza che guidava una Mini Cooper."

"Hai fatto un incidente? Oggi?" esclamò Faith. "Ti senti bene?"

"Sto benissimo." Abby liquidò la domanda con un gesto della mano. "La mia auto, invece, no. Avrò bisogno di farla rimorchiare fino all'officina al più presto. È parcheggiata sulla Main Street, con il paraurti devastato."

"Scommetto che se ne occuperà Clay dopo aver scaricato la tua roba," disse Yvette.

Abby si voltò a fissare sua sorella maggiore. "*Clay* scaricherà la mia roba?"

"Certo." Yvette si sedette su uno degli sgabelli del piano della cucina. "Ha detto che deve passare questa sera per portare qualcosa papà, per cui si è offerto di portare le tue cose, già che c'era. Lo avrei fatto io, dopo averti parlato, ma tutta quella roba non ci sarebbe mai stata nella mia piccola auto."

Abby gemette. L'ultima cosa che voleva era che il suo ex-ragazzo maneggiasse le sue cose. E se...? Oddea. Abby chiuse gli occhi e scosse la testa mentre ripensava alla borsa di tela che aveva riempito di reggiseni e mutandine di pizzo. La borsa non aveva nemmeno una cerniera. Senza dubbio, Clay avrebbe posato ancora una volta lo sguardo sulla sua biancheria.

Yvette ridacchiò. "Allora... Mi pare di capire che la riunione sia stata interessante. Dicci tutto."

"Sì. Cosa ha detto lui?" Faith si sporse, appoggiando gli avambracci sul piano.

"Ehm... niente." Abby avvampò mentre ripensava alle scintille che erano scoccate fra loro due.

"Coooome no." Yvette si annodò la lunga chioma castano-dorata e scese dallo sgabello. Attraversò l'ampia cucina, aprì un frigorifero doppio di acciaio inossidabile, tirò fuori una bottiglia di crema irlandese e la mostrò. "Sembra che ci sia bisogno di oliare gli ingranaggi, Faith."

"Ci sto." Faith prese la bottiglia e cominciò a frugare negli armadietti. Yvette la aiutò e, poco dopo, di fronte ad Abigail c'era una tazza di cioccolata calda corretta con crema irlandese e coperta di panna montata.

Faith sollevò la sua tazza e disse: "In alto i calici."

Yvette la imitò e Abigail sollevò la tazza, facendola tintinnare contro quelle delle sue sorelle. Dopo aver bevuto un lungo sorso, spalancò gli occhi. "Madre Terra. È fatta con il cioccolato fuso? È deliziosa."

Faith annuì. "Ce n'è ancora."

"Ci scommetto," disse Abigail, mentre la stanza cominciava a girare leggermente. Posò la tazza sul piano, chiedendosi se una bottiglia di birra e un quarto di tazza di cacao corretto potessero davvero farle venire le vertigini. Si alzò in piedi e dovette aggrapparsi al piano per mantenere l'equilibrio. "Cosa ci avete messo dentro?"

Faith si accigliò. "Niente di speciale." Bevve un sorrisetto della sua cioccolata. "Non è forte."

"Da quanto non mangi?" Yvette osservò sua sorella, quindi si portò di scatto una mano alla bocca ed emise un gridolino. "Non sarai mica incinta?"

"Cosa? No," disse Abby, infastidita.

"Sei sicura? Sembri molto pallida. Stai per svenire?" Yvette passò un braccio attorno alla vita di Abby. "Appoggiati a me."

"Sto bene. Davvero. Ho solo bisogno di mangiare qualcosa." Abby si allontanò da sua sorella e prese un biscotto dal vaso vicino. Morse la pastafrolla burrosa e gemette. "Oh, bontà divina, chi li ha fatti?"

"Noel," disse Faith. "Tiene sempre papà rifornito."

Abigail ingoiò il biscotto. "Dov'è Noel? Viene anche lei?"

Yvette e Faith si scambiarono un'occhiata, dopodiché fecero entrambe spallucce. "Non lo so," disse Faith. "Non... si è sbilanciata."

*Naturalmente*, pensò Abby. Il suo rapporto con Noel aveva cominciato a degenerare il giorno in cui aveva lasciato il paese, dieci anni prima. Il tempo non aveva fatto che peggiorare le cose. Abby ci aveva provato – la dea sapeva che ci aveva provato. Per i primi due anni, aveva scritto messaggi, telefonato, mandato e-mail, spedito biglietti d'auguri e aveva persino comprato un biglietto aereo per essere presente alla nascita della sua unica nipote, ma Noel non aveva mai risposto. Aveva escluso Abigail dalla sua vita e le aveva detto senza mezzi termini di non farsi più sentire.

Alla fine, Abby aveva capito l'antifona. Non chiamava più Noel e non le mandava più messaggi, ma vedeva su Facetime e mandava regolarmente biglietti e regali di compleanno a Daisy, la figlia di sei anni di Noel. "Me lo aspettavo," disse Abby, tornando a sedersi sullo sgabello.

Nessuno disse nulla per qualche istante, ma poi Faith balzò in piedi e si recò al frigorifero. "Ci vuole qualcosa di più di un biscotto."

"C'è della crostata?" chiese Abby.

"Ovviamente," sbuffò Faith.

"Non saremmo a casa Townsend se non ci fosse della crostata," aggiunse Yvette.

"Mirtilli o mela?" chiese Faith.

"Tutte e due," risposero contemporaneamente Yvette ed Abby, per poi mettersi a ridere.

"Vada per tutte e due." Faith tirò fuori le tortiere e la panna montata fatta in casa, mentre Yvette preparava una caraffa di caffè fresco.

Le tre sorelle avevano appena finito di mangiare quando udirono la porta d'ingresso aprirsi. Abby posò la forchetta e si alzò dallo sgabello, aspettandosi di vedere finalmente suo padre. Ma invece, un rumore di passi agili rieccheggiò nella casa e un attimo dopo, una bambina dai capelli scuri corse in cucina gridando: "Zia Abby!"

Abby sorrise e si accovacciò, tendendo le braccia. La ragazzina si buttò fra le sue braccia e lei la abbracciò forte, il cuore talmente colmo di amore che pensava sarebbe scoppiato. "È bello vederti, piccolina," bisbigliò Abby.

Daisy si divincolò dall'abbraccio della zia. "Non sono più

piccola, zietta. La mamma dice che sono cresciuta di cinque centimetri; sono grande, adesso."

"Cinque centimetri? Wow. È tantissimo." Abby si chinò e le schioccò un bacio sulla guancia. "Mi sa che la tua mamma ha ragione." Abby sollevò lo sguardo e vide Noel sulla soglia della cucina, le braccia incrociate sul petto. Si era tinta i capelli di un rosso acceso e li aveva tagliati in un caschetto asimmetrico. Snella e bellissima, pensò Abby mentre sorrideva a sua sorella, ma Noel si limitò a fissarla, dopodiché si voltò e tornò in salotto.

*Ahi.*

A quanto pareva, certe ferite non guarivano mai. Se non altro, Noel non aveva cercato di impedire che Daisy conoscesse o volesse bene a sua zia. Non che Abby si fosse aspettata diversamente. Noel non era fatta così. Era testarda, ma non crudele.

"Ci vuole tempo," disse Faith.

"Ne dubito." Yvette si ficcò quello che restava della sua porzione di crostata in bocca, accompagnandola con un sorso di caffè. Tendendo la mano a Daisy, disse: "Vieni, tesoro. Il nonno ha una sorpresa per te."

Daisy mise la manina in quella di Yvette e le due uscirono.

Degli altri passi attirarono l'attenzione di Abigail e lei sollevò lo sguardo, trovando una donna radiosa con i capelli e la pelle scuri e il sorriso caldo.

"Abby!" Hanna sorrise radiosa e circondò Abigail con le braccia, stringendola in un abbraccio. La strinse forte disse: "È davvero bello vederti."

"Anche per me," si costrinse a dire Abigail nonostante il groppo alla gola. Hanna era la sorella della sua migliore amica, nonché un clone quasi perfetto di Charlotte. Era leggermente più alta di quanto lo era stata Charlotte e aveva gli occhi leggermente più distanziati, ma quando Charlotte era ancora viva, la maggior parte delle persone le scambiava per gemelle.

Abigail fece un passo indietro e diede una bella occhiata a Hanna. L'altra donna indossava un lungo maglione all'uncinetto sopra una camicetta fluente, jeans aderenti ed eleganti stivali al ginocchio blu acciaio. Sembrava uscita dalle pagine di una rivista. "Stai benissimo."

"Io?" Hanna liquidò il complimento con un gesto della mano. "Tutto merito di Noel. Abbiamo appena finito un servizio fotografico. Se mi avessi vista in un altro momento, avrei avuto i capelli raccolti, jeans strappati e una felpa."

"Quella è la Hanna che ricordo." Abby rivolse all'altra donna un sorriso amareggiato, quindi osservò la cioccolata corretta mentre i ricordi di Charlotte cominciavano a guizzarle nella mente.

"Ehi." Hanna si allungò ad afferrare la mano di Abby.

Abby abbassò lo sguardo sul punto in cui si toccavano, il cuore che doleva per Charlotte e per non essere riuscita a salvare la vita della ragazza che era stata la sua migliore amica di sempre.

Hanna strinse la mano di Abby e disse: "I miei genitori avrebbero molto piacere a vederti, finché sei a casa."

Abby sollevò di scatto la testa, il panico che le artigliava il petto. Si irrigidì e si costrinse a respirare. Un momento dopo, si strinse nelle spalle con fare evasivo. "Non so quanto mi fermerò, ma ci proverò."

"Sentono la tua mancanza, sai."

Le lacrime ripresero a bruciare negli occhi di Abigail, che si voltò, sbattendo rapidamente le palpebre per ricomporsi. "Anch'io sento la loro, Hanna. Ci proverò. Te lo prometto."

Hanna esalò un sospiro silenzioso ed Abby ebbe un sussulto. Aveva già promesso in passato che sarebbe andata a trovare i Pelsh, ma non lo aveva mai fatto. E in cuor suo, sapeva che non lo avrebbe fatto nemmeno questa volta.

La vergogna la travolse e si voltò per scusarsi, ma Hanna era svanita; in qualche modo, era riuscita a uscire silenziosamente dalla cucina per recarsi in qualche altra stanza di quell'enorme casa.

# CAPITOLO 6

$\mathcal{C}$lay imboccò con la Jeep vecchia di sei anni il viale bordato di alberi lungo un chilometro e mezzo che portava alla casa della famiglia Townsend. Era tutto come era sempre stato: gli alberi potati alla perfezione, la strada ben tenuta e le lucine avvolte attorno ai lampioni a gas d'epoca.

La nostalgia lo travolse e un rammarico profondo prese possesso delle sue ossa mentre i suoi pensieri si volgevano verso Abby, la ragazza che aveva amato con tutto se stesso alle superiori. Quella che aveva creduto che avrebbe sposato e che sarebbe stata la madre dei suoi figli, un giorno. La sofferenza si intensificò e quasi gli mozzò il fiato.

"Idiota," borbottò, accentuando la presa sul volante. Era stato davvero ingenuo all'epoca, convinto che l'amore avrebbe sconfitto ogni difficoltà e che nulla potesse separarli. Ora aveva imparato la lezione e sapeva che romanticizzare quello che avrebbe potuto essere era una completa perdita di tempo. Abby aveva fatto le sue scelte e lo stesso valeva per lui. Ora si conoscevano a malapena.

Beh, una cosa lui la sapeva: Abby portava ancora quei

reggiseni di pizzo sexy che gli avevano fatto perdere la testa alla tenera età di diciott'anni. Cosa non avrebbe dato per vederla con uno di quelli addosso, ora. Immaginare i seni pieni pallidi di lei che facevano capolino dal pizzo bastava a farlo impazzire.

"Diamine," disse mentre abbassava il finestrino, in modo che l'aria della costa raffreddasse la sua pelle accaldata. "Datti una calmata, Clay." Qualunque cosa ci fosse stata fra lui ed Abby era finita da tempo e ripensare alla gioventù non avrebbe risolto i suoi problemi. E poi, anche se ci fosse stato davvero qualcosa, lui era sicuro che Abby non sarebbe mai rimasta a Keating Hollow. E quello era il punto dolente. Clay non aveva intenzione di rivivere gli errori del passato, non quando aveva Olive a cui pensare. Non poteva impegnarsi con una persona che non sarebbe stata una forza costante nella vita di sua figlia.

No. Per quanto volesse Abby, anche dopo tutti quegli anni, lei era assolutamente proibita.

Peccato che lui avesse già fatto il diavolo a quattro per trovare una scusa per vederla di nuovo.

La casa apparve alla vista e Clay non seppe se fosse infastidito o sollevato alla vista della fila di auto parcheggiate nel viale. Senza dubbio, l'intera famiglia era già lì. Quantomeno, avrebbero fatto da cuscinetto se lui avesse permesso alla sua libido di sfuggire al controllo. Chi poteva biasimarlo, dopo che aveva accidentalmente visto quel tanga di un viola profondo nella borsa aperta?

La porta d'ingresso si spalancò proprio mentre lui parcheggiava la Jeep, e Faith uscì nella veranda frontale. Il sole scintillava sui suoi capelli dorati, proiettando un'aureola tutto attorno a lei.

*Ci sta*, pensò Clay. Delle quattro sorelle, Faith era la più dolce. Premurosa e pacata, era sempre disponibile quando qualcuno aveva bisogno di parlare. Perdiana, lo aveva aiutato in più di un'occasione dopo che Abby se n'era andata e anche quando Clay era tornato dopo che il suo matrimonio era imploso. Scese dalla Jeep con tre fiasche in mano e raggiunse la casa.

"Ho sentito dire che hai dei campioni per noi," disse Faith.

"Eccoli qui. Caramel Chocolate Malt, Fall Spice e Toffee Java."

Faith si sfregò le mani. "Toffee Java! Come ti avevo suggerito io."

Clay le rivolse un sorriso complice. "Certo. E che resti fra noi, ma è la mia nuova birra preferita. Ma non dirlo a tuo padre. Voglio che decida da solo."

Faith rise. "Come se papà si fosse mai lasciato convincere da qualcuno, quando si tratta di birra."

Clay sorrise. Faith non aveva torto. Lin Townsend aveva opinioni decise riguardo al suo mestiere e soprattutto alla sua birra. Ma Clay lo aveva visto farsi delle idee in base al pensiero delle sue figlie in più di un'occasione, anche se gli altri non se ne erano resi conto.

"Andiamo," disse Faith, prendendo le fiasche. "Sono tutti dentro."

Ma Clay scosse la testa. "Non posso fermarmi. Ho un impegno fra mezz'ora," mentì. "Scarico le cose di Abby e torno in paese."

"Peccato." Faith si accigliò. "Stavamo mangiando cioccolata corretta e crostata."

"Mi tenta, ma non posso proprio restare. Magari la prossima volta."

Faith gli lanciò un'occhiata, il sospetto scritto in ogni lineamento del volto angelico. Aveva capito tutto. Sapeva che Clay stava inventando delle scuse per non lasciarsi trascinare nella riunione di famiglia dei Townsend. Cosa gli era venuto in mente?

La porta si spalancò ed Abby uscì in veranda, le guance leggermente arrossate e gli occhi lucidi. C'era un sorrisetto sulle sue labbra ed era così bella che Clay dovette fare uno sforzo per restare dov'era e non sollevarla fra le braccia per portarsela a casa.

"Clay," disse Abby, spostando lo sguardo fra lui e la sua Jeep. "Non dovevi prenderti il disturbo."

Lui si schiarì la voce. "Nessun problema. Dovevo passare comunque."

Faith ridacchiò.

"Faith," disse Abby in tono minaccioso.

"Sì?" rispose Faith, il ritratto dell'innocenza.

"Perché non vai dentro a farti gli affari tuoi?"

La sorella minore rise, agitò le dita all'indirizzo di Clay e svanì nella casa con i campioni di birra.

"Scusa." Abby scese d'un balzo dalla veranda e oltrepassò Clay fino al bagagliaio della Jeep.

Lui la guardò, concentrandosi automaticamente sul posteriore ben tornito. *Perdiana*, pensò. Era ancora più bella di quando aveva diciott'anni. Le sue viscere si contrassero e si costrinse a distogliere lo sguardo.

"Sei stato davvero carino," disse lei mentre sollevava lo sportello del bagagliaio. "Non so come mi sia venuto in mente di andarmene con Wanda senza nemmeno prendere i bagagli."

Clay fece spallucce. "Probabilmente, eri solo ansiosa di vedere tuo padre. Come sta oggi?"

Abby prese la borsa di tela, quella piena di biancheria intima, e lo guardò. "Bene, credo. È fuori nel frutteto da quando sono arrivata. Probabilmente, rientrerà presto. Puoi aspettarlo dentro mentre scarico queste cose."

Lo sguardo di Clay si spostò sul viso di Abby, prendendo nota della sua espressione stanca e delle leggere borse sotto i suoi occhi. Era esausta dopo aver guidato tutta sola da New Orleans. Clay scosse la testa. "No, tranquilla. Ti aiuto io a scaricare."

"Non c'è bisogno che–"

Clay sollevò una mano. "Lo so che non c'è bisogno, Abs. Ma voglio farlo, va bene?"

Lei distolse lo sguardo, ma non prima che Clay notasse l'emozione che attraversò i suoi limpidi occhi azzurri. Non era mai stata capace di nascondere i propri sentimenti e la cosa non era cambiata. Era tanto preoccupata per suo padre, oppure c'era dell'altro?

"D'accordo. Per il momento, la maggior parte delle cose può andare nel garage." Abby girò attorno al furgone di suo padre e si allungò a premere il pulsante che apriva la porta del garage.

"Va bene." Mentre Abby tirava fuori le valigie, Clay cominciò a spostare gli scatoloni con il necessario alla sua attività nel garage. Ma quando prese in mano un contenitore pieno di vasetti di vetro, si accigliò. "Non vuoi questa roba nello studio?"

"No. Va bene in garage."

"Guarda che non è un problema. Posso andare là con la macchina e–"

"Clay, va bene così," disse lei, il corpo rigido e l'espressione vuota.

Clay conosceva quello sguardo. Lo aveva visto innumerevoli volte. Significava che Abby era nervosa e che, qualunque cosa lui avesse detto, non si sarebbe tirata indietro. "Testarda" non cominciava nemmeno a descriverla, quando era

53

decisa a non fare qualcosa. "Posso chiederti il perché? Non lavorerai là?"

Lei scosse la testa, stringendo a sé una delle sacche di tela.

"Capisco." Clay distolse lo sguardo dal mucchio di materiale nel garage, spostandolo sul piccolo studio al limitare della proprietà. "Qualcuno lo usa, di questi tempi?"

Abby scosse la testa e sospirò sonoramente.

"È un peccato." Di fronte allo sguardo di Clay, il fuoco interiore di Abby si spense e si tramutò in stanchezza mentre lei riportava l'attenzione sullo scaricare la Jeep. Tutto, di lei, gridava 'esausta'. "Lascia, faccio io."

Clay fece per prendere la borsa aperta, ma Abby schivò, tirando fuori la pesante borsa della Jeep. Lei indietreggiò, dimentica di dove aveva lasciato le altre valigie, e inciampò nel mucchio di bagagli. Il tempo si fermò e, quasi come al rallentatore, la borsa che Abby aveva in mano cadde dalla Jeep, il contenuto che volava nell'aria del tardo pomeriggio e si spargeva per tutto il viale.

Clay rimase ammutolito mentre osservava la scena. La borsa, per puro caso, era quella dell'intimo, e il cemento si coprì di pizzo rosa, nero, rosso, verde e viola. Era come se il catalogo di Victoria's Secret fosse esploso nel viale dei Townsend.

Abby lanciò un grido e corse a raccogliere i reggiseni e le mutandine mentre Clay ridacchiava.

"Vuoi una mano?" chiese lui, ondeggiando sui talloni, sorridente come una pasqua.

"No." Abby gli scoccò un'occhiata infastidita mentre ficcava velocemente le mutandine nella borsa.

"Non c'è problema. Voglio dire, non è niente che non abbia maneggiato in passato."

Abby levò gli occhi al cielo si alzò, le mani sui fianchi,

cercando di fingere che l'incidente non l'avesse minimamente toccata. Ma era rossa come una mela in viso e faticava a guardarlo negli occhi. "Divertente. Possiamo fare finta che non sia successo niente?"

"Non credo, Abs. È praticamente impossibile dimenticare di averti vista ficcare le mutande nella borsa come facevi quando ci beccavano a limonare nel tuo capanno." Le parole uscirono dalla bocca di Clay prima che lui potesse arrestarle. Ma ne valse la pena quando il viso di Abby si tinse di una sfumatura ancora più profonda di rosso e la sua bocca si mosse a vuoto, incapace di formulare le parole. Lui rise, godendosi l'agitazione di lei. Chinandosi, bisbigliò: "Non temere, Abby. I tuoi segreti sono al sicuro con me."

Ammiccando, Clay prese un altro scatolone e lo portò in garage. Quando si voltò, ogni traccia di Abby era svanita, con l'eccezione di una punta di rosso che faceva capolino da sotto la Jeep. Clay si allungò e raccolse le mutandine dimenticate, il pizzo così morbido da sembrare quasi velluto.

"Buona dea," mormorò mentre il suo intero corpo si scaldava.

"Clay?" La voce profonda di Lin riecheggiò da dietro le sue spalle.

Clay si ficcò rapidamente il pizzo in tasca e si voltò, sperando di non avere un aspetto colpevole come si sentiva. Era per caso tornato diciassettenne? Aveva solo aiutato Abby a scaricare la macchina... a meno di non contare il fatto che l'avesse immaginata nuda, con il reggiseno e le mutandine sul pavimento. Si schiarì la voce. "Lin. Come sta?"

"Bene." L'uomo maturo accennò con il capo alla macchina e inarcò un sopracciglio. "Stai traslocando qui?"

"Non oggi, ma è bello sapere che c'è la possibilità." Clay sorrise all'anziano.

"Non era esattamente un'offerta, ma se tu avessi bisogno, probabilmente potremmo trovarti un posto nel capanno degli attrezzi."

Clay rise. "Grazie. Sono venuto solo a portare le cose di Abby. Dopo l'incidente–"

"Incidente?" Lo sguardo di Lin passò rassegna il viale, quindi si posò sulla porta d'ingresso mentre Abby usciva a grandi passi.

"Papà!" Il viso di Abby si illuminò completamente quando vide il padre e scese di corsa i gradini della veranda, le braccia tese.

Lin la strinse in un abbraccio da orso, sollevandola da terra. "Bentornata, Abby bella." La tenne sospesa per qualche altro istante prima di rimetterle con attenzione i piedi per terra. Quindi, la osservò attentamente. "Stai bene? Niente di rotto o ammaccato?"

"E me lo chiedi dopo aver cercato di soffocarmi?" Abby si passò una mano sul petto e si affrettò ad aggiungere: "Sto bene. Ci ho solo rimesso il paraurti."

Lina spostò lo sguardo su Clay, palesemente in cerca di conferma.

"Nessuno si è fatto male," confermò Clay. "C'è una Mini Cooper che gira per il paese con il posteriore distrutto e l'auto di Abby avrà bisogno di qualche riparazione, ma per il resto sembra che entrambe le parti ne siano uscite illese."

"Papà," disse Abby, le mani di nuovo sui fianchi. "Non ho bisogno che Clay parli per me."

"Certo che no," concordò Lin, scuotendo la testa. "Ma io ho bisogno che lui confermi la tua versione. Da quando abbiamo scoperto del tumore, tutti hanno paura che io mi agiti, e scommetto che tu sei proprio come le tue sorelle. Se voglio sapere la verità, ho bisogno che me la dica qualcun altro."

"Ah, per amor di Tink," disse Abby, levando gli occhi al cielo mentre passava il braccio attorno alla vita di suo padre e si chinava per dargli un altro braccio. "Facciamo così: prometto di dirti sempre la cruda verità, purché tu prometta di non lasciarmi all'oscuro." Lanciò un'occhiata eloquente a Clay. "Ad esempio, non dicendomi che hai passato i doveri di mastro birraio a un altro."

Il padre di Abby lanciò un'occhiata di sbieco a Clay, quindi si voltò nuovamente verso di lei e annuì. "Siamo d'accordo." Tese la mano, ma Abby lo ignorò e lo abbracciò invece più forte. Mormorò qualcosa che Clay non sentì e suo padre accentuò la presa su di lei per un istante prima di lasciarla andare.

"Ecco fatto. Ora devo finire di scaricare questa roba. Cosa state combinando voi due?" chiese Abby al padre.

"Devo parlare un attimo a Clay dei campioni che ha portato. Poi rientro."

"D'accordo. C'è una tazza di cioccolata calda corretta con il tuo nome sopra." Abby sorrise al padre, prese un altro paio di borse e corse dentro.

Lin si voltò verso Clay, le sopracciglia inarcate. "Cosa ci fai qui, Clay?"

Fregato. Clay non aveva mai portato a Lin dei campioni di birra. Sebbene Lin avesse abbandonato il lavoro quotidiano al birrificio, vi si recava comunque tre volte a settimana. Era probabile che sarebbe venuto l'indomani stesso. "Do solo una mano a sua figlia."

Lina contrasse le labbra. "Lo vedo. Lo sai che ha una persona a New Orleans, vero?"

Un dolore sordo, familiare, si formò appena sopra al cuore di Clay, che si massaggiò inconsciamente il petto mentre

57

scuoteva la testa. "No, non lo sapevo. Ma non sono qui per quello."

"Tu dici?" chiese Lin, fissandolo con gli occhi grigio acciaio.

E che diamine. Clay non riusciva proprio a mentire al vecchio. Era palese che Lin aveva capito tutto. Prese fiato ed esalò. "Non ha nulla di cui preoccuparsi, Lin. Non voglio mettermi in mezzo a niente. Non deve preoccuparsi per lei."

Lin si avvicinò e abbassò la voce. "Non è per Abby che mi preoccupo, figliolo. Amo mia figlia e gli dèi sanno che lei ha la testa sulle spalle per quanto riguarda la sua attività. Ma quando ci sono di mezzo le faccende di cuore, è ancora un po' confusa. Se vuoi rientrare nella sua vita, stai attento. Hai capito?"

Clay fissò il suo capo, ammutolito. La franchezza di Lin era apprezzabile, ma al tempo stesso, Clay era offeso per conto di Abby. Lei era una donna adulta, dopotutto, e meritava di prendere le sue decisioni senza che nessuno la giudicasse, nemmeno il padre. Alla fine, Clay annuì. "Ho capito, Lin. E sebbene non possa negare che ci sarà sempre qualcosa fra me ed Abby, non ho intenzione di riaccendere nulla. A parte il fatto che lei ha... qualcuno, io non sono sul mercato. Fra Olive da crescere e il mio recente divorzio, ho le mani già abbastanza occupate."

Lin si allungò a stringergli il braccio. "Sei un brav'uomo, Clay. La tua ex-moglie si pentirà della sua decisione, un giorno."

Clay sbuffò. Ne dubitava fortemente. A essere onesti, avrebbe dovuto ammettere che Val non aveva mai amato essere sposata. La loro relazione era stata puramente fisica. Certo, all'inizio si erano piaciuti, ma dopo la nascita di Olive e dopo che le realtà della vita avevano cominciato a farsi pressanti, Val era scappata. Adorava le feste e le raccolte fondi; voleva essere sempre al centro dell'attenzione. Clay, d'altro canto, voleva solo dare una buona vita a sua figlia. Anche se Val avesse voluto tornare da lui, Clay non l'avrebbe più voluta. Non da quando aveva visto il suo vero volto. Se mai avesse deciso di riaprire il suo cuore, lo avrebbe fatto con qualcuno che anteponeva la famiglia a tutto; qualcuno che non scappava. Qualcuno che non fosse la sua ex-moglie o Abby.

"Lo farà. Ricordati le mie parole." Lin annuì, quindi si voltò e rientrò in casa.

Clay scaricò velocemente il resto degli scatoloni di Abby, quindi risalì sulla Jeep, ansioso di frapporre della distanza fra se stesso e la persona alla quale non sarebbe mai riuscito a rinunciare davvero. Ma quando si ficcò una mano in tasca per cercare le chiavi, le sue dita si chiusero attorno a del tessuto morbido.

L'intimo di pizzo di Abby.

Porca di quella... Clay pensò di partire basta, ma non sopportava il pensiero di portarsi a casa le mutandine di Abby, come una specie di pervertito. Gli restavano solo due scelte: buttarle fuori dal finestrino e lasciare che fosse lei a trovarle, oppure portarle in casa e consegnargliele discretamente.

*Porca miseria.* Aprì la portiera, raggiunse di corsa la veranda e bussò delicatamente.

Delle risate gli giunsero dal lato opposto della porta e quando essa si aprì, Faith lo guardò. "La cioccolata corretta ti ha fatto cambiare idea?"

Clay scosse la testa. "No. Ho una cosa per Abby."

La donna abbassò lo sguardo sulle sue mani vuote e gli rivolse un'occhiata incuriosita. "Sarebbe?"

Le labbra di Clay si curvarono in un sorriso sghembo. "È un segreto."

"Ti pareva." Faith levò gli occhi al cielo e spalancò la porta.

"È in camera sua. È sempre la stessa. Sono certa che ti ricordi dov'è."

"Credo di essere in grado di trovarla, sì." Clay annuì in segno di ringraziamento, salutò Lin e Yvette, che lo stavano guardando dalla porta della cucina, e percorse il corridoio. Trovò Abby china su una valigia, il posteriore a mezz'aria mentre frugava alla ricerca di qualcosa. "Ti serve una mano?"

La donna si raddrizzò di scatto e si voltò, levandosi i capelli biondi dal viso. "Clay. Ciao. C'è ancora qualcosa da scaricare dalla Jeep?"

Clay scosse la testa ed entrò nella stanza di Abby, cercando di bloccare i vecchi ricordi che minacciavano di travolgerlo. Era la stessa stanza nella quale avevano trascorso ore a limonare sul letto di lei, dove Abby gli aveva detto per la prima volta che lo amava e dove avevano progettato i loro sogni per il futuro, sogni ingenui che erano morti il giorno in cui lei era partita per New Orleans.

Abby fece un passo indietro, rossa in viso, e Clay si chiese se anche lei stesse rivivendo quei ricordi. La donna lasciò cadere sul letto il maglione che aveva in mano e lo fissò negli occhi mentre lui si avvicinava. "Ehm, di cosa hai bisogno allora?"

Clay sorrise e chiuse la distanza che li separava, godendosi fin troppo il nervosismo di lei. Abby poteva anche essere impegnata, ma era impossibile non notare che lui le faceva ancora effetto. E anche se questo faceva di lui uno stronzo, Clay non era sicuro che la cosa gli dispiacesse. Perché era dannatamente certo che anche lei gli faceva ancora effetto. Si chinò, la guancia a pochi centimetri dalla sua mentre bisbigliava: "Hai dimenticato una cosa."

"Oh?"

Il corpo di Abby si mosse nella sua direzione, all'apparenza spontaneamente. Clay sapeva che sarebbe bastato un piccolo gesto per averla di nuovo fra le braccia, luogo al quale lei tanto palesemente apparteneva. Ma rimase perfettamente immobile, senza toccarla. *Meriterei una cavolo di medaglia*, pensò. Poi s'infilò una mano in tasca, tirò fuori le mutandine e le mise nelle mani di Abby. "Per quanto apprezzi che tu me le abbia lasciate, mi sono detto che sarebbe stato inappropriato tenerle."

"Co…?" Abby abbassò lo sguardo sul tessuto che aveva fra le mani ed emise un gridolino mentre nascondeva le mutandine dietro la schiena. "Dove le hai trovate? Mio padre le ha viste?"

Clay ridacchiò, fissandola negli occhi azzurri spalancati. "No, non le ha viste. Le ho trovate seminascoste sotto la Jeep. Le avevo già raccolte prima che arrivasse lui."

"Porca miseria. Ovviamente, sei stato *tu* a trovarle. Perfetto." Abby serrò le palpebre e scosse la testa, come se ciò potesse cancellare quel momento dalla sua memoria.

"Abs?" Clay aspettò che lei aprisse gli occhi e lo guardasse. Allungò una mano e le ravviò una ciocca di capelli dietro l'orecchio. "Come ho detto prima, non sono nulla che io non abbia mai visto. Hai sempre avuto la passione per il pizzo."

"Tranne per il fatto che ora non hai alcun diritto di guardare le mie mutandine," disse lei, lo sguardo tenero mentre lo passava su di lui.

"Immagino di no. Ma non mi dispiace di averlo fatto." Si fissarono per un momento, mentre fra loro crepitava una corrente così forte che avrebbe potuto alimentare l'intero paese. Le viscere di Clay erano un fascio di nervosismo, entusiasmo e pura e semplice voglia. Chi voleva prendere in giro? Stare vicino a Abby era come aggiungere aria al fuoco. Non faceva che ravvivare il bisogno che non era mai svanito.

"Clay?" disse lei.

"Sì, Abs." Clay le passò un pollice sullo zigomo.

"Io ho un ragazzo... più o meno. E a quanto mi risulta, tu hai una moglie. Non credo che questa... qualunque cosa sia, sia una buona idea." Abby deglutì e distolse lo sguardo.

"Giusto." Clay lasciò cadere la mano e si ritirò fino alla porta aperta. "Per la cronaca, ho divorziato da poco. Ma capisco quello che vuoi dire. Buonanotte, Abigail."

Lei incrociò il suo sguardo, gli occhi che brillavano di confusione e rammarico. "Buonanotte, Clay."

# CAPITOLO 7

"*E*hi, sbaglio o fa un caldo boia qui?" Faith si sventolò il viso con una mano mentre, vicino alla finestra della camera di Abby, guardava la Jeep di Clay svanire lungo il viale.

"Piantala." Abby lasciò cadere le mutandine di pizzo rosso nel primo cassetto del comò. "Non c'è nulla fra di noi."

"Bugiarda." Faith fissò sua sorella, praticamente sfidandola a negare.

Abby serrò le labbra in una linea sottile. "D'accordo. C'è palesemente qualcosa, ma è storia vecchia. Lui ha appena divorziato, per la miseria."

"È passato più di un anno da allora, Abs. Se la tua scusa è questa, è pessima." Faith si legò i capelli sulla sommità del capo e si tuffò nel letto di Abby. "Lui è liberissimo."

"Dimentichi che lui ha una figlia e che io ho Logan." Abby aprì l'armadio e posò delicatamente gli stivali al ginocchio accanto agli stivaletti di cuoio rosso. Era autunno lungo la costa settentrionale della California e lei era pronta.

"Logan? Seriamente, Abs? Pensavo che foste in pausa... di nuovo."

"Lo siamo. O lo eravamo. Proprio oggi, lui mi ha detto al telefono che crede di aver commesso un errore."

"E tu? Pensi che sia stato un errore? Cosa gli hai detto?" chiese Faith.

"Non lo so. Può darsi? Non ho detto niente. Ora come ora, è troppo da digerire."

Faith fece schioccare la lingua. "Allora, tecnicamente, tu non hai Logan. Lui ti ha lasciata, ma tu non sei costretta a riprendertelo. Seriamente, Abby, rinunceresti a Clay per quel tizio?"

Abby si raddrizzò e si voltò a guardare male sua sorella. "Cosa c'è che non va in Logan?"

Faith incrociò le braccia. "A parte il fatto che è un bambinone irresponsabile, viziato e cresciuto nella bambagia?"

"Faith!" Abby si accigliò. "Non essere così severa. E poi, lui non è irresponsabile. Lavora sodo."

Faith strinse gli occhi e l'espressione disgustata sul suo viso era qualcosa che Abby le vedeva raramente. "Vuoi dire che tu lavori sodo e lui si prende il merito."

"Non è vero. Lui-"

"Sì che è vero. Io c'ero, ti ricordi? Mi sono morsa la lingua mentre tu gestivi la sua galleria, organizzavi tutte le promozioni e gli facevi degli sconti pazzeschi sul sapone solo perché lui tenesse aperto un po' più a lungo. L'unico motivo per cui quella galleria è durata quanto è durata è il fatto che tu ti sei fatta il culo quadro, mentre lui se ne stava sul retro a dipingere sempre la stessa cosa."

Abby fissò sua sorella a bocca aperta e ricacciò indietro l'indignazione che le ribolliva nello stomaco, quella che le diceva che Faith stava dando voce a tutto ciò che lei stessa aveva pensato, ma mai affermato. Invece, scosse la testa e prese le difese di Logan. "Quelle opere d'arte vendevano bene, Faith."

Logan stava semplicemente cercando di soddisfare la domanda. È difficile guadagnarsi da vivere con una galleria d'arte nel Quartiere Francese."

"Ma cosa stai dicendo? Aveva una stanza piena di quei quadri, Abs." Sua sorella scosse la testa. "Cos'è, stava facendo scorta per i cinque anni a venire?"

"Non è così. Quello che dici è assurdo. Eravamo sempre a corto di quei quadri."

"Non è assurdo, Abby. La prossima volta che parli con lui, chiedi cosa teneva in quello sgabuzzino che era sempre chiuso a chiave, quello in fondo alla galleria. Appeso alla porta c'era il tuo quadro con le streghe del Quartiere Francese."

Abby aprì la bocca per smentire le affermazioni di sua sorella, ma la chiuse immediatamente. Perché sua sorella avrebbe dovuto mentire? Abby sapeva che Faith non era una grande ammiratrice di Logan, ma non era il genere di persona che inventava cose per spingere sua sorella a mollare qualcuno. "Tu hai visto quello che c'era in quella stanza?"

Sua sorella arrossì mentre rivolgeva a Abby un sorriso imbarazzato. "Potrei aver scassinato la serratura."

"Sul serio? Come?"

Faith rise. "Potrei aver usato la magia."

"In che modo? Hai creato una chiave di ghiaccio?" chiese Abby, per pura e semplice curiosità. Sua sorella era una strega dell'acqua. La differenza nei loro poteri l'aveva sempre affascinata. Nel caso di Faith, lei era in grado di manipolare l'acqua in diversi modi. Fra i principali c'era quello di trasformare l'acqua in ghiaccio.

"Sì. Ma da quelle parti è così umido che ho fatto una fatica boia a evitare che si sciogliesse." Un'espressione orgogliosa lampeggiò sul volto di Faith mentre mimava il gesto di limarsi le unghie. "Ma ce l'ho fatta."

"Ovviamente." Abby doveva ammettere che era sempre stato curiosa riguardo al contenuto di quella stanza, ma Logan aveva detto che era semplicemente del materiale in eccesso. Se davvero era piena di suoi quadri, in un certo senso non aveva mentito. "C'è una cosa che non capisco. Perché eri tanto curiosa di vedere il contenuto di quella stanza?"

"Un giorno, quando sono venuta a cercarti, l'ho visto che metteva alcuni dei suoi quadri là dentro. Si comportava in modo strano e ha chiuso di scatto la porta per impedirmi di vedere cos'altro c'era nella stanza. Sapevo che avrei dovuto lasciar perdere, ma onestamente, Abs, non mi fidavo di lui. Sapevo che era il tuo ragazzo e avrei potuto anche sbagliarmi, ma volevo solo proteggerti. Mi dispiace. So che ho sbagliato a intrufolarmi, ma non me ne pento. Ora so che non è quello giusto per te."

Nella mente le risuonò la voce di Logan. *Ti amo, Abs.* Davvero erano trascorse solo poche ore? E Logan era stato davvero sincero? Come poteva amarla se le aveva mentito per mesi? "Perché non me lo hai detto prima?"

Faith fece spallucce. "Ci ho provato, ma lui ti era sempre appiccicato. E quando sono tornata a casa e ho saputo che la galleria stava per chiudere, mi è dispiaciuto per lui. Non lo so. Forse avrei dovuto impegnarmi di più, ma che importanza aveva, ormai? Voi due eravate in pausa e la galleria era già andata, per cui tu non ci avevi più niente a che fare."

Se Logan le aveva mentito riguardo ai suoi quadri, su cos'altro le aveva mentito? Oppure, semplicemente, il suo ego era stato troppo fragile per ammettere che la gente non voleva spendere centinaia di dollari per le sue opere? Lo stomaco cominciò a farle male e lei si premette il palmo contro l'addome, all'improvviso desiderosa di una delle pozioni calmanti di sua madre.

"Tutto bene?" le chiese Faith.

"Sì. Sono solo stordita. E mi sento tradita."

"Oh, no, Abby. Mi dispiace tanto." Faith saltò giù dal letto e circondò le spalle di Abby con un braccio. "Non avrei dovuto intrufolarmi. L'ultima cosa che volevo era infrangere la fiducia–"

"Faith," la interruppe Abby. "Non tradita da te. Da Logan. Lui mi ha mentito… per mesi. Grazie per avermelo detto. Credo di avere qualcosa su cui riflettere."

"Mi dispiace di non aver parlato prima. Avrei dovuto farlo. Meritavi di sapere."

"Non preoccuparti." Abby si appiccicò un sorriso al volto. "Credo che sia giunto il momento che io renda permanente quella pausa."

Faith la abbracciò e, quando si ritrasse, le rivolse un sorriso astuto. "Dopo che lo avrai fatto, non dimenticare che in paese c'è un padre figo che muore dalla voglia di vederti con quelle mutandine rosse addosso."

Abby spalancò gli occhi. "Ci stavi spiando?"

"Non di proposito." Faith rise. "Ma può darsi che abbia colto la conclusione di quella conversazione."

Abby diede un buffetto a sua sorella. "Sei una guardona."

"Devo pur divertirmi in qualche modo." Faith sorrise da un orecchio all'altro, la prese sottobraccio e la trascinò verso la porta. "Dai. Yvette ha messo la cena in forno."

"Se trattiamo il raccolto entro domani mattina, credo che andrà tutto bene," disse Lincoln Townsend, guardandosi alle spalle mentre entrava dalla porta sul retro. Qualcosa lo aveva turbato durante tutta la cena e prima che Yvette potesse servire il dolce, suo padre aveva chiesto a Isaac di dare un'altra occhiata alla zona meridionale del frutteto. Si erano allontanati solo per venti minuti, ma a giudicare dal commento, suo padre era giunto a una conclusione di qualche tipo.

Isaac si levò con un calcio gli stivali infangati e seguì il suocero in cucina. "L'importante è non aspettare oltre. Meglio non rischiare di perdere tutto."

"Qualcosa non va nel frutteto?" chiese Abigail, seduta al piano della cucina.

Isaac le lanciò un'occhiata e annuì. "Funghi." L'uomo alto si rivolse a suo padre. "Chiama lei Clay o ci penso io? Se riusciamo a raggiungerlo in tempo, forse riuscirà a preparare tutto entro domani mattina presto."

"Clay?" disse di getto Abby, il corpo ancora accalorato dalla conversazione che aveva avuto con l'uomo. "Vuoi chiamare Clay? Perché?"

Suo padre le diede un colpetto amichevole sul braccio. "Un fungo si è diffuso nel frutteto e, se non trattiamo subito gli alberi, ci potrebbero essere dei problemi per il raccolto. Clay è la nostra strega della terra personale. Peccato che non sapessimo cosa stava succedendo quando lui è stato qui prima."

"E volete che sia lui a preparare la pozione?" chiese Abby, anche se conosceva già la risposta. Ma certo. Suo padre non aveva forse appena detto che era Clay la loro strega della terra personale? "Che fine ha fatto Tally? È andata in pensione?"

"Sì. Più o meno sei mesi fa," confermò suo padre.

"E si è trasferita a Scottsdale col suo nuovo marito," disse ridacchiando Isaac.

Abby inarcò le sopracciglia in un gesto interrogativo. "Cosa c'è da ridere?"

"Lui ha diciannove anni meno di lei e non ha un grammo di magia in corpo. È abbastanza ovvio perché lei lo abbia scelto.

Yvette li ha sorpresi a limonare in libreria. Lui le aveva infilato una mano–"

"Basta così," disse Lin in tono di blando rimprovero.

Abby rise. "Buon per lei."

"Non credi che sia un po' scandaloso?" chiese Isaac, senza curarsi di celare il proprio giudizio.

"Può darsi. Ma cosa importa? Se sono entrambi felici, buon per loro."

Isaac emise un verso di disapprovazione. "Non è giusto, se vuoi sapere come la penso."

"Ma io non voglio saperlo," disse dolcemente Abby, trattenendosi dal levare gli occhi al cielo. *Che stronzo*, pensò, per poi cambiare argomento. "Non avevate una telefonata da fare?"

"Giusto. Speriamo che Clay non abbia impegni per questa sera."

L'idea di Clay che usciva con un'altra fece rivoltare lo stomaco di Abby, che all'improvviso si sentì come se avesse di nuovo vent'anni e il cuore spezzato dopo aver scoperto che Clay era scappato per sposare un'aspirante attrice.

"Oppure potreste lasciarlo in pace e far fare il trattamento a Abby," disse Noel, che era apparsa dal nulla. Non aveva detto più di una manciata di parole durante la cena, nessuna delle quali era stata rivolta a Abby. "Non le ci vorrà molto."

"Sai che non posso, Noel," disse automaticamente Abby.

"Vuoi dire che non vuoi," l'accusò sua sorella. "Eppure infondi la tua magia nelle tue lozioni e nei tuoi saponi speciali, e li vendi tutti i giorni a turisti ignari. Ipocrita."

"Noel," disse il padre di Abby, il tono di voce improvvisamente stanco. "Lascia in pace tua sorella."

Noel guardò storto Abby, quindi girò sui tacchi e uscì dalla stanza.

Abigail si tormentò l'orlo del maglione, divorata ancora una volta dal senso di colpa e dall'ansia. "Mi dispiace, papà. So che la pozione per il trattamento non è nulla di complicato, ma..." Lasciò la frase in sospeso, non sapendo come spiegare la sua incapacità di usare la magia per qualcosa che non fossero i suoi saponi e le sue lozioni.

"Non hai nulla di cui scusarti," disse suo padre, passandole le braccia attorno alla spalla e attirandola in un abbraccio laterale. "Tua sorella non capisce. Si convincerà... prima o poi."

Abby annuì, grata per la consolazione di suo padre, anche se sapeva che le parole di lui erano vuote. Noel non avrebbe mai capito. Era trascorso un decennio da quando Abby aveva lanciato il suo ultimo incantesimo a Keating Hollow. Se Noel non si era convinta in tutto quel tempo, non lo avrebbe mai fatto.

"Ci parlo io," disse Faith, che già aveva cominciato a seguire Noel nella stanza accanto.

"Faith–" cominciò a dire Abby; ma sua sorella la zittì con un gesto.

"Qualcuno deve pur inculcarle un po' di buonsenso," esclamò Faith mentre svaniva lungo il corridoio.

Abby incrociò lo sguardo di Yvette dall'altra parte della cucina. Yvette scosse la testa, a indicare che la missione di Faith era una causa persa. Abby sospirò, scese dallo sgabello e si incamminò verso il salotto per trascorrere un po' di tempo con sua nipote.

ABBY GIACEVA NEL SUO LETTO, fissando il soffitto. Era stanchissima, ma non riusciva a dormire. Fra l'aver rivisto Clay e le rivelazioni di sua sorella riguardo a Logan, la sua mente stava galoppando. Era a casa da meno di ventiquattr'ore e la sua vita era già in caduta libera. L'attrazione nei confronti di Clay era innegabile e lo era sempre stata da che lei aveva memoria. Abby, semplicemente, non si era resa conto che dopo dieci anni quell'attrazione non fosse sbiadita... nemmeno un po'. E la cosa era inquietante.

Quali che fossero i problemi fra lei e Logan, Abby era comunque in una relazione con lui. Una pausa equivaleva a una rottura ufficiale? Lei non era sicura, soprattutto non dopo l'ultima conversazione che aveva avuto con lui. Ma doveva a Logan e a se stessa di scoprire cosa voleva e in fretta, soprattutto se stava cominciando a sognare a occhi aperti un altro uomo.

In preda all'agitazione, scalciò via le coperte, si avvolse nella vestaglia di flanella e percorse il corridoio verso la cucina. Una luce soffusa si riversava dalla cucina nel corridoio e, quando Abby girò l'angolo, le sue labbra si curvarono in un piccolo sorriso alla vista di suo padre seduto al piano della cucina, con due tazze di fronte a sé.

"Pensavo che ti avrei visto questa sera." Suo padre diede un colpetto a una delle tazze, a indicare che era per lei.

Abby si sedette accanto a suo padre e notò che anche lui era avvolto in una vestaglia di flanella e indossava dei calzini spaiati. Ridacchiò. "Siamo ancora daltonici, vedo."

Suo padre abbassò lo sguardo sulla vestaglia. "In che senso? È plaid. Come ho fatto a sbagliare?"

Abby indicò i suoi piedi. "I calzini. Uno è sfumato di viola, l'altro di verde."

Lin abbassò lo sguardo e fece un sorrisetto. "Lo sapevo. Volevo solo metterti alla prova."

"Come no." Abby si portò la tazza alle labbra e bevve un sorso. "Come facevi a saperlo?"

71

"Che cosa?" chiese suo padre. "Del fungo?"

"No, che non sarei riuscita a dormire."

Suo padre allungò una mano e la posò sulla sua. "Istinto paterno."

"No, l'istinto di una strega della terra che avverte il disagio di un'altra," disse Abby, tagliando corto.

Suo padre ridacchiò. "Anche. Sono sempre riuscito a leggerti meglio delle tue sorelle."

"Con mia somma gioia," disse Abby in tono scherzoso. "Non me ne lasci mai passare una."

Suo padre bevve un lungo sorso di caffè e annuì. "Se non ricordo male, questo ti ha evitato dei guai, una volta o due."

"Direi piuttosto che mi ha tenuto rinchiusa in camera mia mentre Yvette e Noel erano fuori a divertirsi."

"Povera Abby. Ma se non ricordo male, tu eri quella che non finiva mai in punizione e che aveva più libertà di tutte, quando non cercava di mettere nel sacco il suo povero babbo, per cui credo che tu non abbia sofferto troppo."

"Su questo devo darti ragione." Abby strinse le dita di suo padre, colma d'amore per l'uomo che l'aveva cresciuta. L'emozione si gonfiò e lei la contenne, non volendo nemmeno pensare alla diagnosi del tumore. Era lì per trascorrere del tempo con lui, per stargli accanto nel momento del bisogno, non per avere un crollo nervoso e chiedere il suo sostegno.

"Andrà tutto bene, Abby bella," mormorò suo padre.

"Ma certo." Il tono di Abby era troppo vivace, troppo allegro, e lei era sicura che suo padre lo sapesse benissimo.

"Dimmi cosa ti turba questa notte. So che non è il tuo vecchio papà. Mi sembra più che altro una questione di cuore."

Abby fissò la tazza che aveva di fronte. "È inquietante che tu lo sappia, sai."

"Vuoi parlarne? È perché Clay è tornato a casa?"

Abby sospirò. "Sì. No. Non lo so."

"Lui ti vuole ancora bene."

Abby guardò suo padre, la bocca spalancata. "Te lo ha detto lui?"

Lin ridacchiò. "No, ragazza mia. Probabilmente preferirebbe strapparsi la lingua piuttosto che confessarmi i suoi sentimenti. Ma di sicuro non era venuto qui per lasciarmi dei campioni di birra. Sono certo, mia cara, che lo abbia fatto per vederti."

Abby aveva sospettato la stessa cosa. Perché, altrimenti, Clay avrebbe dovuto offrirsi volontario per trasportare le sue cose? Sapeva che la famiglia di lei avrebbe dato una mano senza fare tante storie. Era così che facevano i Townsend. Il calore si diffuse in lei alla semplice consapevolezza che Clay si stesse prendendo ancora cura di lei, nonostante il modo in cui lo aveva lasciato tutti quegli anni prima.

Lin si voltò verso di lei, scrutando nei suoi occhi. "Oppure si tratta di Logan? Sei agitata perché sei lontano da lui?"

Abby esalò uno sbuffo di risata sorpresa, quindi si portò di scatto una mano alla bocca, mortificata dalla propria reazione. Logan era stata la sua metà per la maggior parte degli ultimi due anni e lei si era comportata come se non avesse la minima importanza. "Ehm, non volevo."

"Sì che volevi." Gli occhi di Lin luccicavano di divertimento. "Non è un problema, sai. Non devi comportarti come se lui fosse l'amore della tua vita. Soprattutto visto che non lo è."

"Come fai a saperlo? Non lo conosci nemmeno." Il padre di Abby era venuto a trovarla un paio di volte a New Orleans, ma ciò era accaduto prima che lei cominciasse a frequentare Logan.

"Dimentichi che io e te abbiamo un legame unico." Suo

padre le rivolse di nuovo un sorriso complice. "Ma anche se così non fosse, qualunque imbecille capirebbe che non è lui quello giusto. Mi fai un favore?"

"Che cosa?" chiese Abby.

"Lasciati un po' in pace. Tu non devi niente a nessuno. Non a Logan. Non a Clay. Non alle tue sorelle. E nemmeno a me."

"Papà, non è–"

Lin sollevò la mano. "La famiglia è sempre la famiglia e io sono contentissimo che tu sia qui. Ma la verità è che sei qui per te stessa quanto lo sei per me. Dicevo sul serio, prima. Non devi niente a nessuno di noi. E quell'uomo che frequentavi a New Orleans? È fortunato che tu gli sia stata vicino mentre cercava di fare l'artista. Non il contrario."

Abby rimase di stucco. "Hai parlato con Faith."

"Un pochino. E so che non ho mai conosciuto quell'uomo, ma stando a quanto ho sentito, lui non merita la mia talentuosa e bellissima figlia." Suo padre le passò un braccio attorno alle spalle e la avvicinò a sé.

Il disagio nel petto di Abby si dissolse e lei sorrise fra sé. "Dici la stessa cosa di chiunque frequenti le tue figlie."

Suo padre non rispose; si limitò a tenerla stretta, lasciando che lei assorbisse il suo amore. Alla fine, disse: "Ti voglio bene, Abby bella. Sii sempre onesta con te stessa."

"Anch'io ti voglio bene, papà." Abby sollevò la testa e incrociò lo sguardo di Lin. "Grazie. Era proprio quello di cui avevo bisogno."

Suo padre la baciò sulla testa. "Ora vai a letto. Questo vecchietto ha bisogno di fare un pisolino."

"Non dimostri un giorno più di quarant'anni," disse ammiccando lei.

"Buono a sapersi. Non mancherò di dire a Clair che ha trovato un ottimo partito." Clair era la donna che suo padre aveva frequentato negli ultimi quindici anni. Abby aveva sempre dato per scontato che un giorno quei due si sarebbero sposati, ma la coppia si accontentava delle cene del venerdì sera e dei brunch della domenica mattina. Abby era felice che suo padre avesse qualcuno, ma era anche triste per il fatto che avesse rinunciato al matrimonio dopo che sua madre gli aveva spezzato il cuore, vent'anni prima.

"Sono certa che lo sappia già." Abby baciò suo padre sulla guancia e cominciò a trascinarsi verso la sua stanza.

"Abby?"

Lei si fermò e si guardò alle spalle. "Sì, papà?"

"Quando hai detto che io credo che nessuno meriti le mie figlie…"

"Sì?"

"C'è una persona che le merita."

Abby attese che proseguisse, ma Lin si limitò a sorridere mentre si alzava dalla sedia e si incamminava verso la sua stanza, dall'altra parte della casa.

"Non vorrai andartene così, vero?" esclamò lei.

Suo padre la salutò senza guardarsi alle spalle e lei lo sentì ridere fra sé mentre la porta della camera si chiudeva con un rumore leggero.

# CAPITOLO 8

*L*a nebbia oltrepassò le montagne costiere e calò sulla valle di Keating Hollow. Clay era sotto il portico del birrificio, intento a respirare profondamente, lasciando che l'aria e il profumo delle sequoie lo rilassassero. Non aveva dormito molto bene la notte prima.

All'inizio, non era riuscito a levarsi dalla testa Abby e il suo pizzo rosso. Poi, proprio quando era stato sul punto di addormentarsi, un forte senso di angoscia lo aveva colpito. Alle tre, si era raddrizzato di colpo nel letto, completamente sveglio, con un forte bisogno di controllare come stesse Olive. Solo che lei non era nella sua cameretta in fondo al corridoio. Era a oltre mille e cento chilometri di distanza, con sua madre e Dio solo sapeva chi altri.

Clay non era il tipo da ignorare il suo istinto e aveva immediatamente chiamato sua figlia al cellulare. Lei aveva risposto al quarto squillo, la voce impastata e assonnata. Dopo che Olive gli aveva rassicurato che stava benissimo, lui le aveva detto gentilmente di tornare a dormire e che l'avrebbe richiamata in mattinata.

Naturalmente, ciò aveva provocato una telefonata alle sette da parte di Val, che aveva colto l'occasione per insultarlo in tutti i modi possibili. Tutto perché lui si era preoccupato. Come aveva fatto a mettersi con una persona tanto tossica?

Conosceva la risposta, ma non aveva alcuna voglia di pensarci. Dopo che Abby se n'era andata, Clay aveva avuto bisogno di qualcuno, di chiunque, che lo aiutasse a superare il dolore di averla persa. E Val era stata portata di mano. Peccato che lui ci avesse messo troppo a capire che lei era l'esatto opposto di quello che stava davvero cercando.

"Buongiorno, capo," disse Rhys, il suo assistente, mentre si incamminava verso l'ingresso. "Un momento di riposo prima della tempesta?"

"Eh?"

Rhys aggrottò le sopracciglia mentre si accigliava. "C'è la sagra in Main Street. Offriremo una degustazione, si ricorda?"

"Giusto." Clay scosse la testa. Se ne era completamente dimenticato. Dopo quelle spaventose telefonate con Val e dopo aver rivisto Abby, era un miracolo che si fosse ricordato di venire al lavoro. "Sarà meglio che cominciamo a lavorarci su."

Rhys annuì e, un istante dopo, Clay lo seguì all'interno del pub.

"Ci serve un altro fusto di Caramel Fest e, che tu ci creda o no, abbiamo finito la Pumpkin Spice," disse Clay a Rhys mentre riempiva un altro bicchiere di Chocolate Stout dalla spina.

"Dannazione. A quelle streghe piace proprio la zucca, vero?" chiese Rhys, prendendo un paio di bottiglie di Moon Pale Ale.

Clay rise. "Secondo te, perché ho insistito per produrla?

Giuro che in ottobre potremmo aromatizzare qualunque cosa alla zucca e fare il tutto esaurito."

"Basta che non me la metti sulle patatine dolci," disse Yvette, rabbrividendo dall'estremità del bancone. "C'è un limite a tutto."

"Concesso," confermò Clay. "Nessuna patatina verrà adulterata sotto la mia sorveglianza, a meno che ciò non venga richiesto."

"Ottimo." Yvette bevve un lungo sorso della sua Chocolate Stout, quindi attaccò l'hamburger, ignorando l'attività che ferveva alle sue spalle.

*Dev'esserci mezzo paese*, pensò Clay mentre guardava la folla attendere pazientemente di degustare la sua nuova birra. Fino a quel momento, tutti i gusti avevano avuto successo. Era stato un po' nervoso quando avevano lanciato la linea autunnale. Lincoln Townsend produceva dell'ottima birra, ma era sempre stato un tradizionalista, che preferiva produrre le classiche pale ale, lager, porter e birre di frumento. Prima che Clay venisse nominato mastro birraio, la cosa più vicina a una birra aromatizzata che si fosse prodotta a Keating Hollow era stata la porter, che aveva naturalmente un vago gusto di cioccolato. Se non altro, un aspetto della sua vita andava bene.

Clay usò un fazzoletto per asciugarsi la fronte, quindi riempì un altro vassoio di assaggi.

"Non mi hai aspettato," disse una familiare voce femminile.

Clay sollevò di scatto la testa e vide Abby prendere posto accanto a Yvette. Le due sorelle erano completamente l'opposto l'una dell'altra: una scura, l'altra chiara. Ma dal modo in cui sedevano, le posture identiche, le teste inclinate alla medesima angolazione, era palese che condividevano lo stesso sangue.

"Però ti ho ordinato il pranzo," disse Yvette, attirando

l'attenzione di Sadie, la cameriera part-time del birrificio. "È arrivata."

Sadie annuì e svanì in cucina. Poco dopo, emerse con della chowder in una forma di pane e un'insalata. Lanciò un'occhiata a Clay. "Ho bisogno di una Chocolate Stout, per favore."

"Arriva subito."

Abby si irrigidì leggermente, ma non si voltò a rispondere e lui per poco non si mise a ridere. Abby era fin troppo consapevole della sua presenza e stava facendo di tutto per ignorarlo. Beh, ci avrebbe pensato lui. Percorse il bancone e si mise di fronte alle due sorelle.

"Buon pomeriggio, signore." Sorrise a entrambe. "Poltriamo di nuovo?"

Yvette levò gli occhi al cielo. "Poltriamo 'sta cippa. Ero al lavoro, ma qualcuno distribuisce birra gratis e, a quanto pare, gli abitanti di questo paese preferiscono bere birra che comprare libri. Per cui, mi sono arresa e ho deciso di pranzare con mia sorella. Ora come ora, non so nemmeno se oggi incasseremo abbastanza per coprire la paga di Brinn."

Clay ricordava vagamente la donna che Yvette aveva assunto qualche mese prima. Era una strega appena arrivata in paese; una cugina di Wanda, se lui ricordava bene. Un'altra strega dell'aria, pensò, perfetta per riporre dei libri. Quel genere di strega era molto abile nello spostare gli oggetti. "Sono certo che la gente aprirà il portafogli dopo aver trangugiato abbastanza luppolo."

Abby rise. "All'Art Market di New Orleans funzionava sempre."

Clay appoggiò un gomito sul bancone e si sporse verso di lei, incapace di resistere all'attrazione costante. "E tu che mi dici, Abby? Che progetti hai per la tua permanenza in paese? Spiaggia? Escursioni? Folli corse in auto da golf con Wanda?"

"A dire il vero, Clay, se proprio vuoi saperlo, sebbene tutto ciò suoni proprio come una magnifica vacanza, trascorrerò la maggior parte del tempo a lavorare. Devo evadere degli ordini per le feste."

"Si è presa il capanno del birrificio," disse Yvette, le labbra che si curvavano in un sorriso divertito.

"Davvero?" Clay si ritrasse di scatto, rischiando di urtare Sadie.

"Attento," disse la bionda minuta, sorreggendolo con entrambe le mani. "C'è gente che lavora, qui dietro."

"Scusa," borbottò Clay, riportando l'attenzione su Abby. "Lavorerai qui? Per quanto? Una settimana? Due?"

Abby inclinò la testa di lato, osservandolo. "Perché? La mia presenza ti turba?"

"No!" disse Clay, troppo in fretta, a voce troppo alta. Zeus e Ade, si stava comportando da idiota. Si schiarì la voce e ci riprovò. "Voglio dire, certo che no. Mi stavo solo chiedendo quanto rimarrà occupato il capanno."

"Perché? Non lo usa nessuno," disse Yvette, gli occhi stretti con aria insospettita.

Clay sapeva cosa le stava pensando per la testa. La donna credeva che lui stesse cercando di capire quanto a lungo Abby avrebbe lavorato a meno di tre metri da lui. Ma non era così... non del tutto, almeno. La verità era che Clay usava il capanno quando lavorava sulle nuove ricette. Quello era il luogo in cui Lin produceva la birra all'inizio, quando il pub era stato fondato, oltre quarant'anni prima. Ormai, c'era dell'attrezzatura all'ultimo grido nell'edificio principale, e questo rendeva obsoleto il capanno. Ma nel capanno c'erano acqua corrente, riscaldamento, un fornello, ed era tranquillo, tutte cose di cui Clay aveva bisogno quando lavorava su una ricetta nuova.

"Credo che passerò qui le feste," disse Abby. "E avrò bisogno di lavorare mentre sono qui. Per cui, se il fatto che io usi il capanno è un problema per te, devo saperlo il prima possibile, in modo da organizzarmi diversamente."

"No." Clay scosse la testa, cercando di non notare il brivido di pregustazione che si dipanava dentro di lui. La consapevolezza che avrebbe visto Abby quasi tutti i giorni per i tre mesi a venire dissipò lo stress che lo aveva divorato nel corso dell'ultimo anno e lo fece sentire di nuovo come un dannato ragazzino, ansioso di stare vicino alla ragazza alla quale non riusciva a smettere di pensare. "Nessun problema."

Gli occhi di Abby scintillarono sotto le luci mentre gli sorrideva. "Ottimo."

"Oh, porca miseria," disse Yvette, levando gli occhi al cielo. "Me ne vado prima che voi due prendiate fuoco, con tutte queste scintille." Scese dallo sgabello, lanciò un paio di banconote sul banco e uscì dal pub.

Abby osservò le banconote sul bancone. "Adesso paghiamo per quello che mangiamo?"

Clay scosse la testa. "No. I Townsend mangiano gratis, qui. Quella è la mancia per Sadie."

"Certo. Giusto." Abby frugò nella borsetta e mise sul bancone la stessa cifra che aveva lasciato sua sorella. Quindi, sollevò la birra in un brindisi. "Alla collaborazione dei prossimi mesi."

Clay stappò una bottiglia di porter, la fece tintinnare contro il suo boccale e le fece eco: "Alla collaborazione."

Sostennero uno lo sguardo dell'altra mentre bevevano entrambi un lungo sorso. Per Clay, fu come se il pub, i colleghi e tutti i clienti svanissero e restasse solo Abby – fino a quando non udì un grido e un rumore di vetro che si infrangeva sulle mattonelle del pavimento.

Si raddrizzò di scatto, passando lo sguardo sulla sala. Poi vide Sadie stesa a terra in mezzo alla birra versata e a un mucchio di schegge di vetro. Il sangue macchiava il braccio sinistro della cameriera e inzuppava la sua maglietta della Keating Hollow Brewery.

"Sadie!" Abby si alzò dallo sgabello e corse al fianco della donna. Dopo averle dato un'occhiata, esclamò: "Clay, prendi il kit di pronto soccorso e degli asciugamani puliti."

Clay prese un mucchio di asciugamani puliti e glieli lanciò. Quindi corse sul retro, a prendere il kit di pronto soccorso. Quando raggiunse Abby al fianco di Sadie, Abby aveva bendato il braccio di Sadie con un paio di asciugamani. Il sangue era già filtrato attraverso entrambi gli strati.

"Lasciar perdere il kit. Ha bisogno di un guaritore. Subito," disse Abby.

Clay non esitò. Sollevò Sadie fra le braccia e si incamminò verso l'ingresso. Un attimo prima che oltrepassasse la soglia, voltò la testa ed esclamò: "Abby, tieni d'occhio la situazione fino a quando non torno."

"Puoi contarci," la sentì rispondere. Quindi, Clay si mise a correre.

# CAPITOLO 9

Il sole era tramontato da tempo quando Abby chiuse finalmente a chiave la porta della Keating Hollow Brewery. Non aveva notizie di Clay da quando questi aveva portato Sadie dal guaritore ed era piuttosto preoccupata. L'unico aspetto positivo era che il pub le aveva dato tanto di quel lavoro che non aveva avuto tempo di preoccuparsi molto.

Non riusciva a ricordare un'epoca in cui avesse visto il pub fosse così popolare. Praticamente tutti quelli che erano entrati si erano dichiarati clienti fissi e sembrava che le birre di Clay avessero grande successo in paese. Ma a farla sorridere era il fatto che, mentre tutti avevano dichiarato di sentire la mancanza della presenza costante di suo padre, avevano anche espresso chiaramente approvazione per il lavoro di Clay.

Per qualche motivo, le loro lodi l'avevano colmata di orgoglio, come se Clay fosse ancora suo.

"Lascia perdere, Abs," si disse, mettendosi a pulire i pavimenti. Una volta che ebbe tirato a lucido ogni singola mattonella, tutti i muscoli del suo corpo bramavano un po' di

DEANNA CHASE

relax. Ma non aveva ancora scaricato il furgone di suo padre, che era poi il motivo per cui era venuta al pub.

"Sembrerebbe tutto a posto, Abby," disse Rhys da dietro il bancone. Con grande sollievo di Abby, l'uomo si era offerto di restare e assicurarsi che tutto fosse a posto in cucina. Il bancone era immacolato, i fusti erano stati cambiati e la chiusura fiscale era stata fatta. "Pronta?"

"Tu vai pure," disse lei, rivolgendogli un cenno. "Io devo fare ancora un paio di cose."

Rhys sollevò di scatto le sopracciglia. "Tipo? Non vedevo questo posto così pulito da quella volta che Yvette ha preso le redini per una settimana, quando tuo padre è venuto a trovarti a New Orleans."

Abby rise. Non c'era da stupirsene. Yvette era il genere di persona che non riusciva ad andare a letto se la cucina non era immacolata e tutto non era stato messo in ordine. "Devo solo scaricare delle cose dal furgone di papà."

"Ti serve una mano?" chiese l'uomo, che già si era incamminato verso di lei.

"No, no. Sei qui da ore. Vai a casa. Ci penso io." Gli rivolse un sorriso di incoraggiamento e andò ad aprirgli la porta. "Riposati. So che arrivi sempre presto."

Lo sbadiglio che Rhys non riuscì del tutto a trattenere le rivelò che aveva ragione.

"Vedi? Sei esausto. Dai. Vattene da qui," gli ordinò.

"Non me lo faccio dire la terza volta." L'uomo le rivolse un sorriso colmo di gratitudine e svanì nella notte.

Abby si recò al bancone, riempì un bicchiere di stout dalla spina e si lasciò cadere su uno degli sgabelli, tutto il corpo che si piegava per il sollievo. Miseriaccia, da quando era così fuori forma? Alle superiori, aveva trascorso molte sere a fare la cameriera e non ricordava di essersi mai sentita esausta come in quel momento.

Si mise comoda sullo sgabello ed ebbe un sussulto quando il suo sedere cominciò a vibrare. Sperando che fosse Clay, afferrò il telefono ed ebbe un tuffo al cuore quando vide che si trattava di Logan. Fece una smorfia. Non era quella la reazione che avrebbe dovuto avere quando la chiamava il suo cosiddetto ragazzo.

Dopo essersi mentalmente rimproverata, accettò la chiamata e disse allegramente: "Ehi, cosa c'è?"

"Controlla l'e-mail," disse Logan, la voce che conteneva una nota di entusiasmo.

"Cosa?" Abby si accigliò. "Perché?"

"Non crederai mai a quello che è successo oggi. È assurdo."

"D'accordo, cos'è successo oggi?" chiese lei, trattenendo uno sbadiglio. Aveva gli occhi umidi e non desiderava altro che tornare a casa di suo padre, andare a letto e dormire per dodici ore filate.

"Indovina. Dai. Non ci arriverai mai."

"Ah, non lo so. Hai venduto qualche quadro?" Dall'altro capo della linea giunse il silenzio e per un attimo lei pensò che fosse caduta la linea. "Logan? Ci sei ancora?"

Lei lo sentì emettere un sospiro esagerato. "Sì, ci sono. I miei quadri non c'entrano."

"Oh." La frustrazione risalì la gola di Abby, che avrebbe voluto mettersi a gridare per sfogarla. Conosceva quel tono di voce. Logan non era semplicemente infastidito; era furioso perché lei aveva parlato dei suoi quadri. Beh, insomma, era lui che le aveva detto di tirare a indovinare. Come faceva lei a sapere quale fosse la grande notizia? Per il primo anno e mezzo della loro relazione, tutto era ruotato attorno all'arte... per la precisione, all'arte di *Logan*. C'era da stupirsi se lei avesse azzardato che lui potesse aver avuto successo? "Ehm, hai chiuso un contratto?"

"Va meglio, ma non è per questo che ti ho chiamato."

L'entusiasmo di Logan era svanito ed era palese, per Abby, che lui la considerava colpevole di averlo sgonfiato. Beh, affaracci suoi. Lei non sapeva leggere nel pensiero e non aveva detto nulla di sgarbato. "Mi arrendo," disse, costringendosi a parlare con una certa leggerezza. "Qual è la notiziona?"

"Avrebbe dovuto essere una sorpresa."

"Lo è ancora," disse ridendo lei, "dato che palesemente non ho idea di cosa tu stia cercando di dirmi."

"Quello è evidente."

"Cosa?" Abby allontanò il telefono dall'orecchio e lo fissò incredula. Quando lo riavvicinò, disse: "Sei davvero arrabbiato con me perché non ti leggo nel pensiero?"

"No, Abigail, sono frustrato perché sembra che tu non mi abbia mai ascoltato negli ultimi sei mesi. Sarebbe carino se tu sostenessi le mie scelte invece di parlare sempre della mia galleria d'arte fallita."

Abby fu attraversata dallo shock e all'improvviso le tornò in mente quello che le aveva detto Faith riguardo al fatto che Logan le avesse nascosto dozzine dei suoi quadri. "Mi dispiace," disse automaticamente, anche se non aveva detto una parola riguardo alla galleria. Ma ciò non aveva grande importanza, quando era palese che Logan era gravemente ferito nell'orgoglio. "Non parlerò mai più della galleria o della tua arte."

"Grazie."

Cadde il silenzio, ma questa volta Abby era decisa ad aspettare. Era ancora convinta di non aver fatto nulla di male. E se Logan voleva darle quella notizia, lei non avrebbe sprecato altra energia nel tentativo di cavargli le parole di bocca. Onestamente, dopo aver guidato attraverso il Paese e dopo la lunga giornata di lavoro al birrificio, non aveva le forze per affrontare le fisime di Logan.

"Sai una cosa, Abby? Devo andare a una riunione. Controlla l'e-mail e chiamami per farmi sapere come la pensi."

"Va bene," disse lei, ma la sua risposta fu accolta dal silenzio e, quando allontanò il telefono, vide che la chiamata si era chiusa. Scuotendo la testa, guardò male il cellulare e disse: "Coglione."

"Problemi in paradiso?" mormorò una voce profonda alle sue spalle.

*Clay.*

Era tornato. La tensione scivolò via dalle spalle di Abby e, quando lei si voltò e guardò nei preoccupati occhi scuri dell'uomo, la pace prese posto nella sua anima. Tutta la rabbia generata dalla conversazione con Logan svanì e lei si sentì *a posto* come non si sentiva da molto tempo. Non voleva esplorare il significato di quella sensazione, ma in quel momento era semplicemente lieta di trovarsi alla presenza di qualcuno con cui voleva disperatamente tornare a essere amica.

"Sembrerebbe proprio di sì," confermò lei, sorridendogli debolmente. "Sembra proprio che non vincerò il premio come miglior fidanzata dell'anno." Perché aveva detto fidanzata? Non era nemmeno più sicura di esserlo. Dannazione, doveva proprio sistemare le cose con Logan e al più presto, per la sua pace mentale.

"In tal caso, sono convinto che il tuo coglione non abbia idea di quanto sia fortunato."

Il sorriso di Abby si allargò. "Sei molto carino. Grazie."

Clay si strinse nelle spalle. "È la pura verità."

"Non puoi saperlo. Per quanto ne sai tu, potrei anche essere la peggiore strega sulla faccia della terra. E se gli avessi svuotato il portafogli prima di partire?"

"Lo hai fatto?"

"No."

"Ovviamente. Scommetto che gli hai riempito il frigorifero con la sua crostata preferita e gli hai lasciato la tua famosa lasagna nel freezer."

Abby rise e le viscere le si scaldarono per la consapevolezza che Clay la conosceva ancora molto bene. "Quasi. Gelato al caramello fatto in casa ed étouffée."

"Vedi? Sei ancora la ragazza dolce che eri anni fa. Se lui non lo capisce, è un problema suo."

Si guardarono negli occhi per un istante o due, dopodiché Abby bisbigliò: "Grazie."

"Prego."

Abby gli rivolse un sorriso colmo di gratitudine, quindi si acciglio nel ripensare al motivo per cui si era messa a lavorare nel pub. "Come sta Sadie?"

"Meglio, ora che l'hanno ricucita. Ci vorrà qualche settimana prima che possa tornare a lavorare, ma se la caverà."

"Oh, ottimo." Abby trasse un sospiro di sollievo. Il taglio era stato molto brutto.

Clay la raggiunse e le offrì la mano per aiutarla a scendere dallo sgabello. "Ora, perché sei ancora qui?"

Dopo aver posato i piedi per terra, Abby gli lasciò la mano e si ficcò entrambe in tasca. "Devo ancora scaricare il furgone di mio padre. Abbiamo avuto tanta di quella gente che non ci sono riuscita."

"Scarichiamo, allora." Clay si incamminò verso la porta, ma Abby non si mosse.

"Non devi farlo. Hai già spostato tutto dalla mia auto al garage di mio padre."

"Abby, hai trascorso la giornata a fare il mio lavoro. Credo di poterti aiutare a scaricare qualche scatolone." Clay sbloccò la porta e le rivolse un cenno del capo per indicarle di seguirlo. "Forza. Sembri esausta. Sbrighiamoci, così potrai andare a riposare."

I piedi di Abby parvero muoversi come per volontà propria e quando lei raggiunse Clay, lo toccò sul braccio e disse: "Grazie."

La mano di Clay le premette in fondo alla schiena e con voce bassa e burbera, lui disse: "Qualunque cosa per te, Abs."

*a*bby entrò nella casa di suo padre con una sensazione di calore nel petto. Non ricordava l'ultima volta in cui si era sentita così... leggera. Clay era esattamente il genere di amico di cui aveva bisogno in quel momento: simpatico, disponibile e rilassato. Era fantastico che, nonostante il loro passato, fossero ancora in grado di intrattenere una amicizia serena.

La casa era buia, con l'eccezione di una luce sopra il fornello. Canticchiando, Abby si preparò della cioccolata calda, quindi si sedette al piano della cucina e aprì il portatile. Dopo aver stampato una lista delle ultime ordinazioni, aprì la casella di posta.

Il suo buonumore svanì all'istante quando vide l'e-mail non letta di Logan. Un sospiro le sfuggì dalle labbra proprio nell'istante in cui udì un tonfo, seguito da un gemito, proveniente dalle vicinanze della camera da letto di suo padre.

"Papà?" Abby saltò giù dallo sgabello e corse alla porta di suo padre. Mentre bussava, disse: "Ehi, papà, ti senti bene?"

La paura la travolse. Bussò di nuovo.

Udì un leggero rumore di passi strascicati un attimo prima che suo padre aprisse la porta e le rivolgesse un sorriso debole. "Sto bene, Abby. Sono solo inciampato nel poggiapiedi." Abby esitò, quindi passò lo sguardo sul corpo leggermente ingobbito di Lin e notò della mano che questi si teneva sull'addome. "A me non sembra che tu stia bene, papà." Suo padre chiuse gli occhi e scosse leggermente la testa. "Sono solo un po' stanco e nauseato dopo la terapia di oggi."

"Avevi la terapia?" chiese Abby, la bocca spalancata per lo shock. "Perché non me lo hai detto? Perché Yvette non mi ha detto nulla? Ho pranzato con lei. Porca miseria, papà, chi ti ha accompagnato?"

Suo padre fece una smorfia e deglutì visibilmente. "Nessuno. Sono andato da solo."

"Perché?" Abby era sinceramente confusa. "Non era necessario. Se lo avessi saputo, ti avrei portato io. È anche per questo che sono tornata."

"Abby," disse suo padre, la voce arrochita dalla fatica. "Sono un uomo adulto. Posso andare e venire da solo dall'ospedale." Lin prese fiato e voltò la testa, mentre il suo colorito si tingeva di un verde malsano. "Non—" Suo padre si voltò e corse nel bagno. Qualche istante dopo, Abby udì i conati.

"Oh, papà," disse sottovoce, tornando in cucina per tirare fuori qualche cracker e un bicchiere di ginger ale. Si soffermò per lanciare un'occhiata nella direzione del suo studio. Il senso di colpa le divorava la coscienza. C'era stato un tempo in cui avrebbe preparato una pozione per eliminare la nausea. Ma era stato molto tempo prima ed era fuori allenamento. Se avesse saputo che suo padre aveva già cominciato la chemioterapia, avrebbe trovato un guaritore e fatto scorta di pozione anti-nausea.

Corse alla stanza di suo padre, appoggiò i cracker e la

ginger ale sul comodino e si mise a camminare avanti e indietro mentre aspettava che lui ritornasse. Quando Lin emerse finalmente dal bagno, lei fece del proprio meglio per nascondere l'ansia e corse ad aiutarlo a rimettersi a letto.

Questa volta, suo padre le passò un braccio attorno alla spalla e si appoggiò a lei. "La chemio è una brutta bestia."

"Ecco. Torna a letto. Ti ho portato dei cracker."

"Grazie, Abs," disse Lin, esalando un sospiro di sollievo mentre si sedeva sul letto. Ignorò i cracker e bevve un sorso della bevanda. Dopo aver fatto una smorfia, rimise il bicchiere sul comodino e prese il telecomando. "Vuoi guardare un film?"

"Certo, papà. Se vuoi."

Lin accese la televisione e fece zapping fino a quando non trovò un film con John Wayne. Sorridendole, diede un colpetto sull'altra parte del letto. "Mettiti comoda. C'è una maratona."

Abby gemette, ma rise bonariamente. "Sul serio? Di nuovo il Duca? Forse dovresti provare qualcosa uscito nell'ultimo decennio."

Suo padre si mise comodo con due cuscini dietro la schiena e scosse la testa. "Non si può battere la perfezione, Abby."

Lei si limitò a scuotere la testa e si sedette con la schiena appoggiata alla testiera del letto. Cinque minuti dopo, suo padre era di nuovo fuori dal letto per la seconda ripresa nel bagno. I rumori dei conati le fecero venire le lacrime agli occhi.

*Perché proprio lui?* chiese all'universo per la centesima volta da quando sua sorella l'aveva chiamata per darle la notizia della diagnosi. Papà non se lo meritava. Nessuno se lo meritava, ma soprattutto non Lincoln Townsend. Suo padre era la roccia della famiglia Townsend, la mano tesa che era sempre stata pronta ad aiutare ciascuna di loro, fra cuori spezzati e bocciature e altre delusioni, senza che loro potessero fare affidamento su una madre. Lin si era ritrovato a dover crescere quattro ragazze da solo e lo aveva fatto con una quantità immensa di amore e di gentilezza, senza mai lamentarsi di ciò che gli era toccato in sorte. Non era trascorso un giorno in cui Abby non si fosse sentita amata e adorata da suo padre.

Il rumore dell'acqua la strappò ai suoi pensieri e lei si asciugò precipitosamente le lacrime. Non voleva che suo padre la vedesse turbata. Si sarebbe preoccupato per lei, e Abby non voleva aggiungersi all'elenco delle preoccupazioni del genitore. Questa volta, lei era lì per dare sostegno a lui, non il contrario.

Quando, finalmente, Lin riemerse dal bagno, il suo volto si era fatto cinereo e c'erano dei cerchi scuri sotto i suoi occhi. Inoltre, si era cambiato, togliendosi i jeans e indossando pantaloni del pigiama di flanella e una maglietta pulita. Abby si alzò dal letto e corse a dargli una mano, ma lui la allontanò con un gesto.

"Sto bene. Devo solo sdraiarmi e riposare," le disse.

"Certo. Lascia solo che–"

"Ho detto che sto *bene*."

Abby si tirò indietro, capendo che suo padre detestava dare mostra di debolezza. Sapeva che quello era il suo modo di dimostrare a se stesso che poteva farcela, proprio come quando era andato dal dottore da solo, senza dire niente a nessuno. Attese mentre lui si sedeva sul letto e beveva un altro sorso di ginger ale. Quando il liquido gli toccò le labbra, fece di nuovo una smorfia.

"Posso portarti qualche altra cosa. Dell'acqua? Posso chiamare in farmacia e vedere se hanno qualcosa per la nausea."

"Ho già delle pillole, Abby," mormorò suo padre. "Le ho prese subito dopo la terapia. Mi hanno detto che, anche con le pillole, capita spesso di vomitare."

Abby sbuffò. "Allora a cosa servono?"

Lo sguardo degli occhi stanchi di suo padre incrociò il suo. "Senza le pillole, credo che trascorrerei la notte raggomitolato sul pavimento del bagno invece che davanti alla televisione."

"Capisco." Abby incrociò le braccia sul petto e si accigliò. Era grata per il fatto che suo padre avesse qualcosa che lo aiutava, almeno in parte, ma era quello il meglio che si poteva fare?

Suo padre si infilò sotto le coperte e, senza nemmeno spegnere la televisione, si girò su un fianco e chiuse gli occhi.

Abby esalò un lungo respiro, lasciò il telecomando sul comodino e spense la luce mentre diceva: "Buonanotte, papà. Se hai bisogno di qualcosa, ci sono."

Suo padre si tirò le coperte più in alto e disse: "Lo so. 'Notte."

Abby si chiuse la porta alle spalle e finalmente lasciò andare lacrime che aveva trattenuto per l'ultima ora. Un minuscolo singhiozzo le sfuggì dalla gola mentre si sedeva sul divano di cuoio e nascondeva il viso fra le mani, la paura che emergeva prepotentemente in superficie.

Era come se la diagnosi di cancro fosse finalmente divenuta reale. Vedere suo padre con la nausea, sapere che ciò era dovuto alla chemioterapia, era stato come un pugno nello stomaco. Sapeva che suo padre era pronto a combattere ed era convinta che avrebbe preso il cancro a calci nel sedere e ne sarebbe uscito più forte che mai. Ma ciò non cambiava il fatto che la bambina dentro di lei avesse appena visto il suo eroe messo alle corde dall'unico nemico che lei non poteva affrontare per lui.

Suo padre non era più infallibile ed essere costretta ad affrontare quella realtà le faceva troppo male.

Abby si alzò, andò in cucina e afferrò una manciata di

fazzoletti per pulirsi il viso. Dopo essersi asciugata le lacrime, si sedette davanti al computer e ancora una volta diede un'occhiata all'e-mail.

"Ah, che diavolo," borbottò alla vista del messaggio di Logan. Non era dell'umore di avere a che fare con la presunta sorpresa del suo ragazzo e stava per uscire, ma l'anteprima attirò la sua attenzione: *Il Ballo delle Streghe*.

Aprì il messaggio. C'era scritto: *All'incontro di oggi c'era anche il sindaco. È rimasto colpito dalla nostra idea per rivitalizzare il defunto parco divertimenti e ha insistito perché ci unissimo a lui al Ballo delle Streghe di New Orleans. So quanto ti sarebbe piaciuto andare, l'anno scorso. I biglietti erano costosissimi, ma tu ne vali la pena, tesoro. Potrai ringraziarmi indossando qualcosa di sexy. Non vedo l'ora di vederti fra qualche giorno. Faremo un weekend lungo. Ti ho già prenotato l'aereo.*

*P.S. Non dimenticare di prendermi qualcosa da mettermi. Sarò costantemente impegnato con gli incontri di lavoro. Hai ancora le mie misure, giusto?*

In allegato c'era un biglietto aereo con il nome di Abby. Il volo da San Francisco sarebbe partito due giorni dopo, alle sei e mezza di mattina.

Seduta sullo sgabello, Abby rimase a fissare l'e-mail. Era uno scherzo, vero? Logan era davvero così ottuso da comprarle un biglietto e aspettarsi che lei tornasse a New Orleans pochi giorni dopo essere arrivata a casa? Dopo che gli aveva già detto che ripartire dopo aver trascorso appena due *settimane* in paese non le sembrava giusto? Era impazzito? Più lei fissava l'e-mail, più si arrabbiava. Le sue emozioni erano già in subbuglio dopo aver assistito a come suo padre affrontava le conseguenze della chemioterapia. Non aveva né il tempo né la voglia per curarsi dell'ego fragile di Logan.

Quell'egoista figlio di buona strega. Quei biglietti non erano per lei. Erano per lui, per aiutarlo a lecchinare i funzionari cittadini nella speranza di ottenere il loro sostegno. Senza dubbio, aveva già organizzato degli incontri a cui l'avrebbe costretta a partecipare. E anche se così non era, la sua palese noncuranza nei confronti della necessità di Abby di restare vicino a suo padre in quel momento bastò a farle venire voglia di urlare.

Cliccò sul tasto di risposta e cominciò a scrivere.

*Che faccia tosta che hai. Spero che tu abbia scelto un biglietto rimborsabile, perché io non vado da nessuna parte.*

*P.S. Comprateli da solo i vestiti. Non sono la tua assistente. E non sono nemmeno la tua ragazza. Non più. Trovati qualcun altro da manipolare. Io ho finito.*

Prima di avere il tempo di pensarci su, Abby premette Invia e chiuse di scatto il portatile. Respirando affannosamente, si alzò e cominciò a camminare avanti e indietro. Il cuore le martellava contro le costole. Aveva davvero chiuso con Logan via e-mail? Annuì. Sì, l'aveva fatto. Meritava di meglio. Molto di meglio.

Il tempo che aveva trascorso quella sera con Clay era stato illuminante. Non solo perché lei si rendeva conto fin troppo bene di provare ancora qualcosa per lui, ma perché Clay era davvero premuroso. Era la seconda volta in due giorni che si prendeva un disturbo per aiutarla e non le chiedeva nulla in cambio. E il fatto era che era sempre stato così. Non si era mai comportato come se i suoi obiettivi, il suo lavoro o le sue necessità fossero più importanti di quelli di Abby. Il poco tempo che lei aveva trascorso qualche ora prima con lui le aveva ricordato com'era stare con qualcuno che non teneva solo a se stesso.

Qualunque cosa sarebbe o non sarebbe accaduta fra lei e

Clay in futuro non aveva importanza. Lui le aveva mostrato qualcosa che Abby aveva dimenticato e lei gli era grata.

Le vibrò il telefono. Abby si acciglò quando vide il volto di Logan lampeggiare sullo schermo e rifiutò la chiamata. Il telefono vibrò di nuovo.

Abby strinse i denti, sapendo che lui avrebbe continuato a provare fino a quando lei non avesse risposto. *Faccia pure,* pensò, ignorando le chiamate mentre si preparava un'altra tazza di cioccolata. Come previsto, Logan continuò a tempestarle il telefono. Alla fine, Abby prese fiato per farsi forza e rispose. "Che vuoi, Logan?"

"Ma cosa diavolo fai, Abigail? Ti ho comprato un regalo meraviglioso e tu mi lasci via e-mail? È così che mi ripaghi?"

"Che ti ripago?" sputò Abby. "Per cosa? Per avermi ignorato quando ho detto che dovevo stare vicino a mio padre?"

"Ma dai. Ci sono le tue sorelle. Per tre giorni, puoi anche tornare a casa."

Abby si scaldò in viso e il desiderio di mettersi a urlare per poco non le fece scoppiare la testa. E forse lo avrebbe anche fatto, se suo padre non fosse stato nella stanza accanto che cercava di dormire. Contò fino a cinque nella testa, quindi disse: "Sono già a casa, Logan. Non torno a New Orleans. Dovrai trovare un modo per tirare avanti senza di me."

"Che significa che non torni a New Orleans? Certo che torni. Fra due settimane ho l'incontro."

Abby chiuse gli occhi e si chiese se per caso stesse parlando in una lingua straniera. Logan era sempre stato così egocentrico ed egoista, oppure la sua personalità era cambiata negli ultimi mesi? Lei non riusciva a immaginarsi attratta da una persona così menefreghista, che ignorava praticamente tutto ciò che lei diceva. "Logan, ascolta bene. Non tornerò a New Orleans nel futuro prossimo. Al massimo tornerò dopo l'anno nuovo, se tornerò. In questo momento, sono qui con mio padre e le mie sorelle, dove devo stare. E no, non posso semplicemente andarmene e lasciare tutto in mano alle mie sorelle. Sono qui per me stessa tanto quanto per loro e per mio padre. Insomma... piantala."

Silenzio di tomba.

Dopo un po', Abby disse: "Addio, Logan."

"Abby," disse Logan, trascinando il suo nome. "Andiamo, tesoro. Non avercela con me. Ho sbagliato. Mi dispiace. Domani ti chiamo e sistemiamo tutto."

"No!" sbraitò lei nel telefono. "Non chiamarmi. Non sono soltanto arrabbiata, Logan. Non ne posso più."

"Ma—"

"Addio." Abby chiuse la telefonata e, quando lui la richiamò subito, rifiutò la chiamata e bloccò il suo numero.

Uno strano miscuglio di sollievo e rammarico la travolse quando il telefono, finalmente, tacque. Era fatta. Era ufficialmente libera. E sebbene un peso le fosse stato tolto dal petto, non riuscì a trattenere la nuova ondata di lacrime che le fece bruciare gli occhi. Sbatté furiosamente le palpebre, rifiutandosi di piangere per colpa di Logan. Lasciare New Orleans le aveva fatto capire quanto lui l'avesse usata. Rompere con lui era stata la cosa giusta e lei sarebbe stata di certo meglio, ma non riusciva a non sentirsi un po' una fallita. Si era sforzata tanto per far funzionare la relazione. Troppo, probabilmente. Doveva semplicemente lasciar perdere. Era ora.

*bby era all'ingresso del mercato contadino, con un sorriso che le inarcava le labbra. Aveva trascorso gli ultimi tre giorni tenendo d'occhio suo padre e aiutandolo con il frutteto. L'unica volta in cui era uscita dalla proprietà era stato per spedire alcune ordinazioni. Ora aveva esaurito le materie prime e doveva impegnarsi a ricostruire l'inventario, ma non prima di aver approfittato della splendida giornata autunnale ed essersi procurata qualche tesoro.

Il mercato era pieno di artisti e piccoli contadini con i quali non vedeva l'ora di rinnovare la conoscenza, visitando tutte le bancarelle. Aveva sempre adorato il mercato, da piccola. Molti degli artisti erano stati i suoi primi insegnanti.

Il sole le scaldò la pelle mentre raggiungeva rapidamente la bancarella della signorina Maple. L'anziana aveva i riccioli grigi raccolti in cima alla testa e indossava spessi occhiali dalla montatura di plastica, un corsetto e una gonna da contadina. Gli stivali allacciati al ginocchio completavano l'abbigliamento.

Abby raggiunse la bancarella e attese con pazienza mentre la signorina Maple conquistava una bella bambina passando una mano su una fila di cupcake e cambiando il colore della glassa da blu a rosa. A occhio e croce, la bambina non aveva più di otto o nove anni.

"Puoi farli diventare viola?" chiese la bambina, battendo le mani con entusiasmo e facendo saltellare i riccioli scuri attorno al viso dolce. "Il viola è il colore preferito della mia mamma."

"Abbiamo una cliente esigente." La signorina Maple ammiccò alla bambina e fece diventare viola due dei cupcake.

"Sìììì." La bambina sorrise radiosa alla signorina Maple ed Abby provò un senso di affinità nei suoi confronti. La signorina Maple era sempre stata la sua persona preferita, in paese, e tutto aveva avuto inizio con un cupcake rosa.

"Forza," la incoraggiò la signorina Maple. "Prendine uno per te e uno per la tua mamma."

La bambina esitò per un istante, vibrando praticamente dalla pregustazione. Poi, sporse il labbro inferiore in un delicato broncio mentre si rivoltava le tasche. "Non ho soldi."

La signorina Maple si chinò e bisbigliò: "Sei fortunata, perché oggi i cupcake viola sono gratis. Forza. Prendili. Uno per te e uno per la tua mamma."

Sul volto della bambina sbocciò un enorme sorriso. Quindi, lei prese un cupcake e vi diede un morso gigantesco, sporcandosi tutto il viso di glassa viola.

"Olive!" Una splendida donna bionda arrivò di corsa e strappò via il cupcake dalla mano della bambina. "Che ti salta in mente?"

Gli occhi che le si colmarono di lacrime, la bimba chinò la testa, fissandosi i piedi.

"Sai che non puoi mangiare quella roba. Hai le riprese la settimana prossima."

"Me lo ha dato la signorina Maple," disse la bambina, la cui voce tremava dalle lacrime.

"Beh, non è la signorina Maple a doversi preoccupare che tu non entri nel vestito che ho comprato, o sbaglio?" La donna afferrò una manciata di tovaglioli e li ficcò nelle mani della bambina. "Pulisciti, Olive. Se quel colorante ti macchia la guancia, chissà quanto ci vorrà prima che sbiadisca. Non possiamo permetterci che tu rovini le riprese."

La donna girò sui tacchi e cominciò ad allontanarsi a grandi passi. Quindi si fermò e voltò la testa verso la figlia. "Quando ti sarai ripulita, vieni alla macchina. Tuo padre ti aspetta."

Abby rimase a bocca aperta mentre guardava la donna svanire in mezzo alla folla. Fece un passo avanti, appoggiando delicatamente le mani sulle spalle della bambina mentre si accovacciava. "Ti serve una mano, tesoro?"

La bambina scosse la testa, con una grossa lacrima negli occhi grandi mentre cercava coraggiosamente di non piangere.

Abby le prese dolcemente i fazzoletti di mano e le pulì il viso dalla glassa viola, tamponando la lacrima che la bambina non era riuscita a trattenere. Le rivolse un sorriso gentile. "Ecco fatto, bellezza. Sei pulitissima."

"Abby? Olive?" La voce inconfondibile di Clay giunse da dietro le sue spalle.

"Papi!" La bambina lanciò un grido e oltrepassò Abby in volata.

Abby si voltò e vide Olive sollevata fra le braccia di Clay, la testa sulla spalla dell'uomo mentre si aggrappava a lui.

"Ehi, tesoro. Cosa c'è?" chiese Clay, fissando Abby. "Dov'è tua madre?"

Olive scosse la testa e si aggrappò più forte.

Abby si schiarì la voce. "Credo che stia aspettando in macchina."

Il volto di Clay assunse un'espressione tempestosa. "Ha lasciato Olive qui da sola?"

"Non era sola, Clay," disse la signorina Maple, allungandosi per dare un colpetto sulla spalla dell'uomo. "C'eravamo io ed Abby."

Clay spostò lo sguardo fra la signorina Maple ed Abby, e annuì. "Grazie."

Abby rimase immobile, con il cuore sul punto di esplodere per la dolcezza e il dolore al tempo stesso. La vista di Clay con la figlia, una figlia nata da un'altra donna, era un pugno nello stomaco che lei non si era aspettata. Sapeva da tempo che l'uomo aveva avuto una figlia con la ex, ma non l'aveva mai vista e la sua reazione era viscerale. E dopo aver visto il modo in cui la madre aveva trattato la bambina solo pochi istanti prima, Abby avrebbe voluto prendere la piccola fra le braccia e tenerla al sicuro da quella stregaccia.

Clay posò la figlia a terra e si accovacciò, proprio come aveva fatto Abby. "Mi sei mancata, pulce."

Le labbra di Olive si curvarono nell'ombra di un sorriso. "Anche tu."

Clay annuì e abbracciò di nuovo la figlia. "Quand'è che siete arrivate in paese?"

"Ieri sera."

"Ieri sera?" Le sopracciglia di Clay spiccarono un balzo fino alla fronte. "Dove avete dormito?"

"Al Book and Stone.[1] La mamma ha detto che era troppo tardi per andare a casa."

Clay strinse i denti, palesemente contrariato, ma non disse nulla. Si limitò ad annuire e afferrò la mano della bambina. "Andiamo a salutarla, d'accordo?"

L'espressione di Olive assunse la stessa espressione tempestosa di quella di Clay pochi istanti prima, quando incrociò le braccia.

Clay strinse gli occhi. "Cos'è successo, pulce?"

Lo sguardo di Olive si spostò sul cupcake viola per terra, ma ancora una volta, proprio come il padre, la bambina non disse nulla.

*Che razza di coppia*, pensò Abby. Entrambi cercavano di proteggere l'altro dal comportamento della madre di Olive.

"Cos'è successo, Abby?" chiese Clay.

*E io che c'entro?* Abby lanciò un'occhiata alla signorina Maple, quindi tornò a guardare Clay. "C'è stato un incidente con un cupcake. Credo che la madre di Olive non abbia gradito."

La signorina Maple sbuffò. "Decisamente non ha gradito."

Lo sguardo di Clay si posò sul cupcake ancora per terra. Il suo corpo si irrigidì e il suo viso si contrasse dalla sofferenza mentre, palesemente, faceva due più due. Ravviò un ricciolo dietro l'orecchio di Olive. "Che ne dici se prepariamo la tua crostata preferita quando arriviamo a casa?"

Olive scosse la testa. "Va tutto bene, papà. Tanto, non posso comunque mangiare dolci."

Il tono della bambina era così piatto e privo di emozioni che per poco il cuore di Abby non si spezzò. Prima della comparsa della madre, Olive era stata piena di gioia allo stato puro. Sua madre le aveva risucchiato la vita.

La signorina Maple scosse la testa. "Chiedo scusa, signorina, ma non sono d'accordo. Da dove credi che venga la dolcezza che c'è qui?" Si premette il palmo della mano sul cuore mentre sollevava lo sguardo su Clay e ammiccava. "Devo insistere perché tu prenda almeno un biscotto."

Olive esitò, quindi guardò il padre in cerca di approvazione.

"Nessun problema, dolcezza. Fai pure," disse lui.

Il sorriso esuberante tornò sul volto di Olive, che si allungò verso il biscotto. Quando le sue dita sfiorarono quelle della signorina Maple, una minuscola scintilla di magia le sfiorò le dita.

Olive ridacchiò. "Mi hai fatto il solletico."

La signorina Maple piegò il dito, facendole cenno di avvicinarsi, quindi le mormorò qualcosa nell'orecchio.

La risatina di Olive si trasformò in un sussulto e la bambina fissò la signorina Maple con gli occhi spalancati e colmi di entusiasmo. "Davvero?"

La signorina Maple annuì. "Davvero. Divertiti, Olive. Vieni a trovarmi la settimana prossima, d'accordo?"

"Sì." La bambina mostrò le fossette e afferrò la mano del padre mentre dava un grande morso al biscotto.

"La ringrazio, signorina Maple," disse Clay, per poi rivolgersi a Abby. "Anche te, Abs."

"Io non ho fatto nulla," disse lei. "Non c'è bisogno di ringraziarmi."

Clay fece una pausa, sostenendo il suo sguardo per una frazione di secondo. "Sì, invece. Grazie."

L'emozione si levò dentro di lei e le bloccò la gola. Abby deglutì e disse: "Figurati, Clay." Sorridendo a Olive, tese la mano. "Non abbiamo avuto modo di presentarci. Io sono Abby."

"Olive," disse la figlia di Clay con la bocca piena di biscotto, stringendole rapidamente la mano.

"Piacere di conoscerti, Olive. Ci vediamo."

Olive salutò, quindi tirò la mano di Clay, saltellando mentre lo conduceva lontano dalla bancarella.

Abby li guardò allontanarsi, il cuore che doleva per ciò che avrebbe potuto essere se lei, dieci anni prima, fosse rimasta a Keating Hollow.

"Non è troppo tardi, sai?" disse la signorina Maple.

"Eh?"

"Clay. Ne ha passate tante, ma lo stesso vale per te. Il tempo porta consiglio, ma tu devi aprirti alle possibilità."

Abby scosse la testa, le viscere che ribollivano per il rimorso. "Apprezzo quello che sta cercando di dirmi, ma non succederà. Non può."

La signorina Maple inclinò la testa e osservò Abby. "Perché no? Non esistono strade predeterminate."

"Perché non posso restare," disse di getto Abby. Sapeva già che, se avesse cominciato a frequentare Clay, si sarebbe innamorata perdutamente di lui ancora una volta. Lasciarlo di nuovo le sarebbe stato fatale. E poi c'era Olive. La situazione di Clay, all'improvviso, si era fatta fin troppo concreta. L'uomo aveva una figlia che palesemente adorava e quella bambina aveva già fatto presa sul cuore di Abby nel giro di cinque minuti. Non poteva affezionarsi a quei due per poi uscire dalle loro vite. Ma soprattutto, ciò non sarebbe stato giusto nei confronti di Clay o di Olive.

"Capisco," disse la signorina Maple. "Ti sei mai chiesta perché continui a scappare, Abby?"

"Non serve," rispose con ardore lei.

La signorina Maple inarcò le sopracciglia. "Ne sei sicura?"

"Sicurissima."

La donna annuì, ma la tristezza si intrufolò nei suoi occhi nocciola. "Capisco perché te ne sei andata. Il dolore è una motivazione potente, ma non puoi tenerlo rinchiuso per sempre. Scappare non lo manda via; lo fa solo infettare."

Abby si sentì raggelare mentre ripensava al corpo immobile

di Charlotte nel suo capanno, gli occhi ciechi che fissavano il vuoto. Il ricordo la fece sbiancare e lei scosse rapidamente la testa. "Non lo tengo rinchiuso. È sempre qui." Abby indicò il suo cuore. "Per favore, so che sta cercando di aiutarmi, ma io non sto scappando. Sto solo cercando di sopravvivere."

La signorina Maple allungò una mano. "Abby–"

"No." Abby si ritrasse di scatto. "Devo andare. È stato bello rivederla." Ciò detto, si voltò e corse via dal mercato, le lacrime che le scorrevano silenziose lungo il viso.

# CAPITOLO 12

Olive indicò l'elegante Mercedes presa a nolo parcheggiata in fondo al parcheggio. "È quella."

*Ovviamente*, pensò Clay. La sua ex-moglie aveva sempre avuto la passione per le cose migliori e lui aveva i conti della carta di credito che lo dimostravano. La parsimonia non era nelle corde di Val. Clay accentuò la presa sulla mano di sua figlia e raggiunse la macchina. Val, seduta al posto di guida, sollevò una mano, facendogli segno di aspettare. Stava muovendo le labbra e Clay tirò a indovinare che fosse al telefono. La risata della sua ex fuoriuscì argentina dal finestrino e lui levò gli occhi al cielo. Quella risata fasulla riusciva sempre a innervosirlo. L'aveva sentita troppe volte, quando lei cercava di manipolare qualcuno.

"Papi, guarda!" esclamò Olive, poco lontano. Sua figlia era accovacciata e stava osservando qualcosa per terra.

"Cosa c'è, dolcezza?" chiese lui, incamminandosi verso di lei, il fastidio che si trasformava in un rumore di fondo. Olive non mancava mai di risollevargli il morale. Era curiosa, buona e indisciplinata quanto bastava per non fargli mai abbassare la guardia. La vita, con lei, era sempre un'avventura.

"È un penny." Olive si sedette e incrociò le gambe mentre sollevava la moneta con due dita. "Scommetto che è magico. Esprimi un desiderio."

Clay le sorrise. "Sai, io scommetto che hai ragione. Ma perché non fai tu gli onori? Sei stata tu a trovarlo."

Olive sorrise radiosa, serrò le palpebre e mosse le labbra in una richiesta silenziosa. Clay riusciva a immaginare cosa stesse desiderando. Era sempre la stessa cosa: un cagnolino. Clay aveva cercato di resistere fino al compleanno di Olive, ma mancavano più di due mesi. Non era sicuro che ce l'avrebbe fatta.

Quando Olive aprì gli occhi, essi brillavano. Disse: "La chiamerò Endora."

"Da *Vita da strega?*" chiese Clay. "Pensavo che propendessi più per Sabrina."

"Sì, ma Endora mi fa ridere." Olive si strinse nelle spalle. "Credi che alla cagnolina dispiacerebbe se le mettessi l'ombretto blu?"

"Olive, non si possono truccare i cani," disse Val in tono di disapprovazione da dietro le loro spalle. "Ora alzati. Ti sporchi tutta."

Clay tese una mano a Olive, aiutandola a rialzarsi. Non riuscì a non notare che la sua giocosa ed estroversa figlia era svanita, sostituita ancora una volta da una bambina triste che non voleva saperne di guardare la madre. Le strinse la mano, dandole un sostegno silenzioso.

"Guarda come hai ridotto i pantaloni nuovi. Olive, quante volte devo dirti che devi prenderti cura delle tue cose?"

"Mi dispiace, mami," disse Olive. Suonava come una bambina di quattro o cinque anni piuttosto che una di otto.

"Fai bene. Non posso portarti alle audizioni con quell'aspetto."

"A proposito," disse Clay, guardando la sua ex con gli occhi stretti. "Non credo che sia una buona idea che Olive faccia altre riprese fino a quando non sarà un po' più grande."

"Clay." Val scosse la testa. "Non spetta a te decidere quello che fa mentre siamo insieme."

"Un corno," disse lui, ingoiando la voglia di mettersi a urlare. "Se Olive deve lavorare a Hollywood, è qualcosa di cui dobbiamo assolutamente discutere insieme." Abbassò lo sguardo su sua figlia. "Vuoi parlarmi delle ultime riprese che hai fatto?"

Olive sollevò una spalla, ma non disse nulla.

Non era un buon segno. Olive amava parlare delle cose che le piacevano. La sua esuberanza si manifestava sotto forma di un chiacchiericcio incessante e di complotti per ripetere l'esperienza. Era palese che, qualunque cosa fosse accaduta a Palm Springs, Olive non l'aveva gradita.

"Val?" chiese Clay. "Che cosa avete fatto tu e Olive nelle ultime due settimane?"

"Te l'ho già detto, Clay. Abbiamo girato una pubblicità. Volevano che Olive interpretasse una festeggiata. Ho pensato che sarebbe stato divertente. Perché no? E poi, è un ottimo trampolino di lancio. Più fa esperienza di fronte alla telecamera e meglio sarà durante la stagione degli episodi pilota."

"Stagione degli episodi pilota? Aspetta un—"

"Devo andare, Clay," disse Val, aprendo le braccia a Olive. "Abbracciami, tesoro."

Olive obbedì alla madre, ma dopo averla abbracciata forte, la lasciò subito e si appiccicò al fianco paterno, aggrappandosi a lui come se Clay fosse la sua ancora di salvezza.

"Ci vediamo la settimana prossima, Olive. E ricordati: niente dolci."

Olive si irrigidì e si aggrappò più strettamente a Clay.

"La settimana prossima?" chiese Clay, massaggiando la spalla di Olive. "Che significa? La scuola durerà fino al solstizio d'inverno."

"Abbiamo un'audizione, Clay. Le ho già preso un biglietto. Devi solo farla salire sull'aereo. Io verrò a prenderla in aeroporto. Sono solo quattro giorni, poi tornerà. Puoi farti dare i compiti dai suoi insegnanti."

Clay rimase di stucco. Quindi scosse la testa. "No, Val. Non permetterò che Olive salti la scuola per un sogno hollywoodiano che non desidera nemmeno."

Val fece un passo avanti. "Tu non sai quello che desidera. Non glielo hai nemmeno chiesto. E io non ti permetterò di portarle via i suoi sogni solo perché non ti piace che io abbia scelto di avere una carriera e non di stare con te."

Clay spalancò la bocca per lo stupore mentre digeriva le parole di Val. Diceva sul serio? A giudicare dall'espressione indignata sul suo volto, era serissima. Clay si schiarì la voce. "Credo che sarebbe meglio se ne parlassimo più tardi, dopo aver avuto entrambi del tempo per pensarci."

"Puoi parlare quanto vuoi, Clay, ma non impedirai a nostra figlia di fare questa cosa. Si stanno aprendo delle porte per lei e non ti permetterò di farle perdere l'occasione. Falla salire sull'aereo. Ti spedirò il biglietto via e-mail."

"No." Clay rimase inflessibile. Non intendeva costringere sua figlia di otto anni a prendere un aereo da sola.

Val strinse gli occhi. "Sì, oppure ti farò causa per l'affidamento."

La rabbia si contrasse dentro di lui mentre fissava la sua ex. Clay sapeva che Val non stava bluffando e, a essere onesti, l'idea gli metteva una paura del diavolo. Ma sapeva anche, senza nemmeno bisogno di chiederlo, che Olive non era interessata a qualunque cosa sua madre stesse cercando di imporle e lui non aveva intenzione di permettere a Val di costringere Olive a vivere una vita che non voleva. "Fai quello che devi, Val. Ci penseranno gli avvocati a sistemare tutto."

"Te ne pentirai, Clay." Val gli lanciò un'occhiata velenosa, quindi avviò la Mercedes e uscì a gran velocità dal parcheggio.

"È probabile," borbottò lui mentre guardava la lussuosa macchina nera svoltare l'angolo.

"Papà?"

Clay abbassò lo sguardo su Olive. "Sì, tesoro?"

"Sei la mamma vuole, posso andare con lei," disse mite. "Mi comporterò meglio la prossima volta."

Clay si inginocchiò di fronte alla figlia. "Cosa vuol dire 'la prossima volta'?"

Olive sospirò e arrossì mentre distoglieva lo sguardo.

"Olive?" Clay allungò una mano e le voltò gentilmente il viso in modo che lei fosse costretta a guardarlo. "Dimmi cos'è successo, per favore."

Le lacrime spuntarono nei grandi occhi marroni di Olive, che tirò su col naso. "La mamma voleva andare a un'audizione e invece di restare con la sua vicina puzzona, io le ho chiesto di andare con lei."

"Perché volevi partecipare?" chiese Clay, cercando di capire quando sua figlia avesse deciso di avere la passione per la recitazione.

Olive scosse la testa. "Non volevo restare con la vicina puzzona. Il suo appartamento puzza sempre di pesce marcio."

Clay arricciò il naso. "Non posso certo fartene una colpa."

Olive lo ricompensò con un sorriso timido. "È stato molto noioso."

"Ci scommetto. Come che sei finita nel video?"

Olive si strinse nelle spalle. "Mi hanno chiesto di fare l'audizione e la mamma voleva che dicessi di sì, per cui l'ho fatto. Hanno preso me, ma non lei." Olive si mordicchiò il labbro inferiore. "Credo che la mamma si sia arrabbiata con me."

Clay non dubitava minimamente che fosse andata proprio così. Per Val, era impensabile che qualcuno, soprattutto la figlia, le rubasse la luce dei riflettori. Probabilmente, l'invidia la divorava dall'interno. "Credo che la mamma fosse delusa perché non siete state scelte entrambe, tesoro."

Olive fece spallucce. Era palese che non gli credeva minimamente.

"Beh, ti sei divertita almeno?" chiese Clay.

"No. Faceva freddo."

Ottenere informazioni da Olive era come cercare di cavare del succo dall'uvetta. "Pensavo che foste a Palm Springs. Non fa caldo laggiù?"

Olive annuì, gli occhi lucidi mentre le tremava la voce. "Ma fa freddo di sera, in piscina."

Porca miseria. Clay avrebbe voluto spaccare qualcosa. L'avevano fatta entrare in piscina. Come aveva potuto Val costringere sua figlia a fare una cosa del genere? Non c'era da stupirsi che Olive non si fosse divertita. Aveva paura dell'acqua da quando era scivolata su uno scoglio in spiaggia ed era stata trascinata via dalle onde. Clay si era tuffato subito per soccorrerla, ma la corrente era forte e Olive aveva battuto la testa sullo scoglio, perdendo conoscenza. Da quel giorno in poi, aveva avuto il terrore dell'acqua. "Non mi sembra molto divertente," disse lui, facendo del proprio meglio per non alimentare la paura della figlia.

Lei scosse la testa.

"Ascolta, Olive. Ho bisogno che tu mi dica una cosa. Ti interessa girare pubblicità con la mamma? Ti piace recitare?"

Gli occhi della sua bambina si riempirono di lacrime mentre scuoteva lentamente la testa.

"Va tutto bene, piccola," disse gentilmente Clay. "Non dovrai mai più farlo, se non vuoi."

"M-ma la mamma s-si arrabbierà," balbettò Olive, il corpicino scosso dai singhiozzi.

Clay non poteva odiare Val. Era la madre di sua figlia, la figlia che era il centro del suo mondo. Ma in quel momento, avrebbe tanto voluto che Val uscisse dalle loro vite. Era certo che Olive avrebbe sofferto comunque, ma se non altro lui sarebbe riuscito a tenerla al riparo dal mondo in cui Val era decisa a vivere. "Se ne farà una ragione," disse, accarezzandole i capelli. "Ci parlerò io. Non devi preoccuparti di nulla."

"D-devo proprio t-tornare la settimana prossima?" Olive sembrava talmente scoraggiata che per poco il cuore di Clay non si spezzò. "Vogli re-restare qui."

"No. Non devi andare. Hai la scuola ed è importante che tu ci vada." Clay continuò ad abbracciare Olive per qualche minuto, fino a quando lei non si fermò. Quindi si staccò e le asciugò le lacrime, proprio come aveva fatto Abby quando lui le aveva viste insieme. "Che ne dici di andare a mangiare qualcosa?"

"Posso mangiare il gelato dopo?" chiese Olive, gli occhi che si illuminavano.

"Non hai già mangiato un biscotto?" chiese lui, anche se conosceva già la risposta.

"Quello non conta. Era un Biscotto Felice."

Clay strizzò gli occhi. "Che cosa sono i Biscotti Felici?"

Olive sorrise e batté le mani. All'improvviso, aveva in mano un biscotto dalla glassa gialla, proprio come quello che le aveva dato la signorina Maple. "Questi. La signorina Maple ha detto che sono magici."

Quello era vero. Clay non aveva mancato di notare la scintilla di magia che la signorina Maple aveva donato alla sua bambina e ora conosceva il loro segreto. La donna aveva dato a Olive il potere di evocare i suoi biscotti a volontà. Ridacchiò fra sé, sapendo che Val avrebbe perso la testa. Sorrise da un orecchio all'altro. "Se ti riempi di biscotti, non credo che ti rimarrà spazio per il gelato."

"No, sciocchino." Olive ridacchiò e gli mise il biscotto in mano. "È per te. Ti renderà felice."

Clay non aveva bisogno di un biscotto quando aveva la sua splendida figlia che gli sorrideva, ma diede comunque un morso e disse: "Mai stato più felice."

# CAPITOLO 13

*A*bby era seduta nel furgone di suo padre di fronte a Charming Herbals,[1] le mani che continuavano a stringere il volante. Tremava per il ricordo della morte di Charlotte. Era un evento a cui non si permetteva mai di pensare, nonché il motivo per cui metteva raramente piede a Keathing Hollow. Sapeva che la signorina Maple cercava solo di aiutarla, ma non era un aiuto a lei utile.

La morte di Charlotte non era qualcosa da cui Abby stesse fuggendo. Si assumeva la piena responsabilità e avrebbe convissuto per sempre con ciò che era accaduto, ma non poteva convivere con quel ricordo costantemente al centro dei suoi pensieri. Non quotidianamente, comunque. Tre mesi; era quello il patto che aveva stretto con se stessa. Sarebbe rimasta per tre mesi, fino a quando suo padre non si fosse ripreso, quindi sarebbe tornata a New Orleans. E se suo padre non si fosse ripreso, avrebbe preso casa sulla costa, a distanza di auto, in modo da essere a disposizione quando lui avrebbe avuto bisogno di lei. Ma restare a Keating Hollow... no. Quello era fuori questione.

Un brusco bussare al finestrino del furgone la riscosse dai suoi pensieri e lei sussultò mentre sobbalzava. Col cuore in gola, abbassò il finestrino. "Noel. Ciao."

Noel si sporse, i capelli rossi che le ricadevano sopra un occhio. "Che ci fai seduta lì?"

"Stavo... prendendo fiato per un momento." Si costrinse a sorridere radiosamente. "Sei venuta a prendere qualcosa?"

Noel annuì. "Voglio purificare la casa di papà. Scacciare l'energia negativa." Passò lo sguardo su Abby mentre si accigliava. "A proposito di energia negativa, che diamine hai combinato oggi? La tua aura è uno schifo. Probabilmente, dovresti chiedere a Bree di darle una ripulita prima di tornare a casa e contagiare papà con qualunque cosa tu ti sia presa."

Abby strinse i denti, detestando il pensiero che sua sorella aveva probabilmente ragione. Odiava il fatto che il suo malumore avrebbe potuto influenzare il padre, ed era infastidita per non averci pensato prima. "Va bene. Glielo chiederò."

"Ottimo." Noel aprì la portiera. "Forza. Daisy aspetta dentro."

Un sorriso sollevò le labbra di Abby nel sentir menzionare sua nipote. "Proprio la persona di cui avevo bisogno per rallegrarmi. Come sta la mia ragazza preferita?"

Noel fece strada fino all'ingresso del negozio. "Chiediglielo tu stessa."

Il campanello della porta suonò quando Abby entrò nel negozietto accogliente. Lucine illuminavano gli scaffali di legno lungo le pareti, colmi di una varietà di erbe, cristalli e altri ingredienti. Un paio di divani generosamente imbottiti si trovavano al centro del negozio; seduti su di essi, i clienti potevano sedersi a passare in rassegna i numerosi incantesimi che Bree offriva. Sulla destra c'era un piccolo bar specializzato in tisane ristoratrici. E nella parte posteriore c'era una piccola area da lavoro dove Bree preparava le pozioni personalizzate.

"Buon pomeriggio, signore," disse Bree, da dietro la cassa. La donna si asciugò le mani nel grembiule che portava sopra ai jeans e la maglietta e le salutò con la mano. Una ciocca di capelli scuri sfuggì allo chignon e Bree la soffiò via mentre sorrideva a Abby e a Noel. "Fatemi sapere se posso aiutarvi a trovare qualcosa."

"Certo," disse Noel.

Abby salutò con un cenno Bree, una donna che lei conosceva da tutta la vita, quindi rivolse la propria attenzione a Daisy, che la raggiunse di corsa.

"Zietta!" esclamò la bambina, buttandosi fra le braccia di Abby.

Lei rise e la fece volteggiare. "Ciao. Cosa ci fai qui? Impari a trasformare i nemici in rospi?"

Daisy ridacchiò. "Preferisco le farfalle."

"Fantastico." Abby sorrise e posò la bambina a terra. "I tuoi nemici sono davvero fortunati."

"Più tardi, la mamma mi mostrerà come fare le candele." Daisy mostrò un libro sull'argomento. "Dice che tengono lontani gli spiriti maligni."

"Wow. Sembra molto interessante," disse Abby, lanciando un'occhiata oltre le spalle di Daisy e sollevando un sopracciglio interrogativo.

*Incubi*, mimò con la bocca Noel.

Abby avvertì un dolore al petto e si chiese se gli incubi di Daisy avessero qualcosa a che fare con la scomparsa del padre. Daisy aveva tre anni quando l'uomo era uscito di casa e non era più tornato. Lei era stata l'ultima a vederlo. Quando Noel era tornata a casa, aveva trovato la figlia seduta sul divano, che piangeva abbracciata a un orsacchiotto. Suo padre le aveva detto che sarebbe tornato subito, ma stando a quanto sapeva Noel, sua figlia era rimasta a casa da sola per più di tre ore.

Abby si allungò a stringere la mano di Noel. Con suo stupore, sua sorella ricambiò la stretta, ma lasciò subito andare la mano di Abby e disse: "Noi andiamo a scegliere le tinture per le candele."

Noel avvicinò a testa a quella della figlia e bisbigliò qualcosa. Daisy sorrise e si mise a correre per il negozio, ridendo per qualunque cosa le avesse detto sua madre. Abby guardò le due, il cuore colmo di amore e anche di un pizzico di tristezza. Guardando Clay con Olive e Noel con Daisy, cominciava ad avvertire un dolore nel profondo del petto. Un tempo, aveva pensato che lei e Clay sarebbero rimasti a Keating Hollow, che si sarebbero sposati qualche anno dopo aver terminato la scuola e che avrebbero presto creato una famiglia tutta loro. Nella sua realtà immaginaria, Abby aveva un negozio in paese dove vendeva le sue lozioni ed era felicemente sposata con due figli, un cane e un orto. Invece, era single e non sapeva dove avrebbe vissuto tre mesi dopo. Sospirò e prese un cesto.

Una volta che il suo cesto fu pieno di erbe fresche e profumi a base vegetale, posò il bottino sul bancone e chiese a Bree: "Prepari ancora le pozioni anti-nausea?"

"Certo. Qual è la causa?"

Abby fece una smorfia. "È per mio padre. Colpa della terapia."

Bree aggrottò la fronte e lanciò un'occhiata a Noel. "Le ha già finite?"

"Come?" chiese Abby. "Finite? Ha solo le pillole che gli hanno dato in ospedale."

"Ma–"

"Ha tutte le pozioni di Bree, Abby," disse Noel mentre le

raggiungeva. "Le ho prese io stessa la settimana scorsa, in modo che papà ne avesse una scorta."

"Allora perché non le usa?" chiese Abby, confusa. Suo padre aveva avuto la nausea per due giorni di fila. Lei non capiva perché scegliesse di soffrire in quel modo per gli effetti collaterali della chemio.

Noel sospirò. "Certo che le usa, Abby. Semplicemente, non funzionano come speravamo."

"La chemioterapia è un veleno potente, come è giusto che sia," disse Bree. "Io faccio del mio meglio, ma le mie pozioni servono solo a mitigare i sintomi. Non possono eliminarli. E per alcuni clienti, la loro efficacia è minima. Mi dispiace che non siano più utili a tuo padre."

"Non è colpa tua," disse Noel. Sebbene stesse parlando con Bree, i suoi occhi incrociarono lo sguardo di Abby. "Ci hai *provato* e questo è tutto ciò che possiamo chiederti."

Abby ebbe un sussulto. Il messaggio era forte e chiaro. Lei non aveva nemmeno provato a preparare qualcosa che potesse alleviare il dolore di suo padre. Fissando sua sorella negli occhi, chiese: "Perché non me lo hai detto?"

"Avrebbe cambiato qualcosa?" chiese Noel, inclinando la testa e osservandola.

"Almeno avrei potuto assicurarmi che le prendesse," disse lei.

"Papà le prende." Noel scosse la testa e alzò la voce. "Non capisci? Non te lo ha detto perché non vuole che tu ti senta in colpa per non aver alzato il culo ed essere andata nello studio a preparare quello di cui ha bisogno."

"Ma–"

"Lascia perdere, Abby. Sappiamo tutti che *non puoi* più preparare le tue pozioni. Lo abbiamo sentito un milione di volte. Quello che non capisco è come tu riesca a guardarti allo specchio sapendo che papà soffre mentre tu potresti fare qualcosa per aiutarlo."

La pressione schiacciò il petto di Abby mentre le lacrime le bruciavano negli occhi. Tutto, dentro di lei, le gridava di preparare qualcosa che aiutasse suo padre. Ma nello stesso istante, tutto si spense e lei rimase paralizzata.

Noel chiuse gli occhi e scosse la testa. "Non ti capirò mai, Abby."

"Spero che tu non debba mai farlo," si costrinse infine a dire lei. "Che tu non debba mai mettere la tua magia in una scatola e sigillarla perché hai paura di quello che potrebbe fare."

"Sai, Abs, se tu avessi davvero fatto così per tutti questi anni, capirei. Ma sappiamo entrambe che non è così." Noel le voltò le spalle, tirò fuori il portafogli e porse la carta di credito a Bree per pagare il materiale necessario alla realizzazione delle candele.

Dopo aver firmato la ricevuta della carta, Noel tese la mano a Daisy e disse: "Saluta la zia, Daisy."

"Ciao, zietta." Daisy passò le braccia attorno alla vita di Abby e la strinse forte prima di lasciarla andare. "Ci vediamo!"

Abby mosse la mano mentre le guardava allontanarsi, quindi si curvò contro il bancone.

"Tutto a posto?" le chiese Bree.

"Onestamente," disse Abby, "non ne ho idea." Scosse la testa e rivolse a Bree un'occhiata sofferente. "Potresti aggiungere una purificazione energetica, finocchio, cannella e cumino al mio ordine? E anche dei cristalli ancoranti."

"Sei sicura?" chiese Bree, che sapeva esattamente a cosa servissero le erbe.

Abby esalò una risata priva di umorismo. "No. Per niente. Ma hai sentito mia sorella. Devo provarci, no?"

Bree annuì. "Dammi un attimo." Svanì nel magazzino

mentre Abby stringeva il bancone, le nocche sbiancate al pensiero di preparare una pozione per suo padre. E se avesse sbagliato di nuovo? E se la pozione avesse peggiorato i sintomi di papà? E se lui avesse avuto una reazione e... Scosse la testa, non volendo imboccare di nuovo quella strada. Questa volta sarebbe andata diversamente. Suo padre, sarebbe andata diversamente.

"Eccoci," disse Bree, tornando al bancone. "Ho messo anche dello zenzero e del lemongrass. Se niente sembrasse funzionare, considera di portarlo qui per un po' di agopuntura. Ho degli aghi speciali che potrebbero fare qualcosa."

"Ti ringrazio, Bree. Lo apprezzo molto."

"Figurati," disse l'altra donna, mettendo gli articoli in una borsa di tela. "Se posso fare dell'altro per aiutarti, sai dove trovarmi."

Abby pagò per i suoi acquisti e, con il cuore che le martellava contro lo sterno, uscì dal negozio e si incamminò verso il birrificio e la sua nuova bottega.

# CAPITOLO 14

*L*a luce pomeridiana sgorgava dalla finestra del piccolo capanno, illuminando le scatole disposte lungo la parete. Abby posò le sue scorte sul piano di acciaio inossidabile ed esalò un lungo respiro. Doveva tranquillizzarsi, o non sarebbe mai riuscita nel suo intento e non sarebbe nemmeno riuscita ad azzeccare le ricette dei saponi.

L'unica cosa da fare era levarsi dalla testa suo padre, la malattia di lui e la pozione contro la nausea mentre lavorava sull'inventario. Poi, una volta ritrovato l'equilibrio, avrebbe ripreso in considerazione l'idea di preparare qualcosa per lui. Il solo pensiero le faceva tremare le mani. Sbatté il quaderno sul piano e scosse la testa.

No, non si sarebbe lasciata vincere dall'ansia. Non quel giorno. Non in quel luogo pieno dell'energia positiva di suo padre. Era come se avvertisse la sua presenza nella stanza e questo la scaldava dentro. Ripensando ai giorni più semplici in cui lo aveva guardato preparare la birra, Abby si mise al lavoro nel riporre le sue scorte.

Non ci volle molto prima che si trovasse di fronte al

fornello, a mescolare la mistura per il sapone e a prepararsi ad aggiungere gli ingredienti speciali. Preparare il sapone era facile. Poteva farlo chiunque. Ma la linea di Abby era unica, perché lei infondeva i suoi saponi con gli elementi terrestri che aiutavano la pelle a restare morbida e giovane. In quel momento, stava lavorando su dei semi di primula. Li tenne nel palmo della mano, il loro peso familiare e tranquillizzante per la sua anima. Quel leggero sussurro di magia che era diventata così brava a manipolare le formicolò sulle dita e penetrò nella primula, facendo brillare i semi per un breve istante.

Ecco fatto. Perfetto. Abby versò i semi nella pentola e mescolò. La corrente di magia illuminò la mistura, quindi svanì, indicando che il lotto era pronto. Canticchiando, Abby versò il sapone negli stampi che aveva già preparato, li mise sullo scaffale portatile e passò a un altro lotto.

Le ore passarono mentre lei si immergeva nel lavoro e, quando gli stampi furono pieni e lei ebbe imbottigliato mezza dozzina di lotti di lozioni, il sole era già tramontato e il suo stomaco brontolava. Lanciò un'occhiata agli ingredienti della pozione per la nausea che Bree aveva raccolto per lei e decise che sarebbe stato meglio mangiare, prima. Non era il caso di avere la testa che girava quando avrebbe attinto di nuovo alla sua magia, soprattutto dato che ci sarebbe voluto molto più potere di quello che lei era abituata a utilizzare.

Dopo essersi tolta il grembiule, uscì dal capanno e si incamminò verso il pub. Un chiacchiericcio si levò tutto attorno a lei mentre prendeva posto in fondo al bancone. Si guardò attorno, notando che il locale era strapieno e che il personale si affrettava da un tavolo all'altro.

"Sei venuta a darci una mano?" chiese Rhys, mettendole di fronte un bicchiere d'acqua con ghiaccio.

Abby si voltò di nuovo. "Se c'è bisogno, certo."

L'uomo mosse una mano e scosse la testa. "Nah. Abbiamo tutto sotto controllo. Volevo solo prenderti in giro. Vuoi ordinare qualcosa?"

"Sì. Ho lavorato per tutto il giorno nel capanno e sto morendo di fame. California burger e patatine all'aglio."

Rhys inarcò un sopracciglio. "Viviamo pericolosamente, vedo."

Abby rise. "Voglio solo essere pronta in caso mi attacchi un vampiro."

"Cooooome no." Rhys prese un bicchiere e accennò con il capo alla spina. "Con cosa ti vuoi avvelenare?"

"Niente. Ho ancora del lavoro da fare." Se Abby voleva tentare di preparare una pozione, non poteva correre il rischio di essere anche solo leggermente alticcia. "Che ne dici di un affogato alla root beer?"

Un sorriso si allargò sul volto di Rhys mentre prendeva l'ordine. "Mi piacciono le ragazze che non hanno paura di godersi il cibo."

"Non devo far colpo su nessuno." Abby si strinse nelle spalle. "Tanto vale vivere un po'."

"E quel tizio a New Orleans?" La voce inconfondibile di Clay le risuonò nell'orecchio, mandandole un brivido lungo la schiena.

Lentamente, lei si voltò lo guardò. Clay indossava una camicia blu acciaio, jeans scuri e vecchi stivali da cowboy. Le prudevano le dita dalla voglia di accarezzare la sua mascella coperta da un'ombra di barba. Diamine, era bellissimo. Esercitava un'attrazione tranquilla e ruvida che era palese a tutti, tranne che a lui. "Nessun tizio. Sembrerebbe che la faccenda sia chiusa."

Il sorriso di Clay svanì e la preoccupazione lampeggiò nei suoi occhi scuri. "Tutto bene?"

Abby liquidò la domanda con un gesto. "Benissimo. Le cose andavano male da tempo. Lui era un cretino. Ha mostrato il suo vero volto quando ho deciso di mettere per prima la mia famiglia."

Clay si sedette sullo sgabello accanto a lei e le afferrò la mano, stringendola delicatamente prima di lasciarla andare. "Ci sono passato anch'io."

Abby si chiese se stesse parlando di Val, ma non voleva chiederglielo. Le bastava aver visto la sua ex quella mattina. "Capita, immagino. Ma–" sorrise splendidamente "–sono felice che sia tutto finito. Così posso voltare pagina." Rhys arrivò con l'affogato e una porter per Clay. Abby lo ringraziò e sollevò la bevanda in un brindisi. "A un nuovo inizio."

Clay le rivolse l'ombra di un sorriso mentre afferrava la birra e toccava il bicchiere di Abby con il suo. "A un nuovo inizio."

Lei incrociò lo sguardo dell'uomo e lo sostenne mentre beveva un sorso della sua root beer. Fra loro passò qualcosa di profondo e intenso, qualcosa che parve più concreto di qualunque cosa avessero condiviso da ragazzi. Abby aveva la strana sensazione che, per qualche strano motivo cosmico, le loro esperienze di vita li avessero condotti entrambi a quel preciso momento.

Clay distolse lo sguardo, schiarendosi la voce mentre appoggiava la birra sul bancone e chiamava Rhys con un cenno.

"Cosa c'è, capo?" chiese l'altro uomo. "Hai bisogno di mangiare?"

"Sì. Hamburger e patatine vanno benissimo."

"Qualcosa per Olive?"

Clay scosse la testa. "È alla festa di compleanno di un'amica. Senza dubbio, mangerà a sufficienza per tre giorni."

"Beata lei." Rhys andò a portare in cucina l'ordine di Clay e, sebbene il pub ronzasse ancora del rumore prodotto dai commensali, fra Abby e Clay scese il silenzio.

Lei fissò il gelato che si scioglieva nel suo affogato e avvertì il desiderio disperato di una birra, qualunque cosa per calmare il nervosismo che all'improvviso la tormentava. Non sapeva cosa dire a Clay. Tutto ciò che avrebbe voluto chiedere non era affar suo e tutto ciò che stava accadendo nella sua vita era troppo personale per tirarlo fuori nel bel mezzo del pub. Non voleva che il personale sapesse che suo padre aveva dei problemi con la terapia. Lin meritava di conservare l'immagine dell'uomo forte che tutti erano arrivati a conoscere e ad amare.

"Grazie," disse Clay, fissando l'orologio appeso alla parete. "Per essere stata vicina a Olive questa mattina, voglio dire."

"Non ho fatto nulla, Clay."

"Sì, invece, e voglio che tu sappia quanto lo apprezzo."

Lei si voltò e gli rivolse un sorriso gentile. "Prego. Lei è una bambina molto dolce. E anche bellissima. Non so come non faccia ad averti in pugno."

Clay ridacchiò. "Chi dice che non è così?"

Abby rise. "Beh, ha senso."

Il cibo arrivò e, mentre loro due mangiavano, Clay si lanciò in una vivace storia riguardo a come Olive lo avesse convinto a prendere un coniglio che, due giorni dopo, aveva figliato. Raccontò una storia dietro l'altra, che mettevano in evidenza come sua figlia fosse una ragazzina iperattiva con un cuore gigantesco. Una volta che Clay ebbe finito il racconto, Abby era decisamente innamorata di Olive.

"Sembra una bambina splendida, Clay. Avrai anche le mani piene, ma oserei dire che hai vinto alla lotteria."

"È *davvero* splendida e hai ragione. La vita con lei è molto interessante."

Abby si alzò, grata per il fatto che Clay avesse scelto di regalarle le storie di Olive. Le aveva permesso di divertirsi e di rilassarsi mentre cenava e ora si sentiva molto meglio di quanto si fosse sentita per tutta la giornata. "Grazie per la compagnia. È stato bello chiacchierare con te durante la mia pausa."

"Figurati, Abs." Clay si guardò attorno. "Pausa? Sei al lavoro?"

"Diciamo così. Ho lavorato per tutto il giorno nel vecchio capanno. È ora di tornarci." Abby mise sul bancone una mancia generosa. "Ci vediamo."

"Certo," disse Clay, accigliandosi mentre si alzava e si ficcava le mani in tasca. "È stato bello vederti, Abby."

Lei gli appoggiò una mano sul braccio per un istante, quindi uscì dal pub e tornò nel capanno. Appoggiando la schiena alla porta chiusa, esalò un sospiro. Com'era possibile che avesse mai lasciato quell'uomo? Lui era esattamente come lei aveva pensato sarebbe diventato. E il modo in cui parlava della figlia… Abby si premette la mano sul cuore che batteva all'impazzata, aspettando che esso tornasse alla normalità.

"Va bene, Abby, è ora di darci una mossa." Si spinse via dalla porta e afferrò gli ingredienti che aveva comprato al negozio di Bree. La pozione non era difficile da preparare; ci volevano soltanto precisione e tempismo. Dopo aver tirato fuori la casseruola di rame, la riempì con acqua distillata e la mise sul fornello, a fuoco lento. Poi si spostò al piano di lavoro e sminuzzò il finocchio, la cannella e il cumino prima di trasferirli nel mortaio e usare il pestello per realizzare una pasta vellutata.

Il vapore cominciò a levarsi dalla casseruola di rame e all'improvviso giunse il momento della verità. Era ora di mostrare di che pasta era fatta. Abby tirò fuori la pasta dal mortaio, concentrò il suo potere nel palmo della mano e cominciò a cantilenare. "Che il tuo corpo guarisca. Che il tuo spirito si rinfranchi. Che la Terra ti dia forza."

Una luce magica lampeggiò, illuminando il capanno e quasi accecandola con la sua intensità. Lei non poteva vederla, ma percepì la sua magia che penetrava nelle erbe. Nell'istante in cui il palmo le cominciò a formicolare, tese la mano sotto la casseruola e grattò la pasta nell'acqua che bolliva.

Scintille di luce si levarono dal vapore che proveniva dalla casseruola ed Abby sorrise. Sì. Era proprio così che doveva andare. Afferrò il cucchiaio di legno e cominciò a mescolare, badando a evitare che la mistura bollisse. Una volta che la pasta fu completamente incorporata, Abby afferrò i limoni freschi dalla sua borsa dei trucchi e aggiunse una quantità generosa di succo di limone alla pozione. La mistura cominciò a gorgogliare e la tolse dal fuoco. Mentre la pozione cominciava a raffreddarsi, lei tenne fermo il cucchiaio di legno, usandolo come conduttore, e disse: "Dall'osso alla terra e dalla terra all'osso, che questa pozione guarisca il corpo percosso."

La magia, sotto forma di una luce bianca, si avvolse a spirale attorno al cucchiaio di legno e penetrò nella pozione. Subito, essa assunse il colore arancione del tramonto, proprio come aveva voluto Abby. Lei sorrise, travolta dal sollievo. Ce l'aveva fatta.

Si allungò verso la bottiglietta di plastica vuota, ma prima di poter travasare la pozione, all'improvviso essa si addensò e assunse un colorito verde nauseabondo. "Ma cosa..."

Abby avvicinò la mistura al naso e annusò. "Oh, no. Che schifo."

Frustrata, versò l'intera mistura nel lavandino. Dopo aver pulito per bene la casseruola, raddrizzò le spalle e ritentò.

Due ore e quattro tentativi dopo, Abby era a corto di

ingredienti e aveva esaurito la pazienza. Tutte le volte, non importava se lei cambiasse attrezzatura o tempi, la pozione assumeva lo stesso colore verde putrido e prendeva l'odore di una scarpa da ginnastica usata.

"Dove sbaglio?" gridò, lanciando il cucchiaio di legno dall'altra parte del capanno. Esso cadde a terra, rimbalzò due volte e si fermò. Abby si accigliò. Era come se il cucchiaio di legno la stesse prendendo in giro, giacendo a terra come se non avesse fatto nulla di male.

Bussarono alla porta, dopodiché giunse la voce preoccupata di Clay. "Abby? Va tutto bene lì dentro?"

Lei spalancò la porta. "No. Non va bene. Non va bene per niente." Tutta la tensione che aveva trattenuto mentre cercava di preparare una pozione che non preparava da dieci anni emerse prepotentemente in superficie. Abby si voltò, si ritirò fino al piano di lavoro e si piegò in avanti, tenendosi la testa fra le mani. "La mia magia non funziona. Io l'ho rifiutata e lei rifiuta me!"

Clay oltrepassò la soglia e raggiunse silenziosamente il piano di lavoro. Sbirciando nella casseruola di rame, fece una smorfia e disse: "Cos'è successo?"

Abby lasciò cadere le mani e fissò il muro senza vederlo. "Non ne ho idea."

"Cosa stavi cercando di preparare?"

Abby si voltò, gli occhi stretti dal dolore. "Una pozione per aiutare mio padre con la nausea."

"Oh." La parola uscì in un sussurro dalla bocca di Clay.

Abby non aveva bisogno di spiegare quanto fosse importante il fatto che lei stesse anche solo provando a fare una cosa del genere. Lui era stato presente dieci anni prima, nel momento in cui tutto era andato a scatafascio quando lei aveva cercato di aiutare Charlotte.

Clay raddrizzò le spalle e disse: "L'unico modo per capire cosa non funziona è esaminare il procedimento un passo alla volta."

"L'ho già fatto," disse cocciutamente lei.

"Assieme a un secondo paio di occhi? Hai lasciato che qualcuno cercasse di capire dove potevi sbagliare?"

"No."

Clay le rivolse un'occhiata leggermente spazientita. "Andiamo, Abs. Sai bene quanto me che a volte siamo troppo affezionati a una pozione o a una ricetta per capire dove sono gli errori. Lascia che ti segua mentre provi ancora una volta."

"È inutile. Palesemente, le pozioni di guarigione non sono il mio settore. Era chiarissimo già dieci anni fa." Abby fissò Clay, praticamente sfidandolo a contraddirla.

L'uomo incrociò le braccia, osservandola come se stesse cercando di decidere se valesse la pena discutere.

"Forza, Garrison. Tutti hanno già detto la loro. Perché non lo fai anche tu?" Abby aveva una gran voglia di litigare e il bisogno di sfogare la frustrazione. E pur sapendo che Clay non meritava la sua ira, era lui quello che lei si ritrovava di fronte. "Sputa il rospo."

Clay si produsse in una piccola risata di derisione. "Tu non vuoi sentire quello che ho da dire."

"Sul serio?" chiese lei, infastidita da quell'atteggiamento poco d'aiuto. "Mettimi alla prova. Forza. Sto aspettando."

"Se sei sicura..."

"Sicurissima, porca miseria," gridò lei, le mani chiuse a pugno lungo i fianchi mentre si lasciava andare completamente. "Cos'è che ti sei tenuto dentro negli ultimi dieci anni? Dimmi esattamente quello che pensi di me. Raccontami come ho fatto male a te e a tutti quelli che mi circondavano e... e..." Un singhiozzo le serrò la gola e lei non riuscì a tirare fuori le parole che si teneva dentro da tempo immemorabile.

Clay fece un passo avanti e la circondò fra le braccia. Abby si irrigidì, tenendo le braccia giunte di fronte al petto come una sorta di scudo contro il suo amore e il suo sostegno. Ma questo non le impedì di appoggiare la testa sulla spalla dell'uomo mentre il suo corpo era scosso da singhiozzi silenziosi.

"Shh, Abby. Non è stata colpa tua." Clay le accarezzò i lunghi capelli biondi, continuando a bisbigliare. "Charlotte era malata. Molto malata. Devi smetterla di ridurti così."

Abby scosse la testa quasi violentemente. "La pozione avrebbe dovuto darle forza. Invece l'ha fatta andare in coma e prima che io me ne rendessi conto..." Abby non concluse la frase. Non ce la faceva. Le immagini erano lì, proprio davanti agli occhi della sua mente. La sua migliore amica, che aveva contato su di lei, non c'era più.

"Devi trovare la forza di alleggerirti, Abby," disse con gentilezza Clay. "Charlotte non vorrebbe che tu ti portassi questo peso dentro per sempre."

Abby sapeva che Clay aveva ragione e si era detta la stessa cosa un milione di volte. Ma essere di nuovo a Keating Hollow e cercare di accettare la malattia di suo padre... era troppo. E ora che non riusciva nemmeno a preparare una semplice pozione che tanti anni prima avrebbe potuto realizzare a occhi chiusi, si sentiva distrutta. "Lo so," disse infine, staccandosi e asciugandosi gli occhi. "È solo che, fra la diagnosi di mio padre e questa maledetta pozione che non mi riesce, non ce la faccio più."

Clay lanciò una nuova occhiata all'interno della casseruola. "Che ne dici di provare insieme? Vediamo se posso aiutarti."

Abby esitò, incerta se fosse in grado di concentrarsi dopo la crisi che aveva appena avuto.

"Andiamo, Abs. Chi, meglio di un'altra strega della terra, può valutare le tue capacità stregonesche?" Clay le sorrise e inarcò le sopracciglia in un'espressione di sfida.

Quell'espressione spavalda, giocosa, le ricordò i giorni più semplici nei quali la vita non aveva ancora distribuito loro una mano di sofferenza e delusione, un tempo nel quale si erano incoraggiati l'un l'altro a imparare a essere streghe migliori, più abili. Fu il ricordo della loro innocenza e del loro ottimismo, più di ogni altra cosa, a spingere Abby a dire: "D'accordo, Garrison. Ma ti avverto: ho provato tutto quello che mi è venuto in mente, per cui ti aspetta un lavoro duro."

Il sorriso di Clay si allargò. "Fa' del tuo peggio, Townsend."

Abby eseguì i vari passaggi esattamente come aveva già fatto in precedenza, mentre Clay osservava in disparte. L'uomo fu talmente silenzioso e lei si concentrò tanto intensamente che ne aveva persino dimenticato la presenza quando, alla fine, attinse di nuovo alla sua magia e disse: "Dall'osso alla terra e dalla terra all'osso, che questa pozione guarisca il corpo percosso."

La magia si comportò esattamente come lei si era aspettata e ancora una volta, terminata la procedura, il liquido assunse un colore verde malsano. Abby sollevò le mani e si rivolse a Clay. "Non posso continuare così. I casi sono due: o gli ingredienti sono avariati o il mio potere è contaminato."

"Non credo che sia colpa degli ingredienti," disse lui.

"Fantastico. Allora sono io. Lo sapevo." Abby cominciò a radunare i vari utensili e li ficcò nella casseruola. I suoi movimenti erano agitati e temendo di rimettersi a piangere, aggiunse: "Immagino che dovrai andare. Non ti trattengo."

"Non devo andare da nessuna parte." Clay prese la

casseruola di rame e la sciacquò, versando la pozione mancata nel lavandino. "Non c'è fretta. Olive è ancora con i suoi amici."

Abby prese uno straccio pulito e il detergente naturale agli agrumi e si mise al lavoro a pulire il ripiano. "D'accordo, ma non c'è bisogno che tu mi lavi i piatti. Vai, Clay. Vai a farti una birra o qualcosa di simile. Sono certa che trascorrere del tempo con quella pazza della tua ex non fosse esattamente nella tua lista delle cose da fare."

Clay ridacchiò. "Alla mia lista di cose da fare ci penso io. Piuttosto, parliamo del perché tu continui a fallire con questa pozione."

"Perché la mia magia è maledetta?" chiese con noncuranza lei.

Clay finì di lavare la casseruola e la ripose prima di voltarsi verso Abby. "No, Abby, non è maledetta. Ma credo che tu ti stia trattenendo o che la tua magia sia bloccata."

Lei scosse la testa, frustrata dalla conclusione raggiunta da Clay. "Nessuna delle due. Sto dando tutta me stessa e la mia magia c'è; semplicemente, non collabora con *questo* incantesimo. Riesco ancora a preparare i saponi e le lozioni senza alcun problema."

"Saponi e lozioni che richiedono capacità e precisione molto minori," disse Clay, come se lei non sapesse già che i suoi prodotti per la cura della pelle sfruttavano una quantità di potere minima.

"Allora?"

"Non c'è bisogno di dare tutta te stessa per quelli. Ma per una pozione di guarigione? La faccenda è diversa. Se vuoi sapere come la penso, il potere che emanavi... a essere onesti, era piuttosto debole. La prossima volta, scava più a fondo. Non è il momento di usare cautela."

"Io ho scavato a fondo," borbottò lei. "E tutto ciò che ne ho ricavato è stata una melma simile al vomito."

Clay finì di lavare le stoviglie e si voltò, guardandola mettere via gli strumenti per la preparazione delle pozioni. Quando Abby ebbe finalmente finito e rimase lì, incerta sul da farsi, lui disse: "Credo che dovresti parlare con qualcuno di quello che è successo."

Abby trasalì e tutto, in lei, si spense. "Non ho intenzione di ricominciare, Clay. Grazie per l'aiuto, ma abbiamo finito qui."

Lui aprì la bocca per dire qualcosa, ma lei si allungò verso la porta e tese il braccio, a indicare che era giunto il momento che lui se ne andasse. "Non voglio parlarne. Buona notte, Clay."

L'uomo rimase lì a fissarla per qualche istante, ma poi, finalmente, annuì. "Io vado. Ma prima, promettimi che cercherai un modo per sbloccare il tuo talento."

Abby scosse la testa. "Non credo, Clay. È... Non funziona mai."

"Se ci fosse qualcosa che potrebbe funzionare, lo proveresti?"

Lei esitò. Era una buona domanda. Quello della sua magia era un sentiero difficile da percorrere. Ricordi, delusioni, sofferenza. Non voleva rivivere nulla di tutto ciò, ma avrebbe fatto il possibile per suo padre. "Sì, credo di sì."

"Me lo ricorderò," disse Clay, le labbra che si allungavano in un sorriso compiaciuto mentre le puntava un dito contro. "Non credere di riuscire a scamparla."

"Figuriamoci," disse Abby, per poi praticamente cacciarlo a forza dal capanno. Una volta che Clay se ne fu andato, lei raccolse le sue cose e scrisse un messaggio per Noel.

*Ci ho provato. Molte volte. Non mi è riuscito niente. Mi dispiace.*

# CAPITOLO 15

*L*a ressa del pranzo si era appena conclusa quando Clay raggiunse il suo ufficio. Aveva già trascorso fin troppo tempo dietro il bancone quella settimana, più del solito. Aveva detto a Rhys che ciò era dovuto al fatto che Sadie era ancora convalescente. Si era ritrovata con due tagli profondi che avevano richiesto innumerevoli punti e il medico le aveva ordinato tassativamente di non sollevare più di mezzo chilo fino a quando la ferita non avesse cominciato a guarire.

Ma sostituire Sadie non era l'unica ragione per cui Clay aveva trascorso più tempo del solito al pub. A voler essere onesti, non era nemmeno la ragione principale. Gli altri camerieri, assieme a Rhys, erano più che in grado di svolgere il lavoro extra. Ma tutte le volte che Clay si chiudeva nel suo ufficio, avvertiva il forte desiderio di tornare nel ristorante, dove trascorreva la maggior parte del tempo a fissare l'ingresso in attesa che una certa bionda entrasse al pub.

Naturalmente, la bionda in questione non lo aveva fatto. Clay non la vedeva da quando lei lo aveva cacciato dal capanno, qualche sera prima. Abby non si era nemmeno presentata per preparare altri saponi e lozioni, perlomeno non in presenza di Clay. La sua assenza lo stava facendo impazzire. Ora che sapeva che lei non aveva più un altro, non riusciva a togliersela dalla testa. Quando l'aveva circondata con le braccia, aveva provato qualcosa che non provava da molto tempo. Voleva proteggerla, starle vicino, amarla.

"Smettila," borbottò fra sé, concentrandosi sugli appunti che aveva scritto per la ricetta a cui stava lavorando. Scrisse *Winter Brew Holiday Ale* in cima al foglio e si mise a calcolare le proporzioni degli ingredienti per produrne una gran quantità.

"Clay?" disse Rhys, dopo aver bussato brevemente alla porta aperta. "Non voglio interromperti, ma ti cercano."

*Abby.* Ma mentre lasciava cadere la penna e si alzava, Clay si rese conto di essersi sbagliato. Se Abby fosse venuta a cercarlo, Rhys l'avrebbe semplicemente fatta passare e di certo non avrebbe detto genericamente "Ti cercano."

"Chi è?" chiese Clay, seguendo Rhys nella sala.

"Non ne ho idea. Ma non è male." Il suo assistente rivolse a Clay un sorriso colmo di apprezzamento. "Perché ho l'impressione che tu abbia incantato tutte le bellezze del paese? Cos'è, metti qualcosa nella birra?"

"Qualcosa sì," disse Clay, senza mentire. Usava davvero la magia sulla birra... o almeno sugli ingredienti. Ma per quanto ne sapeva, i suoi sforzi non avevano mai prodotto un filtro d'amore, grazie agli dèi. "Probabilmente, è merito della mia sfavillante personalità."

Rhys ridacchiò e indicò una donna all'estremità del bancone. Costei indossava un completo tagliato su misura e aveva i capelli sollevati in un'acconciatura complessa. Bracciali d'oro circondavano un polso e un pendente abbinato era in mostra appena sopra la scollatura.

*Costoso* fu la parola che gli venne in mente mentre la

osservava. Fornitore? Addetta alle vendite? Responsabile marketing bramosa di una fetta dei profitti della Keating Hollow Brewery? Non aveva importanza. Era Clay il capo ed era lui che avrebbe dovuto avere a che fare con lei.

Clay raggiunse la donna e appoggiò le mani sul bancone. "Come posso aiutarla?"

La donna sollevò lo sguardo come per soppesarlo, quindi disse: "Clayton Garrison?"

"Sì."

La donna infilò una mano nella borsa a tracolla e tirò fuori una busta. "Lei è stato citato. Buona giornata."

Clay strinse la busta, fissando la donna mentre questa usciva come una brezza dal bar. Poi giunse la rabbia. C'era solo una persona che poteva avergli fatto causa. Stringendo i denti, lacerò l'involucro e imprecò quando lesse la notifica.

Val lo aveva citato in giudizio per l'affidamento.

Il baccano del ristorante attorno a lui svanì e tutto ciò che udì fu il crepitio della carta quando il suo pugno si chiuse attorno al documento. Val aveva minacciato di fargli causa, ma lui non le aveva creduto fino in fondo. Aveva pensato che la sua ex stesse semplicemente bluffando, per far sì che lui cedesse e le permettesse di riportare Olive nel sud della California per farle intraprendere una carriera da attrice che la sua bambina non voleva nemmeno.

Tutto, dentro di lui, si tese, e la rabbia si avvolse a spirale nel suo stomaco, scorrendogli rapidamente nelle vene fino a quando lui non si ritrovò praticamente a vibrare di quell'emozione tossica.

"Capo?" chiese Rhys. "Tutto bene?"

"No." Clay rivolse un'occhiata dura al suo assistente. "Devo andare a fare una cosa. Ce la fai a stare senza di me per il resto del pomeriggio?"

143

"Certo. Nessun problema. Cosa c'è che non va?"

Clay piegò con cura il documento accartocciato e lo rimise nella busta. Poi rispose con una parola sola. "Val."

CLAY ENTRÒ NELL'UFFICIO di Lorna White e si guardò attorno, trovando un'atmosfera molto accogliente. Sedie imbottite color panna riempivano lo spazio vicino alla vetrina. Un divanetto abbinato era posto di fronte al caminetto scoppiettante.

"Salve, Clay," disse Paige, la figlia di Lorna, alzandosi e raggiungendolo. "Mia madre si stava chiedendo quando saresti finalmente venuto a trovarci."

"Mi aspettava?" chiese lui, chiedendosi se Yvette le avesse detto qualcosa.

Paige si levò una ciocca di capelli neri dagli occhi e sollevò una spalla. "Ha conosciuto Val. Nessuno si aspettava che tu ti liberassi da quel matrimonio senza una battaglia."

Clay rise senza il minimo divertimento. "Sì, beh, dal matrimonio mi sono liberato. Ma ora abbiamo problemi di affidamento."

"Oh, Clay, mi dispiace tanto," disse Paige, la voce carica di preoccupazione e di empatia.

"Grazie," disse Clay. "Lorna è libera?"

Paige sollevò un dito. "Dammi solo un minuto."

Mentre Paige svaniva nell'ufficio di sua madre, Clay prese posto su una delle poltroncine. Era completamente diverso da quello che lui si aspettava dall'ufficio di un avvocato. Non c'era nulla di sterile in quel luogo e, se lui non avesse saputo altrimenti, avrebbe pensato che Lorna White fosse un'arredatrice o un'organizzatrice di eventi. L'atmosfera era semplicemente troppo accogliente.

"Signor Garrison." Lorna uscì dall'ufficio e prese posto sulla sedia accanto a lui. "Non posso dire che sia un piacere vederla. Non in queste circostanze, comunque."

Clay tese la mano e l'avvocato la strinse in entrambe le sue. "Devo ammettere che sarei più felice se questa fosse solo una visita di cortesia, Lorna." Clay porse alla donna il mandato di comparizione all'udienza per l'affidamento. "Ha chiesto la custodia esclusiva."

Lorna fece una smorfia. "Gioca duro, eh?"

"È l'unico modo che conosce."

L'avvocato annuì. "Come l'ha presa la sua bella bambina?"

Clay scosse la testa. "Non sa ancora niente. Ma Val sta cercando di costringerla a recitare. Olive non vuole, ma lo fa per compiacere sua madre."

"Recitare? Wow. È tanto per una bambina di otto anni. Lei che ne pensa?"

Clay scosse la testa. "A essere onesti, Lorna, lo detesto. E temo che Val si sia convinta che, se riuscirà a far lavorare Olive, la sua carriera ne beneficerà."

"Ha qualche prova?"

"No." Clay fece una smorfia. "Olive mi ha solo accennato al fatto che sua madre abbia cercato di farle ingaggiare insieme."

"D'accordo." L'avvocato aprì un taccuino e prese un paio di appunti. "Immagino che sia qui per chiedere la mia assistenza legale?"

"Sì, ma…" Clay fece una smorfia.

"Cosa c'è, Clay?" Lorna lo osservò, la testa inclinata di lato.

Clay esalò il fiato. "Non ho molto denaro a disposizione. Fra le spese per i continui spostamenti di Olive da e verso Los

Angeles, e gli alimenti che devo pagare a Val, sono un po' a corto di liquidità."

L'avvocato agitò una mano. "Per il momento, non pensiamoci. È più importante tenere la sua bambina qui a Keating Hollow."

"Ma non so come farò a paga–"

"Troveremo una soluzione, Clay. Non si preoccupi, per favore."

Clay sciolse le spalle, allentando parte della tensione. "D'accordo. La pagherò un po' per volta, per quanto mi è possibile. Ha bisogno di un anticipo?"

Lorna scosse la testa e si alzò. "Andiamo nel mio ufficio. Le chiederò tutto quello che ho bisogno di sapere."

"D'accordo." Mentre Clay si alzava e seguiva Lorna in un ufficio che aveva la stessa atmosfera dell'anticamera, si rese conto di quanto fosse geniale quella donna. Era entrato nell'ufficio teso e fremente di irritazione. Ma il semplice stare seduto nella sala d'attesa, parlando in maniera informale con l'avvocato, aveva già allentato parte della tensione. Era esattamente quello di cui lui aveva bisogno. In caso contrario, avrebbe perso la testa.

Nell'ufficio di Lorna, Clay prese posto su una comoda poltrona di fronte alla scrivania dell'avvocato. Lei versò a entrambi una tazza di caffè e si sedette di fronte a Clay, la penna in mano. "D'accordo. Mi dica tutto riguardo a Val. Il bello, il brutto e il cattivo. E non si trattenga."

Clay succhiò un respiro profondo fra i denti. "D'accordo, ma ricordi che me lo ha chiesto lei."

CAPITOLO 16

*A*bby sedeva al tavolo della sala da pranzo, intenta a
lavorare sulle e-mail. Negli ultimi giorni erano
arrivati parecchi ordini di prodotti per le vacanze, il che
significava che lei avrebbe dovuto farsi forza e tornare a
lavorare. Era da quando non era riuscita a completare la
pozione per suo padre che aveva trovato scuse per non
preparare altri prodotti. Semplicemente, non aveva la forza
mentale per usare la magia, anche se sapeva che essa
funzionava adeguatamente sui suoi prodotti.

La grafite del portamine grattò sulla carta del quaderno
mentre lei si appuntava gli ingredienti di cui doveva fare
rifornimento. Era così immersa nel suo lavoro che impiegò un
istante a rendersi conto che qualcuno stava suonando il
clacson fuori da casa loro.

Abby si alzò e andò a cercare suo padre, trovandolo in
cucina che si godeva i brownie che lei aveva preparato la sera
prima. *Finalmente*, pensò. Lin aveva mangiato pochissimo negli
ultimi giorni e, sebbene i brownie non fossero esattamente il

pasto più bilanciato al mondo, le calorie gli avrebbero fatto comodo.

"Ehi," disse Abby. "Aspettavi qualcuno?"

"No," rispose suo padre, bevendo un sorso di caffè. "Nessuno dei miei amici guida un'auto da golf."

"Cosa? Come fai a sapere che quella là fuori è un'auto da golf?" chiese lei, ridendo.

"Si capisce da quel clacson tristissimo." Lin le rivolse un cenno del capo. "Vai. Wanda ti aspetta."

Abby scosse la testa. Non aveva idea di come suo padre facesse a sapere che Wanda la stava aspettando. A volte, Lin aveva un bizzarro sesto senso per certe cose. Abby lo raggiunse e gli diede un bacio sulla guancia. "Sei davvero speciale, lo sai?"

"È quello che dicono le signore."

Abby gemette e uscì di casa. Come previsto, Wanda era seduta nella sua macchina, con gli altoparlanti che sparavano Bruno Mars a tutto volume. I capelli appena tinti di rosso le ballonzolavano attorno al viso sorridente mentre si dimenava sul sedile, le braccia sollevate in aria.

"Buongiorno," disse Abby, sorridendo alla sua amica. "Che succede?"

"Sono venuta a rapirti. Salta su." Wanda diede un colpetto sul sedile accanto a lei.

Abby lanciò un'occhiata alla casa, mordicchiandosi il labbro inferiore. Sembrava che fosse un giorno buono per suo padre.

"Dai. Vivi un poco, Townsend. Sei a casa da una settimana e nessuno ti ha vista. Beh, nessuno a parte Clay." Wanda agitò le sopracciglia. "Scommetto che è stato *interessante*."

"Cosa ti fa pensare che io abbia visto Clay?"

"Per favore." Wanda rise, un suono così contagioso da far sorridere Abby. "Tutti, al birrificio, raccontano che vi siete rinchiusi nel capanno. Non provare a negarlo."

"Non ci sto provando," disse Abby mentre girava attorno all'auto da golf e saliva a bordo. "Volevo solo sapere chi parla di me." Si strinse nelle spalle. "Clay mi stava dando una mano."

"Si dice così, adesso?" Wanda ammiccò, chiarendo che stava solo scherzando.

Abby prese in considerazione l'idea di spiegarle su cosa esattamente lei e Clay avessero lavorato, ma poi cambiò idea. Non aveva bisogno che tutti le consigliassero come riparare la sua magia ed era esattamente quello che sarebbe successo se il paese avesse scoperto che stava cercando di ricominciare a usarla. "Si dice 'siamo solo amici.'"

Wanda scosse la testa, l'espressione divertita. "Tesoro, tu e Clay non siete mai stati 'solo amici.' Ma se questa è la tua versione, non ti contraddico."

"Hai ragione, sai. Ma questa volta, Wanda, è davvero così. Siamo solo amici, o almeno siamo amichevoli. Abbiamo un sacco di fardelli di cui liberarci prima che la nostra amicizia possa crescere."

"Ricevuto." Wanda ingranò la marcia e fece dietro-front. "Non mi hai più chiamato per quella corsa di mezzanotte al lago. Ci sei questo fine settimana?"

Il sole brillava su di loro, scaldando non solo la pelle di Abby, ma anche il suo cuore. E con suo padre che stava benino, Abby non riuscì a resistere. "Sì. Porterò la cioccolata corretta."

"Ora sì che parli la mia lingua." Wanda indicò il portabevande. "C'è del coraggio liquido nella bottiglia dell'acqua, se ne hai bisogno."

"Coraggio liquido? Per cosa?" chiese Abby.

"Ho scoperto chi è il proprietario della Mini Cooper bianca che hai fatto fuori appena arrivata in paese." Wanda si fermò all'estremità del viale, quindi svoltò a sinistra, allontanandosi dal paese. Da quella parte c'erano solo un paio di case fuori mano, una delle quali Abby conosceva bene quanto la sua.

"Wanda?" chiese Abby, col cuore in gola. "Ti prego, dimmi che non stiamo andando dove penso che stiamo andando."

"Magari." La musica cambiò e gli Abba cominciarono a risuonare dagli altoparlanti. "A quanto pare, quella Mini Cooper appartiene a Mary Pelsh in persona."

Abby chiuse gli occhi e trasse una serie di respiri profondi nel tentativo di tranquillizzarsi. Non vedeva la madre di Charlotte dal giorno del funerale, anche se Hanna continuava a ripeterle che i genitori di Charlotte volevano vederla. E ora, lei avrebbe fatto il suo grande debutto confessando di aver tamponato la loro macchina nuova.

"Fantastico," borbottò. Ma certo che l'auto apparteneva a Mary. Considerato come l'universo non aveva mai smesso di remarle contro, quel nuovo sviluppo aveva perfettamente senso. Abby si rivolse a Wanda. "Dobbiamo andare proprio adesso?"

"No, ma lo sai come si diffondono i pettegolezzi in paese. È sicuro che lei scoprirà che sei stata tu e mi sono detta che non è il caso di lasciare che le cose degenerino." Wanda indicò la bottiglia dell'acqua. "Bevi. Ne hai bisogno."

Abby lanciò un'occhiata alla bottiglia e inarcò incuriosita un sopracciglio. "Che cos'è?"

"Alcol! Non fare domande stupide. Fai quello che devi e basta."

"Giusto," disse Abby, afferrando la bottiglia con l'alcol. Poi, prima di poterci pensare troppo, svitò il tappo e bevve un lungo sorso. Il miscuglio di coca cola e whisky le bruciò in gola e lei sussultò mentre lo tranguggiava. Abby non amava i superalcolici, ma doveva riconoscere a Wanda che, se mai c'era stato un momento per berne, era proprio quello.

Wanda le ammiccò e guidò l'auto da golf lungo il lungo viale tortuoso che conduceva alla proprietà della famiglia Pelsh. Abby rimise la bottiglia nel portabicchiere, dicendosi che non era il caso di presentarsi ubriaca fradicia. Non era a quelle condizioni che voleva parlare alla famiglia per la prima volta dopo anni. Doveva controllarsi.

"Pronta?" chiese Wanda, fermandosi di fronte alla modesta casa a un solo piano.

"No." Ma Abby scese comunque dall'auto. Ora che era lì, il desiderio di vedere Mary era travolgente. L'emozione le gonfiò il petto e, all'improvviso, respirare divenne un po' più difficile. E tuttavia, i suoi piedi parvero muoversi da soli su per il vialetto bordato di fiori, fino a quando lei non si ritrovò di fronte alla porta d'ingresso.

Wanda era proprio accanto a lei e, prima che Abby potesse cambiare idea, suonò il campanello. Abby udì il suono provenire da dietro la casa, seguito dal brusco abbaiare di un cane.

La porta si spalancò e apparve Mary Pelsh, che indossava leggings, una lunga sopravveste ed eleganti stivali neri al ginocchio. Lo shock attraversò il viso della donna mentre i suoi occhi scuri si spalancavano e la sua bocca si apriva a O. Quindi, Mary sussultò mentre usciva in veranda e circondava Abby con le braccia.

"Abigail," disse Mary con un sospiro di sollievo. "Hanna mi aveva detto che eri in paese. Speravo tanto che saresti venuta a trovarci."

"Mi dispiace," disse di getto Abby, stringendo la donna che era stata come una seconda madre per lei. "Mi dispiace tanto."

Mary si allontanò leggermente e la osservò in viso. "E per cosa ti dispiace?"

Abby scosse la testa, incapace di parlare mentre le lacrime le scorrevano lungo le guance.

"Oh, tesoro. Entra. Ti do un fazzoletto e qualcosa da bere." Mary lanciò un'occhiata oltre le spalle di Abby e annuì a Wanda. "Anche tu. Sediamoci e chiacchieriamo un po'."

Mary tenne Abby sottobraccio mentre la guidava nella cucina luminosa e soleggiata. "Sedetevi," disse, accennando al tavolo. "Preparo del tè."

"Grazie, Mary," disse Wanda, sedendosi accanto a Abby vicino al bovindo che dava sulla foresta di sequoie.

Mary afferrò una bacchetta scintillante, la puntò verso il bollitore sul fornello e disse: "Preparate il tè." La porta della credenza a sinistra del fornello si aprì e un contenitore di foglie di tè volò fuori. Il bollitore fluttuò fino al lavandino, dove il rubinetto si aprì da solo e riempì il contenitore.

Abby non riuscì a trattenere un sorriso mentre osservava lo spettacolo. Mary era una strega dell'aria e aveva un gran talento per la telecinesi. Solo che, nel suo caso, non si trattava semplicemente di spostare oggetti con il pensiero. Era quasi come se la donna comunicasse con l'aria che la circondava, ordinandole di coreografare il ballo necessario a preparare la tazza di tè perfetta.

"Che ne dite di un dolcetto o due?" Senza attendere una risposta, Mary puntò la bacchetta verso un vassoio di paste danesi, che si misero in tavola da sole. Seguirono tovaglioli, piattini e cucchiai, che atterrarono delicatamente di fronte a Wanda ed Abby.

"Le sue capacità sono migliorate molto, signora Pelsh," disse Abby. "Ricordo ancora quella volta in cui ha preparato i cupcake per il compleanno di Charlotte." Si voltò verso Wanda. "Ma quando lei li ha mandati verso il tavolo, quelli si sono messi a volare all'impazzata e la maggior parte è finita spiaccicata." Abby rise, ricordando ancora l'espressione inorridita sul volto di Charlotte. "Ma quello era niente rispetto a quando uno ha preso Andrew Baker dritto nei... ehm..." Abby indicò il proprio grembo. "I bambini cominciarono a chiamarlo 'cuppalle'."

"Oh, che cosa terribile. E pensare che lui piaceva a Charlotte," aggiunse Mary.

Abby annuì. "È vero. E quando, finalmente, alle superiori, hanno cominciato a uscire insieme, lei lo chiamava sempre 'cupcake', ma con affetto."

"Allora è da lì che viene quel soprannome." Wanda rise. "Sapete, lui lavora alla stazione di polizia, adesso, e i suoi colleghi lo chiamano così. Pensavo che lo prendessero semplicemente in giro perché era un novellino."

Abby scosse la testa. "Eh no."

"Per fortuna è sempre stato un ragazzo di buon cuore, oppure sarebbe rimasto segnato per sempre," disse rabbrividendo Mary. "Da quel momento in poi, ho smesso di dare spettacolo quando le ragazze invitavano degli amici a casa. Non volevo altri incidenti."

"Non ha nulla di cui preoccuparsi, adesso, signora Pelsh. Charlotte sarebbe orgogliosa di lei," disse Abby, stupendosi quando, per una volta, parlare di Charlotte non le diede la nausea. Anzi, era bello ricordarla com'era prima che si ammalasse.

"Grazie. Mi piace pensare la stessa cosa." Mary prese posto accanto a Abby e spinse le paste nella sua direzione. "Mangia. Hai bisogno di qualcosa per assorbire l'alcol."

"Ma..." Abby guardò Mary con gli occhi stretti. "Come fa a sapere che ho bevuto? Era solo un sorsetto."

"Sono una strega dell'aria, ricordi?" La donna si toccò la tempia. "So cose e basta."

Wanda sbuffò. "Diciamo piuttosto che sente gli odori."

"Anche." Mary prese una pasta al formaggio e ne strappò un pezzo prima di aggiungere: "Ho il naso molto sensibile. Se c'è qualcosa nell'aria, io me ne accorgo."

Ma certo. Abby avrebbe dovuto ricordarsene. La signora P sentiva l'odore di tutto – ragazzi, alcol, balle. Le aveva tenute in riga, quello era certo. Abby prese a sua volta una pasta e ne mordicchiò un pezzetto fino a quando il tè non galleggiò attraverso l'aria per atterrare dolcemente proprio di fronte a lei. Abby prese la tazza e bevve un sorso della miscela al mirtillo e salvia. "È buonissimo."

"È uno dei miei preferiti." Mary bevve a sua volta un sorso e la guardò. "Ora, Abigail, credo che sia ora che tu mi dica esattamente perché sei rimasta lontano così a lungo. Sai che volevamo vederti."

Abby ingoiò il resto della pasta, la bocca improvvisamente asciutta, e scosse la testa.

"Non... non ce l'ho fatta. Non dopo quello che è successo."

La mano di Mary si chiuse attorno a quella di Abby. "E cosa pensi che sia successo?"

"Ecco..." Abby guardò Wanda come se lei avesse la risposta, ma Wanda non era stata presente, allora. Non sapeva quello che sapeva Abby. Finalmente, si voltò e guardò Mary negli occhi. "È colpa mia se Charlotte è morta. Le ho dato una pozione energetica che ha coperto i suoi sintomi e invece di chiedere aiuto, lei ha cercato di andare a quello stupido ballo."

Gli occhi di Mary si colmarono di lacrime mentre stringeva più forte la mano di Abby. "Non sei tu la causa per cui Charlotte non è più fra noi, Abby. Hai solo cercato di aiutarla. Nessuno ti incolpa."

"Io sì." La voce di Abby era vuota, priva di emozioni. Doveva arrivare fino in fondo e dire finalmente quello che aveva trattenuto per tanti anni. "Se non fosse stato per me, Charlotte sarebbe stata troppo debole per uscire di casa. Lei o suo marito ve ne sareste accorti e l'avreste portata da un guaritore, un *vero* guaritore, che avrebbe saputo aiutarla. Invece, a causa mia, lei si sentiva bene quella sera. Abbastanza bene da indossare il vestito e comportarsi come se fosse tutto a posto. Ma non era tutto a posto. Stava morendo e noi abbiamo ballato, festeggiando il fatto di avere tutta la vita davanti. Se lo avessi saputo, non avrei mai... beh, ci sono molte cose che avrei fatto diversamente."

Mary rimase in silenzio, gli occhi chiusi, scuotendo la testa.

"Mi dispiace tantissimo," insistette Abby, alzandosi da tavola. "È meglio che vada. Non ho mai voluto peggiorare il suo dolore. È per questo—"

"Abby!" Mary le afferrò la mano e la strinse forte. "C'è qualcosa che non sai. Siediti, per favore."

Abby si immobilizzò, incerta sul da farsi. Era stata sicurissima che i Pelsh l'avrebbero odiata dopo aver scoperto che aveva dato una pozione a Charlotte, quando loro le avevano chiesto esplicitamente di non farlo. Le avevano chiesto di lasciare che fossero i loro guaritori ad affrontare la malattia di Charlotte. Ma Charlotte aveva detto a Abby che era solo un'infezione. Cosa poteva andare storto? La medicina che prendeva avrebbe sistemato tutto immediatamente. Che male poteva fare una piccola pozione energetica?

Lo sguardo degli occhi tristi di Mary frugò in quelli di Abby. Quindi, lei distolse lo sguardo e fissò il dolce che aveva di fronte. "Charlotte era malata da molto tempo."

"Cosa?" chiesero contemporaneamente Abby e Wanda.

"Aveva una malattia autoimmune che aveva indebolito il suo sistema immunitario."

Abby rimase di stucco. "Aveva una malattia autoimmune? Ma come... Voglio dire, perché non ce l'ha mai detto?"

"Non voleva che gli altri la trattassero diversamente," disse Mary con un sospiro. "Ricordate che si ammalava sempre per un paio di giorni ogni mese?"

"Ma non stava davvero male. Ci ha detto che... oh." Abby scosse la testa. Come aveva fatto a essere tanto stupida? Charlotte aveva detto loro che, ogni tanto, sua madre amava prendere l'iniziativa di trascorrere qualche giorno da sola con la figlia, andando in spiaggia o in città per un weekend lungo. Abby era stata così invidiosa da non mettere mai in discussione la veridicità di quelle affermazioni.

"Tecnicamente, di solito non stava male. La facevamo curare da uno specialista di Salem. La sua malattia è molto rara e si manifesta solo su una strega femmina su cento. Era in cura presso un guaritore dell'Est. Ma alla fine, il trattamento ha smesso di funzionare."

*Ha smesso di funzionare.* Le parole riecheggiarono nella mente di Abby. La sua amica era stata gravemente malata e lei non ne aveva mai saputo niente. "Che cosa avete fatto?"

Mary serrò le labbra in una linea sottile. Era palese che faticava a proseguire la conversazione. "Stavamo provando con dei trattamenti sperimentali di un guaritore che studiava alla Humboldt State. Era tutto una prova. La maggior parte non funzionò, ma uno era promettente e sembrava che fosse d'aiuto. Poi le venne quell'infezione ai polmoni. Erano dieci anni che combatteva con la malattia, Abby. Era stufa e voleva semplicemente vivere la sua vita. Non mi stupisce che ti abbia chiesto quella pozione energetica. Era stanca di perdersi la vita."

"Capisco, signora Pelsh. Ma non vedo come la colpa possa non essere stata mia. Se non avessi–"

"Charlotte stava morendo, Abby. Quando le è venuta quell'infezione ai polmoni, il nuovo trattamento ha smesso di essere efficace. Non esisteva nulla che potesse salvarla," disse dolcemente Mary. "Non capisci? Charlotte è morta vivendo. È quello che desiderava lei. Non voleva consumarsi in un letto. Voleva vivere appieno la vita e tu l'hai aiutata a farlo."

Abby si alzò di scatto, incapace di accettare le parole della madre della sua amica. "So che sta cercando di farmi stare meglio e apprezzo lo sforzo, ma non posso ignorare il fatto che la mia pozione ha provocato la sua dipartita." Le lacrime le riempirono ancora una volta gli occhi e lei non fece nulla per impedire che si versassero lungo le guance. "È qualcosa con cui dovrò convivere per il resto della mia vita, sapendo che non avete potuto salutarvi, che Charlotte avrebbe dovuto avere dell'altro tempo, che io ho agito contro i vostri desideri. Sono stata arrogante e supponente. Quell'arroganza mi è costata la mia migliore amica. Per cui, la prego di non cercare di farmi sentire meglio."

Il silenzio rimase sospeso in cucina. Abby cominciava a sentirsi un animale in trappola, come se le pareti si stessero chiudendo attorno a lei. Doveva andarsene. Subito. Fece per allontanarsi, ma Mary si alzò altrettanto bruscamente e la circondò con le braccia, stringendola così forte che cominciarono a dolerle le costole.

"Non è colpa tua. Non è colpa tua," continuò a ripetere la donna. "Un giorno, spero che imparerai a smettere di incolparti, perché non è colpa tua. Non lo è mai stata e non potrà mai esserlo."

Abby si aggrappò a Mary, lasciandosi confortare dal suo abbraccio, ma senza perdere di vista la verità. Le sue azioni avevano portato via troppo presto la sua migliore amica. Era improbabile che il dolore portato da quella consapevolezza svanisse.

"Mi prometti una cosa?" chiese Mary.

"Qualunque cosa," disse Abby, sapendo che qualunque cosa Mary desiderasse, lei glielo doveva.

"Vai da uno specialista. Parla con qualcuno di questa cosa."

Abby si irrigidì. "Non–"

"Per favore, Abby." Mary la lasciò andare e girò attorno al piano di lavoro. Aprì un cassetto e tirò fuori un biglietto da visita. "Parla con la dottoressa Kass. Lei mi ha aiutato molto dopo che abbiamo perso Charlotte."

"Mi sono rivolta a uno specialista a New Orleans." Abby si passò le mani sul volto segnato dalle lacrime. "Non è... Beh, diciamo che non ha fatto che peggiorare le cose."

"Oh, tesoro." Mary le afferrò di nuovo le mani. "Mi dispiace tanto che non abbia funzionato. Ma la dottoressa Kass è stata la mia salvezza. Mi ha dato un grandissimo conforto. Potresti provarci, almeno? Per Charlotte? Lei non vorrebbe che tu soffrissi tanto dopo tutti questi anni."

Come avrebbe potuto Abby dire di no? Impossibile. Annuendo, promise: "La chiamerò."

"Bene, bene," disse Mary. Sembrava sollevata. "Non te ne pentirai."

Abby era assolutamente certa del contrario, ma rivolse comunque un sorriso fragile a Mary e disse: "Forse è il caso che andiamo." Ma quando si guardò attorno, vide che Wanda era sparita. Si accigliò. "Dov'è Wanda?"

Mary passò lo sguardo sulla cucina. "Forse voleva soltanto darci un momento di intimità."

Era probabile. Abby fece per incamminarsi verso la porta di casa, ma poi ricordò il motivo per cui era venuta. "Ehm, signora Pelsh?"

"Sì?" La donna agitò la bacchetta scintillante, rimandando il tè e le paste sul piano della cucina.

"Lei possiede una Mini Cooper bianca?"

"Sì, perché?"

"Sua nipote l'ha presa in prestito, circa una settimana fa?" Abby fece una smorfia. "E l'auto è tornata con il paraurti posteriore distrutto?"

Mary la guardò insospettita. "Non direi 'presa in prestito,' ma sì, mia nipote ha guidato la mia macchina. Tu come fai a saperlo? Candy ha detto che il pirata della strada è scappato via."

Abby sospirò. "Diciamo così. Sono stata io a tamponare la sua macchina."

"Abby." Mary trascinò il suo nome mentre scuoteva la testa.

"Ma non sono io quella che è scappata. Può chiedere conferma a Pauly Putzner. Lui ha preso la mia dichiarazione, ma prima che potesse ottenere tutte le informazioni necessarie, sua nipote – Candy – ha preso il volo. Mi dispiace molto. È stato un incidente. Ho già contattato la mia compagnia assicurativa. Hanno solo bisogno della denuncia e di una stima dei costi di riparazione."

"Candy ha preso il volo?" Mary strinse gli occhi infastidita. "Perché?"

"Credo che avesse paura di passare dei guai. Non saprei. Ma siccome è scappata, io non avevo idea di chi contattare. È stata Wanda a scoprire che l'auto apparteneva a lei, in modo che sistemassi le cose."

L'espressione di Mary si intenerì. "Grazie, Abby. Lasciami pure i dati della tua assicurazione; li passerò al mio assicuratore. E ti ringrazio molto per essere passata." La donna allungò le braccia, invitandola a un altro abbraccio. Incapace di resistere, Abby si fece avanti.

Si strinsero a vicenda per un lungo istante, dopodiché Abby fece un passo indietro e si asciugò le lacrime fresche dagli occhi. Una volta che ebbe comunicato i dati dell'assicurazione, salutò e uscì, trovando Wanda spaparanzata nell'auto da golf.

"Che ci fai qua fuori?" chiese Abby.

"Prendo un po' di sole. Mi sono detta che trascorrere un momento da sole vi avrebbe fatto bene." Wanda mostrò una bottiglia di chocolate stout. "E poi, avevo voglia di qualcosa un po' più forte del tè."

Abby rise mentre prendeva posto nell'auto da golf.

"Aspetta, Abby!" chiamò Mary, correndo fuori dalla porta con una scatola di medie dimensioni fra le mani. "Ho tenuto da parte questa per te." Le porse la scatola. "Sono alcune delle cose di Charlotte. Ho pensato che un giorno ti sarebbe piaciuto averle."

Abby strinse a sé la scatola, al tempo stesso curiosa e un po' spaventata di vederne il contenuto. Ma la verità era che sentiva la mancanza della sua amica. E dopo aver trascorso dieci anni cercando di non pensare a lei, le era davvero piaciuto rivivere quei momenti con Mary. La storia dei cupcake le aveva sollevato un po' di peso dal cuore e se i contenuti della scatola potevano fare lo stesso, Abby pensò che forse sarebbe stata pronta a fare un'altra camminata lungo il viale dei ricordi. "Grazie, signora Pelsh. Io apprezzo molto."

La donna liquidò il ringraziamento con un cenno della mano. "Non è niente. Non sparire di nuovo, Abby, d'accordo?"

"Non lo farò," promise lei. E questa volta diceva sul serio.

# CAPITOLO 17

*D*opo la visita all'ufficio dell'avvocato, Clay passò da casa di sua madre per controllare come stava Olive. La sua bambina era vivace e agitata come sempre mentre giocava nella casa sull'albero con il figlio dei vicini. Clay osservò dalla finestra della cucina di sua madre mentre Olive e il suo compagno di giochi fingevano che la casa sull'albero fosse un fortino da loro difeso con delle frecce dal temibile esercito di fantasmi dall'aldilà.

Ridacchiò, il cuore pieno di gioia.

"Le piace moltissimo stare qui," disse sua madre, in piedi accanto a lui. Indossava un grembiule sui jeans impolverati e la maglietta, e aveva le unghie sporche di terra, segno del fatto che aveva lavorato in giardino. "Non la vedevo mai così quando vivevate a L.A."

Clay annuì. "Hai ragione. D'altra parte, laggiù non aveva tutta questa libertà. La città è un luogo molto diverso in cui crescere."

"Più che la città, credo che la colpa fosse delle ambizioni di sua madre."

Clay detestava pensare che sua madre avesse ragione. Val aveva sempre voluto che Olive fosse una bambina seria e composta, dal comportamento perfetto, dall'aspetto perfetto come quello di una bambola di porcellana. Non che Val condividesse il parere secondo cui i bambini andavano visti e non sentiti; semplicemente, si comportava come se ogni singolo gesto di Olive si riflettesse su di lei e sulla sua capacità di conquistare il lavoro successivo.

Clay si maledisse per aver mai accettato che Val portasse Olive alle audizioni. Val aveva presto scoperto che Olive era telegenica. I registi la adoravano – almeno fino a quando Olive non si spazientiva e non cominciava a innervosirli con il suo chiacchiericcio incessante, dovuto alla pure e semplice noia.

"Non hai torto," disse.

"Sai che non le piace recitare, vero?"

Clay annuì. "Sì. Non lo dice esplicitamente, ma è abbastanza ovvio."

Sua madre inarcò le sopracciglia. "Davvero? A me lo ha detto un sacco di volte."

Clay si voltò verso di lei. "Quando?"

"Sempre. Praticamente tutte le volte che è venuta qui dopo essere stata con sua madre. Con te non ne parla?"

"No." Clay si ficcò le mani in tasca e curvò le spalle. "Protegge Val."

Sua madre scosse la testa e i riccioli biondi tinti di fresco le ondeggiarono attorno al viso. "Beh, io non la proteggerò. Sai che non amo criticare la madre di Olive–"

"Davvero?" chiese Clay, ridacchiando. "Da quando?"

Sua madre si mise le mani sui fianchi. "Ehi, sono stata zitta finché voi due eravate sposati."

"Questo è vero. E te ne sono grato, anche se nell'ultimo

anno e mezzo non mi hai esattamente risparmiato i commenti."

Marina Garrison fissò Clay negli occhi e disse: "Figlio mio, io rispetto te e le tue decisioni. E amo te e Olive. Ma non posso e non voglio rimanere in disparte mentre la madre di quella bambina fa del suo meglio per distruggerle lo spirito. Perché questo è quello che fa tutte le volte che la porta a L.A. Sapevi che non ha parlato con nessuno per due giorni dopo essere tornata a casa, quest'ultima volta?"

"Ha parlato con me," disse Clay, accigliandosi.

"Già. Solo con te. Ma non con me. Non con Randy." Marina mosse una mano per indicare il ragazzo di fuori. "E a scuola non ha parlato quasi con nessuno. La maestra ha detto che è come se le si fosse spenta una luce."

"Sapevo che era turbata dopo la partenza di Val, ma non mi ero reso conto che la situazione fosse così grave. Perché non me lo hai detto?"

"Volevo farlo, ma poi lei si è ripresa e tu eri già abbastanza arrabbiato con Val. Ma ora che lei ti ha fatto causa, ho pensato che avresti dovuto saperlo."

Clay annuì. "Già. Grazie."

"Mi dispiace, tesoro."

Clay guardò sua madre. "Tu non c'entri, mamma."

CLAY ERA ANCORA furioso quando entrò nel birrificio. Valerie era proprio un bel soggetto. Non le importava nulla di ciò che faceva a sua figlia? Clay scosse la testa. Era palese che non le importava. Non quando era decisa a costringerla a fare qualcosa che Olive non voleva.

Invece di fare il punto della situazione con Rhys e il resto del personale, Clay si diresse dritto verso l'ufficio. Non era dell'umore di parlare con nessuno. Si sedette alla scrivania e fissò vacuamente la ricetta a cui stava lavorando, ma era inutile. La frustrazione si era trasformata in agitazione e lui era irrequieto.

Si alzò, prese la palla da baseball dalla scrivania e cominciò a passarla da una mano all'altra mentre camminava in cerchio nel suo ufficio. L'idea che Val cercasse di ottenere la custodia esclusiva era ridicola. Di certo, il fatto che avesse abbandonato la famiglia le avrebbe remato contro in tribunale. Clay non aveva mai capito come avesse fatto la madre di Abby ad abbandonare le figlie. E di certo non capiva come avesse fatto Val ad abbandonare Olive.

Con Abby nella mente, Clay guardò fuori dalla finestra dell'ufficio, verso il vecchio capanno. Fu allora che la vide. La donna era di fronte alla finestra, la testa china mentre si concentrava sul lavoro. Qualcosa si smosse dentro di lui mentre la osservava. Era più tranquillo, come se la presenza di Abby lo avesse rilassato. Proprio in quel momento, la donna sollevò lo sguardo e i loro sguardi si incrociarono. Le labbra di lei si curvarono nell'ombra di un sorriso, mandando una inaspettata scossa di gioia dritto al cuore di Clay. Senza un altro pensiero, lui mise la palla da baseball sulla scrivania e si incamminò verso il capanno.

"Ehi." Abby gli sorrise nel momento in cui Clay oltrepassò la soglia. "È passato qualche giorno, o sbaglio?"

"Solo perché hai poltrito," disse lui, sorridendole pigramente.

"Poltrito?" Abby rise, gli occhi che brillavano.

Lui le sorrise come un idiota, fin troppo consapevole del fatto di avere di fronte una Abigail più libera, più felice, di quella che era entrata in paese oltre una settimana prima. Lo scorcio che stava vedendo di quell'Abby era la ragazza che lui conosceva alle superiori, quella di cui si era innamorato.

"Come fai a sapere che ho poltrito? Mi hai tenuto d'occhio, Garrison?"

"E anche se fosse?" disse lui, avvicinandosi, incapace di resistere all'attrazione magnetica. Non lo era mai stato. Non c'era motivo di credere che ora ne fosse immune. Non quando lei era palesemente la stessa persona di prima, solo più ricca, più complessa, più complicata.

Lei gli mise le mani sul petto e inclinò la testa per guardarlo negli occhi. "Credo che tu sappia dove trovarmi, se mi stai cercando."

Gli si mozzò il fiato mentre guardava il suo splendido viso, la cui apertura, la cui fiducia, la cui bontà gli brillavano di fronte agli occhi. Abby era tutto ciò che Val non era e questo lo lasciava senza fiato.

"Sai, a casa, a trattare il frutteto e assicurarmi che papà abbia qualcosa di decente da mangiare. Chi mai avrebbe detto che mi sarei trasformata in una dea del focolare?"

Clay ridacchiò e fece un passo indietro. "Io no di sicuro. Ma a proposito della tua famiglia, le tue sorelle ti danno una mano?"

"Certo. Faith passa quasi tutti i giorni. Ma Yvette è occupata in negozio e Noel ha Daisy. Semplicemente, io sono quella che vive laggiù. Per cui, Faith si occupa principalmente di intrattenere papà e di tenerlo di buon umore, mentre io mi assicurò che tutto funzioni a dovere. Non mi pesa."

"Non lo penserei mai, non di te. La famiglia è sempre stata la tua priorità," disse Clay.

"Sì, lo è sempre stata... fino a quando io non me ne sono andata." Abby si voltò e si concentrò su una scatola aperta sul suo piano da lavoro.

Fu allora che Clay si rese conto che Abby non stava lavorando. O almeno, che non aveva ancora cominciato. L'unica cosa che c'era sul piano di acciaio inossidabile erano la scatola e due fotografie. Clay guardò le foto e le riconobbe: raffiguravano lei e Charlotte sulla spiaggia e le aveva scattate proprio lui. "Whoa," mormorò. "Non le vedevo da quando le abbiamo fatte sviluppare. Dove lei prese?"

"Me le ha date la madre di Charlotte. Sono andata a trovarla, oggi."

Compassione mescolata a stupore attraversò il viso di Clay mentre i suoi occhi si spalancarono. "Mi pare che sia andata bene. Tutto a posto?"

"Sì," mormorò Abby. "Abbastanza. È stato difficile, ma anche bello. Abbiamo ricordato un po' il passato. Parlare di lei è stato più facile di quanto mi aspettassi."

Il cuore di Clay si gonfiò di emozione. Non vedeva Abby così pacifica da prima della morte di Charlotte. Avrebbe voluto vivere in quel momento per sempre. Aveva sentito la mancanza di *quella* Abby. "Lei non avrebbe voluto che tu la chiudessi nello scantinato dei suoi ricordi. Lo sai, vero?"

"Sì." Abby sollevò lo sguardo su di lui, gli occhi lucidi per le lacrime che stava trattenendo. "È solo che di solito mi fa troppo male."

"E adesso?" Clay non riuscì a resistere alla tentazione di allungare una mano e ravviarle dietro l'orecchio una ciocca di capelli biondi.

Abby sbatté le palpebre e i suoi occhi si chiarirono. "Fa ancora male, ma parlarne con la signora Pelsh sembra essermi stato d'aiuto. Lei vorrebbe che io mi rivolgessi a una psicologa."

Clay avrebbe voluto che Abby lo avesse fatto dieci anni prima. Quando lei aveva rotto con lui e messo in chiaro che voleva lasciare la città, Clay le aveva chiesto di rivolgersi a uno specialista prima di cambiare in maniera tanto drastica la sua vita, ma lei era scappata. "Se trovi quella giusta, di solito è di aiuto. Che cosa hai detto?"

Abby emise una risata strozzata. "Le ho parlato del ciarlatano da cui sono andata a New Orleans, che mi ha solo fatta sentire peggio."

"Ti sei rivolta a uno specialista?" Pensavo che... beh, immagino di aver creduto che tu fossi contraria."

Lei gli premette una mano sul petto, sopra il cuore. "Me lo avevi chiesto subito dopo che abbiamo perso Charlotte, per cui, quando sono andata a New Orleans, l'ho fatto."

Clay sollevò la mano e coprì quella di Abby, tenendola ferma. "Mi dispiace che non sia andata bene."

"Anche a me. La signora Pelsh dice che, a volte, bisogna continuare a provare fino a quando non si trova la persona giusta."

"Di solito è così. Io ho fatto lo stesso prima di trovare il dottor Bell."

"Sei andato da uno psicologo?" La voce di Abby era acuta e incredula.

Lui le rivolse un sorriso sarcastico. "Beh, certo. Soffrivo profondamente l'abbandono. Quando Val se n'è andata, ho cominciato a prenderla sul personale, sai? Prima tu, poi lei. Uno comincia a farsi delle idee." Abby ebbe un sussulto e cercò di staccarsi, ma Clay tenne la mano stretta sopra la sua, tenendola ferma, e aggiunse: "Non scappare di nuovo, Abs. Non ora. Abbiamo ancora delle faccende da sistemare."

"Clay, io-"

"Non devi dire nulla, Abby. Non è per questo che ho tirato fuori l'argomento. Volevo solo che tu sapessi che a volte, spesso, rivolgersi allo specialista giusto può davvero aiutarti a risolvere quei problemi che ti devastano dentro. Voglio solo che tu faccia pace con il passato."

Abby lo osservò, quindi spostò lo sguardo sulle loro mani, ancora giunte sopra il cuore di Clay. "Tu lo hai fatto?"

Clay trasse un respiro tremante, preso leggermente alla sprovvista dalla domanda. "Sei sicura di volerlo sapere?"

"Sì." La risposta di Abby fu immediata e molto convinta.

"D'accordo, ma ricordati che sei stata tu a volerlo sapere."

Abby annuì. "Più di quanto tu possa immaginare."

Clay era certo che lei si sarebbe pentita di averglielo chiesto. Di sicuro lui si sarebbe pentito di aver risposto, ma non poteva mentire. Non quando tutto, dentro di lui, gli stava gridando di baciarla. "Senti come mi palpita il cuore sotto la tua mano?"

Lei si accigliò. "Sì."

"È tutto merito tuo. Della tua presenza. Di questa amicizia rilassata a cui abbiamo dato inizio. Del fatto che, da quando sei tornata in questo paese, io non riesco a toglierti dalla mia testa."

"No?" chiese lei, rivolgendogli l'ombra di un sorriso.

"No. Nemmeno per un momento. Per cui, la risposta è decisamente no. Non ho fatto pace con il mio passato. Non con tutto. Con la maggior parte, sì. Ma quando ci sei di mezzo tu, Abigail Townsend, il passato mi tormenterà sempre. Ti voglio da quando avevo tredici anni e dieci anni di separazione non hanno fatto nulla per cambiare le cose. Ti voglio *ancora* nella mia vita, Abby. Ma per un decennio, non mi è stato possibile scegliere. Per cui ho fatto l'unica cosa che ho potuto fare—"

"Sposare un'altra," disse lei. Il suo tentativo di sorriso era più simile a una smorfia.

Clay emise una risata priva di umorismo e scosse la testa.

"No, ho imparato a convivere con il fatto che non saresti tornata da me, da noi. Per cui, sebbene io possa accettare quello che è accaduto, persino andare oltre e vivere un'esistenza normale, non è quello che volevo. Ho il sospetto che non sarà mai quello che voglio, ma non spetta a me decidere. Spetta a te, come sempre."

Abby emise un suono leggermente strozzato dal profondo della gola mentre premeva più forte il palmo della mano contro il suo petto. "Mi dispiace, Clay," disse di nuovo. "Mi dispiace tanto. Non avrei mai voluto farti del male."

"Lo so, Abs. Va tutto bene." Clay sollevò una mano e le accarezzò la guancia.

Il corpo di Abby si sporse verso il suo mentre lei si lasciava andare, gli occhi chiusi. Tutto, di lei, gli mozzava il fiato. Clay sapeva che era una pessima idea permettersi di innamorarsi nuovamente di lei, quando Abby aveva una vita a cui sarebbe prima o poi tornata, a New Orleans. Ma era impossibile fermare quello che stava accadendo fra di loro. Quando si trattava di Abigail Townsend, Clay non sapeva come voltare pagina.

Con il cuore in gola, chiuse la distanza che li separava e premette le labbra contro quelle di lei.

# CAPITOLO 18

*L*e viscere di Abby si fusero. Tepore, gioia e desiderio si mescolarono, colmandola mentre infilava una mano nei capelli folti di Clay e premeva l'altra contro il suo petto. Le labbra dell'uomo si muovevano dolcemente sulle sue, gentili ma ferme, e presto si fecero leggermente esigenti quando le braccia di lui si strinsero attorno a lei. Clay la fece piegare all'indietro, aprendo la bocca per approfondire il bacio.

Il mondo si fermò e svanì. Rimasero solo Clay Garrison e il modo in cui lei si sentiva fra le sue braccia: voluta, amata, desiderata.

"Abby?" La voce furiosa di un uomo riempì il capanno. "Cosa stai facendo?"

Abby si immobilizzò, avendo riconosciuto immediatamente il tono furibondo di Logan.

Clay si irrigidì, attirando Abby verso di sé, quindi si voltò, tenendole un braccio attorno alla vita. Le lanciò un'occhiata. "Conosci questa persona?"

Abby annuì e fece un passo avanti. "Logan, che ci fai qui?"

"Cercavo la mia ragazza. Immagina quanto sono rimasto

sconvolto nel vederla baciare un altro. È questo il motivo per cui non torni a casa?"

"Cosa?" Abby fissò Logan, la bocca socchiusa mentre cercava di assimilare le sue affermazioni. *Ragazza?* Aveva forse dimenticato l'e-mail che lei gli aveva mandato e la telefonata che avevano avuto la settimana prima?

Clay si irrigidì accanto a lei e si schiarì la voce. "Pensavo avessi detto che avevate rotto."

"Infatti!" disse Abby, allarmata dal tono di accusa nella voce di Clay. "Ho chiuso tutto la settimana scorsa. Due volte." Abby tornò a rivolgere la sua attenzione a Logan. "Pensavi di poterti presentare qui come se quella conversazione non ci fosse mai stata?"

"No, certo che no," disse Logan in tono ragionevole, prendendole la mano. "Ma non puoi rompere con una persona al telefono, dopo averci vissuto insieme per due anni. Abby, fra di noi c'è qualcosa di speciale e io non ti permetterò di buttarlo via."

Abby fissò il punto in cui le loro mani si toccavano. Il tocco di Logan era al tempo stesso familiare ed estraneo. Lanciò un'occhiata a Clay.

Questi inarcò le sopracciglia. "Vivevate insieme?"

"Cosa? Dea, no." Abby allontanò di scatto la mano da quella di Logan, la rabbia che finalmente si metteva al passo con lo shock per averlo visto a Keating Hollow. Incrociò lo sguardo condiscendente di Logan. "Non abbiamo mai convissuto. Perché riscrivi la storia? E cosa ci fai qui?"

"Andiamo, Abby. Praticamente, era come se vivessimo insieme. E io so che sei solo stressata. Non possiamo lasciarci mentre affronti il problema di tuo padre. Ti comporti in maniera irrazionale."

Clay emise uno sbuffo di risa e borbottò: "Questa non la passi liscia."

"No, infatti," disse Abby, mettendosi le mani sui fianchi. "Non so chi tu creda di essere o perché sia venuto nel mio capanno, ma ti assicuro che non sei il benvenuto, Logan. Chi ti ha fatto passare?"

"Abby, tesoro, dai. Andiamo a fare una passeggiata e parliamone."

"No. E non chiamarmi tesoro." Abby incrociò le braccia e fulminò Logan con lo sguardo. "Come sei arrivato qui sul retro?"

Logan accennò con la mano all'ingresso secondario del pub. "Il tizio del ristorante ha detto che probabilmente eri al lavoro qui. Ho pensato di farti una sorpresa."

Abby mise una mano sul petto di Logan e lo spinse fuori dal capanno. "Considerami sorpresa. Ora levati di torno."

Logan puntò i piedi e si aggrappò alla porta del capanno. "Abby–"

"Senti, amico," disse Clay in tutta tranquillità. "Mi sembra evidente che Abby non è felice di vederti. Ti suggerisco di fare come dice lei prima che io chiami la polizia e ti faccia sbattere fuori."

Logan guardò Clay con gli occhi stretti. "Fatti da parte, bello. Abby è la *mia* ragazza."

"No che non lo sono!" gridò Abby a pieni polmoni. Poi fissò Logan, prendendo atto della sua espressione di disapprovazione e delle sue mani chiuse a pugno. Alla fine, scosse la testa in preda all'esasperazione e lo oltrepassò, entrando a grandi passi nel pub. Capì senza guardarsi alle spalle che l'uomo l'aveva seguita e tirò dritto attraverso l'ingresso e lungo gli scalini di legno, fino a entrare nel parcheggio. "Qual è la tua macchina?"

"La BMW nera," disse Logan da dietro le sue spalle.

"Ovviamente," disse sarcastica lei, recandosi alla macchina più bella del parcheggio. Quando si voltò, vide Clay in veranda, appoggiato alla ringhiera, che la guardava. Gli rivolse un leggero cenno del capo, un ringraziamento silenzioso perché lui la stava tenendo d'occhio, ma al tempo stesso le dava lo spazio di cui lei aveva bisogno per gestire da solo la situazione. Rivolgendo la propria attenzione a Logan, chiese: "Perché sei venuto fin qui?"

Logan fece un passo avanti, ma Abby sollevò la mano, fermandolo. L'uomo sospirò. "Per convincerti a non rompere frettolosamente. Noi due stiamo bene insieme, Abigail. Non è il caso di rovinare una cosa bella per un barista di paese."

"Vuoi dire Clay?" Abby rise di quella presunzione, ma dentro di sé avrebbe voluto mettersi a piangere o a urlare di nuovo. Logan non aveva proprio sentito nulla di ciò che lei gli aveva detto? "Tanto per cominciare, non è un barista. È un mastro birraio e dirige l'azienda di mio padre. In secondo luogo, la nostra rottura non ha nulla a che vedere con lui. Il problema sei tu. Sono stanca che tu non mi ascolti, Logan. Ruota sempre tutto attorno a te e ai tuoi bisogni. Ora come ora, io devo prendermi cura di me stessa e della mia famiglia. E non posso farlo mentre mi preoccupo che tu cerchi di riportarmi a New Orleans."

Logan lanciò un'occhiata a Clay e si accigliò.

"Mia dea!" Abby levò le mani verso il cielo. "Torna a casa, Logan. È l'ultima volta che lo dico: è. Finita. Non sono più la tua ragazza. Mi dispiace che tu abbia fatto tutta questa strada, ma avresti dovuto chiamarmi prima."

"Abby..."

Lei scosse la testa fece per allontanarsi.

Logan la afferrò per un braccio, fermandola.

Abby si immobilizzò e fissò la mano che la stringeva. "Lasciami andare," disse a denti stretti.

"Non prima che tu abbia parlato con me," disse cocciutamente Logan.

"È meglio che tu lasci andare la signora," disse Clay, raggiungendoli a grandi passi. "Sta arrivando lo sceriffo e se ti vede trattare Abby in quel modo, la pagherai cara."

Abby liberò con uno strattone il braccio dalla presa di Logan e fece un passo verso di lui, invadendo il suo spazio personale. "Toccami un'altra volta e ti denuncio. Hai capito?"

Logan sollevò le mani. "Va bene. Ho capito. Non c'è bisogno di fare tanti drammi. Volevo solo–"

"Non mi interessa quello che volevi. Sali in macchina e vattene. Non so più come fartelo capire." Abby scosse la testa. "Non voglio più essere la tua ragazza. E se non mi lasci in pace, avrai problemi più grossi dello sceriffo." Abbassò lo sguardo sull'inguine di Logan. "Non vuoi che io ti maledica i gioielli di famiglia, vero?"

Logan impallidì. "Non lo faresti davvero."

"Mettimi alla prova."

"Dannazione, Abby. Pensavo che fossi più matura. Cresci un po'."

"Prima tu."

Brontolando fra sé, Logan entrò nella sua bella BMW. Dopo aver abbassato il finestrino, si sporse e disse: "Te ne pentirai."

"Ne dubito fortemente."

Logan inserì bruscamente la marcia e uscì dal parcheggio, lasciando la gomma sull'asfalto.

Abby guardò furiosa la macchina prendere il volo lungo la Main Street. Ancora non riusciva a capacitarsi del fatto che il suo ex si fosse presentato liquidando tutto ciò che lei gli aveva detto al telefono come se niente fosse. Quindi, l'aveva trattata come se quella pazza fosse lei. Abby trasse un respiro profondo ed esalò il fiato.

"Va tutto bene?" chiese a bassa voce Clay alle sue spalle.

Abby chiuse gli occhi, desiderando ancora una volta che il terreno si aprisse e la inghiottisse in un sol boccone. Come aveva fatto a mettersi con un uomo così egoista, così fuori di testa da volare per tremila chilometri e rotti convinto che lei avrebbe semplicemente ignorato il suo comportamento egoista e dimenticato di volerlo lasciare?

Clay le mise una mano in fondo alla schiena. "Abby?"

"Tutto a posto," disse lei sospirando. "È successo davvero?"

"Temo di sì, ma sono colpito dalla tua capacità di intimidire. Una maledizione ai gioielli di famiglia, eh? Hai imparato qualche nuovo trucco negli ultimi anni, o stavi solo bluffando?"

Abby rise. "Stavo bluffando, naturalmente, ma hai visto che faccia ha fatto?"

"Questa è la Abby che ricordo." Clay sorrise e le tese la mano.

Lei infilò la mano nella sua e gli sorrise. "Hai davvero chiamato lo sceriffo?"

"No, ma ci stavo pensando. Quel tizio sembrava un po' fuori di testa."

"Un po'?" Abby levò gli occhi al cielo. "Alla faccia dell'eufemismo. Lo sai cosa non capisco?"

"Sarebbe?"

"Come ho fatto ad avere una relazione con lui per due anni senza rendermi conto di quanto potesse essere cretino?"

Clay le rivolse un sorriso triste e scosse la testa. "Mi sono fatto un sacco di volte la stessa domanda riguardo a Val. Credo che certa gente sia semplicemente troppo brava a presentarsi per come vuole essere vista; ma alla fine si formano delle crepe ed è impossibile negare la loro vera natura. Possiamo solo sperare che ce la mostrino prima che sia troppo tardi."

"Due anni sono tanto tempo. Credo di aver cercato deliberatamente di *non* vederlo per com'era realmente."

"Sei stata fortunata. Prova ad andare avanti così per sette anni e poi vediamo," disse Clay, la tristezza che brillava nei suoi occhi scuri.

Abby gli mise la mano sul petto, in corrispondenza del cuore, desiderando con tutta se stessa di poter cancellare il dolore che lui aveva sofferto. Non incolpava se stessa, non esattamente. Erano ancora ragazzini quando lei aveva lasciato Keating Hollow. Se anche lei non fosse scappata, chi poteva dire se sarebbero rimasti insieme e se sarebbero stati ancora una coppia un decennio dopo? Ma lei *sapeva* che lo aveva amato e quell'amore era ancora sepolto nel profondo di lei. La consapevolezza che Clay aveva vissuto un matrimonio difficile, che si era concluso con un divorzio, le faceva dolere il cuore.

Una leggera brezza autunnale si sollevò, soffiandole una ciocca di capelli negli occhi. Clay si allungò a ravviarla, facendole venire la pelle d'oca. Abby rabbrividì leggermente, desiderosa di tornare fra le braccia di lui come era stato prima che Logan l'interrompesse tanto bruscamente.

I loro sguardi si incrociarono e Clay le sorrise. "Hai progetti per domani sera?"

Il cuore di Abby mancò un battito quando una pregustazione colma di speranza l'attraversò. "No. A meno di non considerare l'ennesimo film con John Wayne che mio padre insisterà per guardare con me. Perché?"

"Ceniamo insieme. Sette e mezza?" Clay le sfiorò la guancia con un pollice, senza distogliere lo sguardo dal suo.

"Va bene," mormorò Abby. "Dove ci vediamo?"

Clay scosse la testa e le rivolse un sorriso dolce. "È un appuntamento, Abs. So che siamo nel ventunesimo secolo, ma se non ti dispiace, credo che mi piacerebbe venirti a prendere."

"Posso accettarlo." La gioia esplosa in lei quando Clay parlò di appuntamento e dovette trattenere un sorriso sciocco dallo spuntarle sul viso.

"Ottimo." L'uomo si chinò e la baciò delicatamente sulla guancia che aveva accarezzato, quindi si voltò e rientrò nel pub della birreria.

"Porca verruca," disse una donna da dietro le sue spalle.

Abby si voltò e sorrise quando vide Wanda sulla sua auto da golf. Quand'era arrivata? Lei e Clay erano stati talmente persi l'uno nell'altra che Abby non se n'era accorta.

"Fa caldo qua fuori o cosa?" dichiarò la sua amica, facendosi vento.

"Ci sono quindici gradi, Wanda," disse Abby, prendendo posto accanto alla sua amica. "Non direi proprio che fa caldo."

"Non più. Dopo quello sfoggio di sentimenti, mi verrebbe da dire che la temperatura si sia alzata di cinque o sei gradi."

Abby rise e scosse la testa. "Piantala. Non stavamo facendo niente."

"Come no, Abby. Se lo dici tu." Wanda inserì la retromarcia e cominciò a uscire dal parcheggio.

"Dove andiamo?" chiese Abby.

Wanda fece scorrere il dito sul telefono e un istante dopo, Taylor Swift si mise a cantare di un vestito da comprare in modo che qualcuno potesse toglierglielo. Wanda si chinò, sorrise e disse: "A prenderti qualcosa da metterti."

# CAPITOLO 19

*A*bby canticchio fra sé mentre entrava nella casa di famiglia con i sacchetti in mano. Lei e Wanda avevano trascorso l'ultimo paio d'ore da Bewitched[1], la boutique per donne sulla Main Street. Dopo aver provato praticamente tutti gli abiti del negozio, Abby aveva finalmente scelto un top rosso che faceva miracoli per le sue spalle e la sua vita. Ma erano le scarpe quelle di cui si era innamorata: tacchi da dieci centimetri con nastri di seta che si avvolgevano attorno alle caviglie e si legavano a fiocchetto. Si sentiva sexy e femminile al solo pensiero di indossare il suo completo nuovo.

La casa era buia e silenziosa. Abby portò velocemente i suoi acquisti in camera, controllò suo padre – che stava ancora dormendo – e si mise a preparare qualcosa da mangiare per quando si sarebbe svegliato. Un'ora dopo, la zuppa sobbolliva sul fornello e il cornbread si raffreddava sul piano.

Abby si sedette e accese il computer. Proprio mentre apriva la casella di posta, udì la porta della camera di suo padre aprirsi. Si voltò e gli sorrise. "Quando vuoi, la cena è pronta."

Suo padre si premette una mano sul ventre e scosse la testa.

"Per me niente, tesoro. Ho solo bisogno di acqua e di un po' di cracker."

Abby lo guardò mentre si metteva sotto la luce. Suo padre era cinereo e aveva le borse sotto gli occhi. "Avevi un'altra seduta oggi, papà?"

"Questa mattina." Lin la oltrepassò, aprì la credenza e prese i cracker.

"Papà, ti avevo detto che ti avrei portato io. Perché non–"

"Mi ero dimenticato che era oggi e quando mi sono reso conto di avere un appuntamento, tu eri già uscita. Yvette è venuta con me."

"Oh. Beh, meno male. Com'è andata?"

"Bene fino a dieci minuti fa." Lin aprì il frigorifero e prese una bottiglia d'acqua.

Abby si costrinse a rimanere seduta, senza correre ad aiutarlo. Se c'era una cosa che aveva imparato da quando era tornata a casa era che suo padre detestava quando le figlie lo trattavano come un invalido. "Hai la nausea?"

"È un eufemismo." Suo padre tacque e la sua fronte si imperlò di sudore mentre il suo viso assumeva una malsana sfumatura di verde.

"Le pozioni di Charming Herbals non ti sono d'aiuto?"

"No." Lin tacque, posò il cracker nell'acqua e si aggrappò al piano mentre respirava per resistere una palese ondata di nausea.

*Porca miseria!* Abby si maledisse. Perché non riusciva a far funzionare le sue pozioni? Quelle che preparava da ragazza non avevano mai mancato di placare lo stomaco di chiunque. Detestava vedere suo padre soffrire quando, dentro di sé, sapeva che avrebbe dovuto essere d'aiuto.

All'improvviso, suo padre corse verso la propria stanza, abbandonando i cracker e l'acqua.

Le lacrime bruciarono negli occhi di Abby, ma lei le scacciò. Decisa a dare una mano, prese i cracker e l'acqua dal piano ed entrò nella camera di suo padre. Posò le cose prese in cucina sul comodino fece una smorfia quando udì il rumore dei conati provenienti dal bagno padronale. C'era solo una cosa da fare: riprovarci. Solo che, questa volta, lo avrebbe fatto nel suo spazio.

Era giunto il momento di affrontare l'ultimo demone. Raddrizzando le spalle, Abby uscì dalla stanza di suo padre e si incamminò verso la cucina. Dopo aver preso quello che le serviva, uscì di casa, raggiungendo il bel capanno che suo padre le aveva costruito vent'anni prima. Non c'era esitazione; solo determinazione, quando lei aprì la porta.

Si era aspettata che il suo posto fosse impolverato, pieno di ragnatele e di tracce di altri animali molesti che avevano aperto bottega in sua assenza, ma il capanno era immacolato. L'acciaio inossidabile brillava sotto la luce elettrica e le sue pentole e i suoi contenitori di rame appesi alla rastrelliera non avevano un granello di polvere sopra. C'erano persino file di erbe fresche sullo scaffale.

"È stata Noel," disse Abby. "Assolutamente." Scosse la testa, al tempo stesso vagamente infastidita e grata. Ma certo che era stata Noel. Sua sorella aveva cercato per anni di convincerla a tornare alla guarigione. Aveva senso che avesse tenuto pronto il suo spazio per quando Abby avrebbe finalmente trovato il coraggio di ritentare.

Il nervosismo prese il sopravvento e le mani di Abby tremarono mentre prendeva una delle pentole di rame dalla rastrelliera. Fece del suo meglio per tenere gli occhi fissi sulla sua postazione, ma non riuscì a non riportare lo sguardo sulla panca spinta contro la parete. Immagini di Charlotte le lampeggiarono nella mente. Il suo corpo si tese e, per un attimo, il suo cuore si fermò. Quello era l'ultimo luogo in cui aveva visto la sua amica. Charlotte era seduta proprio lì quando lei le aveva dato la pozione – la pozione che, in senso lato, aveva provocato la sua fine.

Abby scosse violentemente la testa, scacciando il ricordo dalla mente. *Non adesso.* Non poteva permettere che suo padre continuasse a soffrire. Non quando sapeva che, nel profondo di sé, aveva il potere di aiutarlo.

Voltando le spalle alla panca, Abby si mise al lavoro. Trenta minuti dopo, trattenne il fiato mentre pronunciava l'ultima formula. La magia esplose da lei con una forza tanto grande e splendente da farla indietreggiare barcollando di qualche passo.

"Whoa." Abby si aggrappò al piano per sostenersi e continuò a mescolare. La pozione assunse un acceso colore dorato. La speranza le sbocciò nel petto mentre aspettava. Cinque secondi, dieci, quindici, venti. Proprio quando cominciava a credere di aver finalmente sfondato il suo blocco mentale, la pozione divenne beige e cominciò a emettere un vago odore di uova marce.

"Argh!" esclamò lei, prendendo la pentola e lanciandola dall'altra parte della stanza. La pozione si spiaccicò contro la parete e gocciolò, sporcando la panca. Abby rimase immobile, fissando il suo fallimento che macchiava il capanno, un brusco promemoria del perché lei era fuggita dieci anni prima.

Qualcosa dentro di lei si ruppe e un singhiozzo le fu strappato dalla gola mentre cadeva in ginocchio e tuffava il viso fra le mani. Non seppe quanto a lungo rimase lì sul freddo pavimento di mattonelle, lacrime infinite che le scorrevano dal viso, ma quando queste ultime finalmente si fermarono, lei si sentiva debole e vuota. Si sdraiò e chiuse gli occhi, usando le mani come cuscino e desiderando che l'oscurità la prendesse.

"ABBY? FORZA, ABS, SVEGLIATI."

"Noel?" La voce di Abby si ruppe mentre costringeva la parola a uscirle di bocca. Sbatté le palpebre, la vista sfocata dal sonno.

"Cosa ci fai qui fuori? Papà era preoccupato."

Abby si sfregò gli occhi asciutti e si alzò in piedi. Il dolore pulsava nella sua spalla e nel suo fianco. "Ahi."

I capelli rossi di Noel ricaddero in avanti mentre si allungava per tendere una mano a sua sorella.

Abby la prese con gratitudine e si sollevò dal pavimento. Una volta in piedi, si guardò attorno e gemette quando vide la luce del sole che brillava attraverso la finestra. "Non volevo passare la notte qui."

Noel accennò con il capo alla parete alle sue spalle. "Sembrerebbe che tu abbia avuto una serata interessante."

Abby si appoggiò al banco e fece una smorfia. "Diciamo piuttosto frustrante."

"Vuoi parlarne?"

Lei scosse la testa, ma poi disse: "Papà stava male dopo la chemio. Non sopportavo di vederlo così e sono venuta qui per provare a rifare la pozione. Credo di essermi detta che magari, qui, sarei riuscita ad andare oltre qualunque cosa blocchi i miei poteri."

Noel si voltò a fissare la pozione che si era seccata sulla parete.

"Ci ho provato davvero, Noel," disse Abby con una punta di frustrazione. "Non ce la faccio proprio. Non importa quanto tu voglia che succeda."

"Non ho detto nulla," disse Noel, inclinando la testa per

guardare sua sorella. "Non da quel giorno al negozio di Bree, comunque."

Abby si fissò i piedi, travolta dal senso di colpa e dalla vergogna. "Lo so. È solo che... non sopporto di vedere papà che sta male."

"Oh, Abs." Noel si allungò e le afferrò la mano. "Mi dispiace. Non avrei dovuto cercare di convincerti a fare qualcosa per cui non eri pronta. È un momento difficile per tutte." Le lacrime colmarono i suoi grandi occhi azzurri. "Non è solo una tua responsabilità. Io lo so e lo sanno anche Faith e Yvette. M-mi dispiace."

"Oh, diamine. Siamo un disastro."

Abby circondò Noel con le braccia e la strinse con veemenza.

"Lo so." Sua sorella emise un verso strozzato che era per metà risata e per metà singhiozzo, e ricambiò l'abbraccio. Si tennero strette per un lungo istante, fino a quando Noel non disse: "Credo che dovremmo andare entrambe dallo psicologo."

Una risata triste esplose dal profondo della gola di Abby. "È quello che ha detto anche Clay."

Noel si staccò e rivolse a Abby un'occhiata confusa. "Che dovremmo andare entrambe dallo psicologo?"

"No. Stava parlando di me. Anche la signora Pelsh mi ha chiesto di rivolgermi a uno specialista. Credo che l'universo stia cercando di dirmi qualcosa."

Noel strinse le labbra e le rivolse un sorriso di solidarietà. "Forse sarebbe ora di ascoltare."

Abby si strinse nelle spalle. "Cosa ho da perdere?"

"Quel sacco da venti chili di senso di colpa che ti porti dietro?" disse Noel, gli occhi che brillavano mentre la prendeva in giro. "Probabilmente, i jeans ti calzerebbero meglio se te ne liberassi."

"Ehi! I jeans mi calzano perfettamente, grazie."

"Se lo dici tu." Noel sorrise, lanciando un'occhiata alla vita di Abby.

Abby levò gli occhi al cielo e si recò alla porta. "Piantala. Andiamo in casa, così potrò fare colazione prima di mettere a nudo la mia anima di fronte a uno sconosciuto."

"E bere caffè. Tanto caffè. Sono le otto ed è già stata una giornata lunga."

"Puoi dirlo forte." Abby tenne la porta aperta per sua sorella e, mentre Noel la oltrepassava, disse: "Grazie per quello che hai fatto."

Noel la guardò di sbieco. "Vuoi dire per averti permesso di sbavare sul mio maglione?"

"No, per aver tenuto pulito il capanno ed esserti assicurata che fosse pronto per me."

L'espressione divertita sul volto di Noel svanì, sostituita dalla sincerità quando lei disse: "Ho sempre creduto in te, Abby. E ci credo ancora. Hai amato questo posto dal giorno in cui papà l'ha costruito per te. E anche se non dovessi mai più preparare una pozione qui dentro, andrà tutto bene, ma meriti di riavere il tuo spazio. Volevo solo che fosse a tua disposizione quando tu saresti stata pronta."

Abby inclinò la testa mentre osservava sua sorella. "Hai davvero detto qualcosa di carino?"

"No. Forse dovresti farti pulire le orecchie." Poi Noel ammiccò e la trascinò fuori dal capanno e nella casa.

# CAPITOLO 20

lay era di fronte allo specchio nella sua camera da letto, intento a cercare di manipolare la cravatta di seta blu che aveva deciso di indossare. Non riusciva a ricordare l'ultima volta in cui aveva ritenuto di doversi vestire bene. Probabilmente era accaduto a L.A. per un qualche evento a cui Val lo aveva costretto a partecipare. Clay non era esattamente un amante delle cravatte e, dopo il terzo tentativo di annodarla, se la levò e la buttò sulla sedia nell'angolo della stanza.

"Tanto, stai meglio senza," disse sua madre dalla soglia.

Clay si voltò e le sorrise in segno di apprezzamento. Si era offerta di tenere Olive mentre lui portava fuori Abby. "Ehi. Quand'è che sei arrivata?"

"Poco fa. Olive sta preparando la borsa."

Clay si accigliò. "Non è necessario che dorma da te. Posso venire a prenderla dopo che Abby e io avremo finito di cenare."

Sua madre gesticolò con impazienza. "Lascia perdere. Esci. Divertiti. Olive e io faremo un pigiama party."

Clay annuì, distratto mentre lanciava un'occhiata

all'orologio. Doveva andare a prendere Abby mezz'ora dopo e il tempo sembrava alternare il fermarsi al procedere a velocità smodata. In quel momento, era fermo.

"Così potrai farlo anche tu, se vuoi," disse ridendo sua madre.

"Cosa?" Clay voltò di scatto la testa nella sua direzione. "Non è..." Scosse la testa. "Abby e io stiamo semplicemente rinnovando la conoscenza. Non è previsto nient'altro."

"Come no, Clay," disse ridacchiando Marina mentre svolazzava in corridoio verso la camera di Olive.

Clay brontolò, prese il telefono e il portafogli dal cassettone e se li ficcò nelle tasche. Sua madre stava cercando di rovinargli la serata? L'ultima cosa che lui voleva era parlare della sua vita affettiva, o della mancanza di essa, con lei.

La sua mente si colmò delle immagini del bel viso di Abby e ogni pensiero di sua madre svanì. Il bacio che avevano condiviso il giorno prima gli era rimasto impresso a fuoco nel cervello e lui non era riuscito a smettere di pensare a lei. Non desiderava altro che trascorrere un po' di tempo da solo con lei e vedere cosa sarebbe successo.

Ma poi, come sempre, i dubbi cominciarono a rodergli la mente. Abby sarebbe rimasta a Keating Hollow, questa volta? Clay poteva permettersi di lasciare che lei entrasse nel suo cuore e, soprattutto, nel cuore di Olive? Doveva evitare che la situazione procedesse troppo prima di sapere per certo quelli fossero i piani di Abby, per il bene suo e di Olive. Era una cosa di cui dovevano parlare più prima che poi. Clay lo sapeva. Ma non riusciva a trattenersi dal trascorrere del tempo con lei. E non voleva farlo. C'era una sorta di attrazione magnetica fra di loro, che gli impediva di mantenere le distanze – almeno per quella sera.

Clay percorse il corridoio fino alla camera di sua figlia e si mise sulla soglia della porta aperta, appoggiandosi allo stipite. "Ti porti via tutto?" chiese ridacchiando.

Olive finì di mettere quella che sembrava la sua intera collezione di animali di peluche in una borsa di tela. Sollevò lo sguardo e sorrise al padre. "No. Ma non posso lasciare qui i miei peluche. Hanno già trascorso troppe notti da soli mentre ero con la mamma."

Clay contrasse le labbra e assunse un'espressione ferita. "Ma come? E io? Ero qui con loro."

Olive lo guardò insospettita. "Li hai fatti dormire con te?"

"Beh, no."

"Sei venuto a rimboccare loro le coperte?"

"Ehm, no, ma erano già nel tuo letto. Pensavo–"

"Allora no. Anche se eri qui, non conta. Si sentono soli."

Clay trattenne una risata e annuì solennemente. "Capisco. Sei una brava mamma per i tuoi peluche."

Olive prese il suo cane di peluche preferito dal letto e lo strinse con entrambe le braccia mentre premeva la guancia contro il suo dolce muso. "Grazie, papi."

Clay entrò nella stanza e si accovacciò di fronte a Olive. "Comportati bene con la nonna, d'accordo? Domani mattina ti faccio i pancake con le gocce di cioccolato."

Olive emise un gridolino di gioia mentre, alle spalle di Clay, sua madre sbuffava perplessa. Ma cosa importava se lui si sentiva leggermente in colpa a mettere da parte sua figlia per una sera, per uscire con una donna? Dopotutto, non lo faceva spesso... anzi, da dopo il divorzio, non lo aveva mai fatto.

Olive passò le braccia attorno al collo di Clay, abbracciandolo. Quindi, lo baciò sulla guancia. "Ti voglio bene, papi."

Il cuore di Clay si sciolse e lui strinse forte la sua bambina. "Anch'io, pulce."

Proprio mentre la lasciava andare, qualcuno suonò il campanello.

"Aspetti visite?" chiese speranzosa sua madre.

"No. Aspettavo solo te. Devo andare a prendere Abby a casa sua."

"Oh." Sua madre non cercò nemmeno di nascondere la delusione.

Clay levò gli occhi al cielo e attraversò la casa a un piano per spalancare la grande porta di legno.

"Ciao, Clay." Val era sulla sua veranda, con una busta in mano.

Clay uscì e si chiuse la porta alle spalle, cercando di proteggere Olive da qualunque cosa Val stesse cercando di combinare questa volta. "Cosa ci fai qui, Val?"

La donna gli porse la busta. "Sono venuta a prendere mia figlia."

"Un corno." Clay strinse la mano a pugno e la carta si appallottolò. "Olive non va da nessuna parte. Si sta ancora ambientando e domani deve andare a scuola."

Val abbassò lo sguardo sulla busta. "Il giudice la pensa diversamente."

Una rabbia al calor bianco si avvolse a spirale nel petto di Clay mentre fulminava con lo sguardo la sua ex. "Cosa stai dicendo?"

"Ho ottenuto un'ingiunzione temporanea. Olive verrà a vivere con me fino all'udienza per l'affidamento."

Stava bluffando. Doveva essere così. Clay strinse gli occhi mentre strappava la busta. All'interno c'era un'ordinanza del tribunale secondo cui Valerie Garrison riceveva temporaneamente l'affidamento esclusivo di Olive Garrison. Clay fissò il documento, paralizzato dall'incredulità. Poi sollevò lo sguardo e si accigliò alla vista dell'espressione soddisfatta di Val.

"Olive viene con me." Val allungò la mano verso la maniglia della porta, ma Clay si mosse, bloccandola.

"Com'è possibile?" Clay agitò il foglio sotto il naso di Val. "Non sono stato informato di nessuna udienza di emergenza."

"È stato il mio avvocato a suggerirlo, dato che tu non mi permetti di vedere mia figlia quando voglio. Ha pensato che ci fosse pericolo di fuga, dato che ti ho fatto causa. Il giudice era d'accordo, visto che tu hai portato Olive qui senza il mio consenso, quando ci siamo separati. In questo modo, possiamo assicurarci che tu non sparisca di nuovo con Olive." La sua espressione da gatto che aveva mangiato il canarino fece venire voglia a Clay di strozzarla.

"Sei stata *tu* a lasciare *noi*," disse Clay a denti stretti.

Val agitò una mano con noncuranza. "Ero all'estero per motivi di lavoro, Clay. Non ho preso Olive per trasferirmi senza dirtelo."

"Sei sparita per sei mesi e non ci hai più chiamato dopo la prima settimana." Il viso di Clay era caldo al punto che lui era sicuro gli sarebbe scoppiata la testa.

"Tu sapevi dov'ero." Val si strinse nelle spalle. "Io ho dovuto assumere un investigatore privato per trovarti, dopo essere tornata a L.A."

Clay la fissò come se le fossero cresciute tre teste. Di cosa diamine stava parlando? Era fuori di testa al punto da essersi convinta di quella storia folle? "Valerie," disse Clay, cercando una pazienza che non aveva, "ti ho chiamata e ti ho lasciato un messaggio. Tu non ci hai mai richiamati. Non ho nemmeno cambiato numero. Avresti potuto trovarci in qualunque momento con uno sforzo minimo."

"Questo non cambia il fatto che tu hai portato via mia figlia senza il mio consenso, Clay. Ora lei verrà a vivere con me, per il momento."

"No!" gridò Olive da dentro casa. "No! Non voglio andare. Non puoi costringermi."

Clay si voltò e la vide in piedi di fronte alla finestra aperta. Da quanto tempo era lì? E quanto aveva sentito?

"Olive, tesoro," disse Val, oltrepassando a forza Clay e aprendo la porta.

Clay dovette fare uno sforzo per non allontanare fisicamente Val dalla sua proprietà. Qualunque alterco fra di loro non avrebbe fatto altro che peggiorare le cose. Invece, tirò fuori il telefono e chiamò Lorna.

"Clay?" L'avvocato rispose al secondo squillo. "Cosa c'è?"

Clay non si stupì del fatto che la sua telefonata l'avesse allarmata. Non avrebbe mai chiamato fuori orario se non ci fosse stato un problema. "Val si è presentata con un'ordinanza di affidamento temporaneo. Non so come, ma è riuscita a convincere un giudice che potrei scappare con Olivia."

L'avvocato prese bruscamente fiato. "È sicuro che l'ordinanza sia autentica?"

Tutto il corpo di Clay si tese. Non aveva nemmeno preso in considerazione l'idea che Val avesse mentito. "A me sembra di sì, ma non sono avvocato."

"Sto arrivando. Non le lasci portare via Olive prima del mio arrivo."

"Io non voglio lasciargliela portare via in generale," disse Clay.

"Lo so. Ma non faccia nulla di avventato. Sono già fuori dalla porta."

"D'accordo. Grazie." Clay chiuse la telefonata e rientrò in casa sua.

Olive era aggrappata alla vita di Marina e scuoteva la testa mentre Val torreggiava su di lei, ordinandole di prendere la valigia.

"Val, non puoi darle un minuto?" disse la madre di Clay. "Sei arrivata senza preavviso. Olive ha bisogno di un po' di tempo per adattarsi."

"Non ha bisogno di adattarsi a nulla. Io sono sua madre. Forza, Olive. Abbiamo un aereo da prendere. Prendi le tue cose, o andremo senza e tu dovrai tenere gli stessi vestiti per una settimana."

"Valerie!" Clay la raggiunse a grandi passi. "Non minacciare mia figlia."

Val alzò gli occhi al cielo. "Non la sto minacciando. Le azioni hanno delle conseguenze, Clay."

Clay non riusciva a ricordare di aver mai odiato un'altra persona. Ma in quel momento, sentiva l'odio per la sua ex-moglie ardere dentro di lui. "E tu vorresti punire una bambina di otto anni costringendola a indossare vestiti sporchi? Che ti prende?"

"Olive ha dei vestiti a casa mia, Clay! Stavo solo cercando di farle capire come stanno le cose." Valerie si voltò e tese la mano a Olive. "Forza, tesoro. Andiamo a stare un po' da sole. Solo tu e io. Che ne dici?"

Olive sollevò lo sguardo dal pavimento e guardò sua madre con un interesse che non aveva avuto prima. "Solo tu e io?" chiese timidamente, come se l'offerta fosse troppo bella per essere vera. Purtroppo, Clay temeva che sua figlia avesse ragione.

"Certo, piccola. Andremo a farci fare le unghie e i capelli, poi, quando saremo bell'e pronte, saremo le più belle alle audizioni che ho in programma."

La speranza nello sguardo di Olive svanì e lei tuffò

nuovamente il viso contro il ventre di Marina. "Preferisco stare qui," biascicò.

"Beh, non puoi, Olive. È ora di crescere. Non sei più una bambina piccola, per cui prendi la borsa e andiamocene."

"Non ancora," disse Clay, frapponendosi fra di loro. "Sta arrivando il mio avvocato. Non porterai Olive da nessuna parte prima che lei abbia controllato l'ordinanza."

"Ho il diritto di fare quello che mi pare, Clay," disse Val.

"Puoi aspettare un quarto d'ora." Clay incrociò le braccia e la fulminò con lo sguardo.

"D'accordo." Val pestò i piedi fino alla poltrona e si appollaiò sul bordo del cuscino mentre gli lanciava un'occhiata. "Manda tua figlia a prendere la valigia."

"Non la mando da nessuna parte." Clay si sentiva addosso lo sguardo di Olive, ma non la guardò. Temeva che sarebbe crollato, se lo avesse fatto. Il pensiero che Valerie la riportasse a L.A. gli faceva rivoltare lo stomaco. Sapeva che Olive detestava quel posto e lui detestava quando lei era lontana. La sua unica speranza era che l'ordinanza del tribunale fosse fasulla. Peccato che lui non fosse per nulla convinto che Valerie si sarebbe mai presentata con dei documenti falsi. Era subdola, non stupida.

"Non vado," disse Olive, la voce forte e sicura mentre si aggrappava alla nonna. "Questa sera vado dalla nonna."

Valerie inarcò un sopracciglio e scrutò Clay da capo a piedi, prendendo apparentemente atto del suo aspetto per la prima volta da quando si era presentata alla sua porta. "E tu, dove vai così in tiro? Hai un appuntamento galante?"

Facendo una smorfia, Clay lanciò un'occhiata all'orologio. Sarebbe dovuto andare a prendere Abby in meno di dieci minuti. Non ce l'avrebbe mai fatta, ormai, ma che gli venisse un colpo se avesse dato a Valerie la soddisfazione di sapere qualcosa sulla sua vita privata. Avrebbe dovuto aspettare che la situazione si fosse calmata per telefonare e cancellare l'appuntamento.

Clay si mise accanto a Val. Appoggiò una mano sul bracciolo della poltrona e chiese a bassa voce: "Perché ti comporti così?"

"Lei è anche figlia mia, Clay. Non hai mai pensato che io potrei voler solo trascorrere un po' di tempo con lei?"

Clay aveva una risposta piccata sulla punta della lingua, ma la trattenne. Litigare con lei di fronte a Olive non era qualcosa che volesse fare. La bimba era già abbastanza contrariata. Non era il caso che vedesse i suoi genitori saltarsi alla gola.

"Vedremo cosa dice Lorna."

"Chi è Lorna?" Val trascinò il nome di Lorna, trasformandolo in una sorta di bizzarro ammiccamento. Non lo aveva proprio ascoltato? Probabilmente no. In passato non lo aveva mai fatto; perché avrebbe dovuto cominciare adesso?

Clay la guardò con freddezza. "È il mio avvocato." Quindi, raggiunse Olive e le tese il braccio. "Vieni qui, pulce."

Olive lasciò andare la madre di Clay e tuffò il viso nel suo ventre mentre si aggrappava a lui con tutto ciò che aveva. Il cuore di Clay si spezzò proprio lì, nel suo salotto. E lui capì che non c'era verso che le permettesse di uscire da casa sua, quella sera, senza di lui.

# CAPITOLO 21

*A*bby lanciò un'occhiata all'orologio e poi al cellulare, per quella che doveva essere la decima volta. Clay aveva più di un'ora di ritardo. Col passare dei minuti, lei passò alternativamente dal fastidio per l'essersi vista dare buca all'ansia per ciò che poteva essere successo. Non poteva esserci stata un'emergenza al birrificio: qualcuno avrebbe chiamato a casa. Questo significava che Clay le aveva dato il benservito oppure che qualcosa gli aveva impedito di chiamarla.

Clay non era il tipo da darle il benservito. Era sicura che avrebbe almeno chiamato. L'ansia che aveva tenuto a bada fino a quel momento ebbe il sopravvento e lei prese il telefono e gli mandò un messaggio.

*Ehi. Volevo solo chiederti se va tutto bene.*

Nessuna risposta.

Abby posò il telefono e andò in salotto per controllare come stava a suo padre.

"Ma guardati," disse Lin, sorridendo. "Clay non saprà mai cosa lo ha colpito." Lin Townsend era seduto su una poltrona reclinabile, i piedi sollevati, con in mano una tazza fumante di quella che Abby immaginava fosse cioccolata calda, a giudicare dall'abbondante porzione di panna montata che galleggiava sulla superficie. *Ottimo*, pensò lei. Suo padre aveva bisogno di calorie, dopo gli ultimi giorni.

Abby si strinse nelle spalle. "Sempre che si presenti. Avrebbe dovuto essere qui un'ora fa."

Suo padre si accigliò. "Non è da Clay arrivare in ritardo. Ti ha chiamato?"

Abby scosse la testa e si lasciò cadere sul divano. "Sembra che ti toccherà sostituirlo."

Lin sollevò la tazza. "Una serata a base di John Wayne e cioccolata calda non ha mai fatto male a nessuno."

Nonostante il disappunto crescente, Abby non riuscì a trattenere una risata. Ci aveva visto giusto quando aveva detto che avrebbe trascorso la serata a guardare l'ennesimo film con John Wayne. "Suona bene."

Suo padre si allungò e le strinse la mano. "Sono certo che ha un'ottima ragione."

Abby annuì, cercando di trattenere l'ansia che le si annodava nel ventre. Non sapeva cosa stesse succedendo, ma sapeva che non poteva essere nulla di buono, se Clay non aveva nemmeno cancellato l'appuntamento.

Il suo cellulare vibrò e lei corse ad afferrarlo.

Il nome di Wanda lampeggiò sullo schermo. La delusione la travolse, ma lei si costrinse a usare un tono di voce allegro mentre rispondeva. "Che succede?"

"Abby, va tutto bene?" La preoccupazione nella voce di Wanda era palpabile.

"Certo. Perché non dovrebbe?"

"Oh, perché, ehm… Clay non ti ha chiamato per cancellare l'appuntamento?"

"No. Non lo ha fatto." Abby tamburellò con le unghie sul

piano della cucina, all'improvviso arrabbiata per il fatto che Wanda fosse a parte di dettagli che lei ignorava. "Vuota il sacco, Wanda. Cosa sai?"

"Merda. Pensavo che ti avesse chiamato. Pure tu, Clay..." borbottò la sua amica.

"Wanda," disse sospirando Abby.

"Mi dispiace, Abs. Stavo andando a casa quando sono passata davanti a casa di Clay e ho visto lui e Olive portare dei bagagli a un'auto. Accanto all'auto c'era Val. Poi, tutti e tre sono saliti a bordo e sono andati via."

Abby si sentiva come se qualcuno le avesse sferrato un pugno a tradimento nello stomaco. "Sono andati via insieme? Sulla stessa macchina?"

"Sì. Mi dispiace un sacco, tesoro. Ecco... non sono riuscita a resistere e li ho seguiti lungo la Main Street. E sì, hanno proprio lasciato la città insieme."

"Mi stai prendendo in giro?" disse di getto Abby. "Ma perché?"

"È un'ottima domanda. E, a essere onesti, pensavo che la risposta l'avresti avuta tu. Va tutto bene?"

"No," rispose automaticamente Abby. Perché mai Clay sarebbe dovuto andare da qualche parte con Val? Aveva dato l'impressione che fra loro due non corresse buon sangue. "Non lo so. Ma va tutto bene. Era solo un appuntamento."

"Un appuntamento che tu aspettavi da dieci anni," disse Wanda.

"Grazie. Ne avevo proprio bisogno," disse Abby, la voce che grondava sarcasmo.

"Scusa. Senti, vengo da te. Arrivo fra venti minuti."

"Non è necessario. C'è qui mio padre. Va tutto bene."

Wanda emise uno sbuffo di impazienza. "So che non è necessario, ma è questo che fanno gli amici. E non ho intenzione di lasciare che tu resti a casa a piangerti addosso perché un uomo ti ha dato il benservito. Mettiti qualcosa di caldo. Arrivo fra poco."

La conversazione si interruppe ed Abby posò il telefono.

"Papà?"

Suo padre distolse l'attenzione della televisione. "Sì, piccola mia?"

"Alla fine, esco comunque. Hai bisogno di qualcosa prima che io vada?"

Suo padre sollevò la tazza e il telecomando. "No, grazie. Sono a posto."

Abby ridacchiò e si ritirò nella sua stanza per cambiarsi e togliersi lo splendido vestito rosso. Dieci minuti dopo, indossava jeans, un maglione e stivali alla caviglia. Mentre usciva dalla sua stanza, prese un berretto e una sciarpa di lana. A ottobre, nella California del nord, non faceva esattamente freddissimo, ma una volta che il sole era calato, la temperatura precipitava.

"Abby, è arrivata la tua amica," chiamò suo padre dalla poltrona.

Abby andò in salotto, si chinò a baciare suo padre sulla guancia e sorrise. "Sono felice che tu ti senta meglio, oggi."

"Anch'io. Ora vai e divertiti." Lin gesticolò verso la porta. "Da qui in poi, a me ci pensa John Wayne."

"Va bene. Ci vediamo domani mattina." Abby prese il cappotto e uscì di casa.

I fari dell'auto da golf di Wanda lampeggiarono e un grido di esultanza si levò dalle donne che lei aveva portato con sé. "Whooohooo! Era ora che ti tirassimo fuori di casa," esclamò una delle donne.

Abby strizzò gli occhi. "Shannon, sei tu?"

"Come no." La rossa alta e procace agitò una mano. "Vieni qui. Abbiamo delle cose da fare e delle persone da farci."

"Shannon, fa' la brava." Hanna corse fuori dall'auto e circondò Abby con le braccia. "Ehi."

Abby sorrise e abbracciò la sorellina di Charlotte con tutta la forza che aveva. "Sei un balsamo per gli occhi."

"Mia madre è felicissima che tu sia passata," le mormorò Hanna nell'orecchio. "Non smette più di parlare di te. Le mancavi davvero tanto."

"Anche lei mi mancava," disse Abby, inghiottendo l'emozione che minacciava di prendere il sopravvento. "È stata meravigliosa."

"Non sparire, d'accordo? Anche papà vorrebbe salutarti."

Hanna la lasciò andare e la fissò negli occhi. "E quella piccola combinaguai di Candy devi chiederti scusa. Non riesco a credere che abbia avuto il coraggio di scappare."

Abby seguì Hanna fino all'auto da golf e le due presero posto nella fila centrale di sedili. "Se avessi saputo che la mini apparteneva a tua madre, sarei venuta prima."

Hanna inarcò un sopracciglio con aria interrogativa. "Davvero? Ne sei sicura?"

Abby non poteva biasimarla per quello scetticismo. In fondo, lei ci aveva messo dieci anni a presentarsi. "Sì. Non potevo lasciar passare una cosa del genere."

Hanna annuì, quindi si sporse in avanti e disse: "Dai, Wanda. È ora di dare inizio alla festa."

Wanda annuì e premette un pulsante sul cellulare. Pink cominciò a sparare versi mentre Wanda faceva dietro-front e percorreva a ritroso il viale dei Townsend.

Abby si sporse e chiese a Hanna: "Dove andiamo?"

Hanna le passò una bottiglia di birra e sollevò le mani in un gesto di ignoranza. "È importante?"

"Immagino di no," disse ridacchiando Abby, per poi bere un lungo sorso della chocolate stout. Un attimo dopo, tutte e tre le sue amiche si misero a cantare a pieni polmoni e Abby sentì un peso levarsi dal petto mentre il suo cuore si colmava di affetto per le sue amiche. E per la prima volta da un'eternità, seppe di essere esattamente dove doveva.

L'aria fresca sembrò lavare via le sue ansie e la sua delusione. Suo padre era in un bel momento e lei aveva le sue ragazze. Per ora, andava bene così.

"Chi vuole fare il bagno nuda?" esclamò Wanda.

"Sì!" risposero all'istante le sue due amiche.

"Mi state prendendo in giro? Ci saranno quattro gradi," disse Abby, stringendosi il cappotto addosso.

"Ah, ma il fiume è riscaldato." Wanda imboccò il viale per le auto da golf e sfrecciò attraverso l'erba verso il fiume che scorreva rapido.

"Da quando?" chiese Abby, restando inchiodata al sedile mentre le sue amiche balzavano fuori dall'auto.

Wanda rise sguaiatamente. "Dallo scorso Samhain, quando la signorina Maple lo ha trasformato per sbaglio in una vasca idromassaggio. Stava cercando di far colpo sul suo nuovo ragazzo e ha esagerato."

Abby fissò l'acqua cheta. "A me non sembra che bolla."

"Oh, lo farà." Wanda si levò le scarpe con un calcio cominciò a spogliarsi. Le altre due la imitarono.

Abby, ancora seduta nell'auto, le fissò a bocca aperta. Doveva essere tutto uno scherzo. Come avrebbe fatto la signorina Maple a trasformare l'intero fiume in una vasca idromassaggio? Ci sarebbe voluta una quantità immensa di energia.

"Sbrigati, Abby," esclamò Hanna mentre finiva di spogliarsi. "È una cosa imperdibile. Fidati di me."

"Oh, al diavolo," borbottò Abby mentre scendeva dall'auto. Raggiunte le sue amiche, tutte e tre erano già nude e stavano correndo verso l'acqua. Wanda e Shannon saltarono dentro. Subito, del vapore cominciò a risalire dal fiume e l'acqua prese a ribollire proprio come quella di una vasca idromassaggio. "Acciderbolina."

Hanna, che si era fermata, accennò con il capo all'acqua, dopodiché le seguì. Emise un gridolino di gioia mentre si immergeva. Subito dopo, riemerse e si voltò a fissare Abby. "Cosa aspetti?"

"Non ne ho idea," rispose ridendo lei. Si spogliò rapidamente e si tuffò nell'acqua. Una scossa di gelo la paralizzò quasi e lei riemerse sputacchiando mentre tremava in maniera incontrollabile. "Ma cosa– siete terribili." Abby batteva i denti e si sbracciò mentre cercava di uscire dall'acqua. "Non ci credo. Caspita, che freddo."

"Ehm, Abby," disse Hanna, a mollo nell'acqua. "Cosa stai dicendo?"

Abby si circondò con le braccia, i muscoli che gridavano in segno di protesta per l'acqua gelida che ancora si aggrappava al suo corpo. Passò lo sguardo sulle tre donne che ancora galleggiavano nell'acqua. Sembravano perfettamente a loro agio. "Ma come fate? È già tanto se quell'acqua non è ghiacciata." Abby prese il maglione e se lo strinse al petto, incerta sul da farsi. Non sarebbe mai riuscita a infilarsi i jeans mentre ancora grondava acqua.

"Ci saranno almeno trentasette gradi," disse Shannon.

"Oh, no," disse Wanda, rivolta a Shannon. "È immune. Devi scaldarla."

"Immune?" ripeté Shannon. "Ma come–"

"La sua magia deve avere qualche problema," disse Wanda. "Fai qualcosa prima che le si rompano i denti."

"Oh... Oh, no." Shannon uscì dall'acqua, il vapore che si levava dalla pelle perfetta. Sollevò le braccia e disse: "Aria del cuore della terra, sollevati e avvolgi quest'anima nel tuo calore."

La terra sotto i piedi di Abby si scaldò e, nel giro di qualche istante, una ventata di aria calda scacciò il freddo. Abby abbassò lo sguardo sul suo corpo, notando che era già asciutto, ed esalò un sospiro di sollievo. "Grazie, Shannon."

"Figurati. Vestiti, prima di congelarti di nuovo."

Abby non esitò. Si vestì e si strinse il cappotto attorno. Shannon si asciugò e la raggiunse nell'auto da golf, mentre Wanda e Hanna trascorrevano qualche minuto in più nel fiume.

"Da quant'è che la tua magia fa le bizze?" chiese Shannon.

Abby emise uno sbuffo di risata. "Dieci anni, credo."

"Dieci– oh." Shannon fece una smorfia. "Mi dispiace. Non sono affari miei." Abby fece spallucce. "Tutto a posto. Immagino che dovrò abituarmici, se voglio restare da queste parti."

Shannon si raccolse i capelli rossi ancora umidi. "È questo che hai in mente? Vuoi tornare a casa?"

"Non ne sono sicura. Forse?" Abby non riusciva proprio a immaginare di tornare a New Orleans. Non nel futuro immediato, in ogni caso. E ora che aveva rotto con Logan, non aveva un vero motivo per tornare, a parte la sua coinquilina. Amava la città, ma doveva ammettere che aveva sentito la mancanza di Keating Hollow, della sua famiglia, di Clay. Il pensiero di lui le provocò una fitta al cuore. Come aveva potuto piantarla in asso senza nemmeno telefonare o mandare un messaggio?

"Si è sentita la tua mancanza, sai."

"Davvero?" Abby osservò la bella donna. Non erano state

amiche alle superiori, per cui non riusciva a immaginare che Shannon avesse sentito molto la sua mancanza.

"Wanda, Hanna, la signorina Maple e molti altri hanno proprio sentito la tua mancanza. E anche le tue sorelle e tuo padre. Tutti parlano sempre di te con un tono di meraviglia e rammarico. Non credo che tu sappia cosa hai lasciato."

Abby si acciglò. "Meraviglia? Sei sicura che non sia piuttosto disappunto?"

"Certo che no." Shannon le rivolse un'occhiata bizzarra. "Perché mai dovrebbe?"

"Non sai quello che è successo... con Charlotte, insomma?"

"Certo. Ma non è stata colpa tua." Shannon inclinò la testa di lato come se stesse cercando di capire qualcosa. Alla fine, disse: "Ascolta. So che non eravamo amiche, da piccole. E me ne assumo la piena responsabilità. Ero... Beh, diciamo solo che avevo dei gravi problemi di autostima e, ai miei occhi, tu eri tutto quello che avrei voluto essere. Non è giusto e non sono orgogliosa di me stessa, ma me la sono presa con te perché sapevo che non sarei mai stata *come* te. Mi ci è voluto un po' di tempo per rendermi conto che bastava che io fossi me stessa. Quando mi sono finalmente lasciata andare, la vita si è fatta molto più semplice." Shannon si acciglò. "E ho aspettato dieci anni per dirti che mi dispiace."

"Eri invidiosa di me?" chiese con stupore Abby. "Ma perché?"

Shannon scoppiò a ridere. "Stai scherzando? Tutti ti volevano bene. Charlotte, Clay, Wanda. E avevi la famiglia perfetta. Per non parlare del tuo talento. Ti giuro, era come se tu camminassi sull'acqua, mentre io andavo malissimo a scuola."

Abby scosse la testa. "Non è possibile. L'incantesimo d'aria che hai fatto, il modo in cui mi hai salvato dal congelamento, era grandioso."

Shannon fece una mezza scrollata di spalle. "Forse ho un problema con l'apprendimento strutturato. O magari con le verifiche. Oppure, semplicemente, non me ne importava nulla. Quale che fosse il motivo, la scuola è stata uno schifo per me."

Vergogna e rammarico travolsero Abby. Come aveva fatto a non rendersene conto? Sebbene fosse vero che Shannon non era stata sua amica, se Abby avesse prestato attenzione, forse avrebbe visto la ragazza vulnerabile al di sotto dell'armatura. Forse, ciò avrebbe potuto spingerla a vedere oltre il guscio difensivo di Shannon, fino alla ragazza dolce che lei era ora. "Mi dispiace. Ma posso assicurarti che nulla era fantastico come sembrava. La famiglia perfetta che tu vedevi? Era un disastro. Dopo che mia madre se n'è andata, è stata dura. Mio padre lavorava sempre e io e le mie sorelle siamo rimaste da sole a cercare di capire perché lei fosse andata via."

"Accidenti," disse Shannon con un cenno del capo. "Sì, quello è un vero schifo."

"Ormai, mi è passata quasi del tutto." Abby rivolse a Shannon l'ombra di un sorriso. "Per quanto possa passarti l'abbandono di un genitore."

Fra di loro cadde il silenzio mentre guardavano Wanda e Hanna sguazzare nell'acqua. Non ci volle molto prima che Shannon prendesse una bottiglia di birra per entrambe dal frigo di Wanda. "Tieni." Shannon le passò la bottiglia e riprese il suo posto. "Credo che sia giunto il momento che tu perdoni te stessa, Abby."

"Come?" chiese Abby, sconcertata. "Per cosa?"

"Per non essere riuscita a salvare Charlotte. Credo che sia quello il motivo per cui la tua magia è bloccata."

"Io non… Ehm, non ho mai cercato di salvarla. Non sapevo nemmeno che fosse malata."

"Lo so." Shannon si voltò verso di lei e nel suo sguardo brillava la saggezza. "Ma credo che, dentro di te, tu creda che avresti potuto salvarla, se avessi saputo. Forse, se tu ti lasciassi un po' andare, la tua magia ricomincerebbe a funzionare."

Abby non disse nulla mentre fissava il fiume, senza vedere altro che la luna splendente che brillava. Le parole di Shannon le riecheggiarono nella mente. *Che tu perdoni te stessa.* Abby scosse la testa. "Non credo che c'entri il perdono."

Shannon aprì la bocca per aggiungere qualcosa, ma poi scosse la testa, come se avesse cambiato idea a metà del pensiero. "Ovviamente. Non ascoltarmi. Probabilmente, sto solo proiettando i miei problemi su di te."

Prima che Abby potesse rispondere, apparvero Hanna e Wanda, e Shannon balzò in piedi per usare la magia per aiutare le sue amiche ad asciugarsi. Abby, che ne aveva piene le tasche di parlare della sua magia, riaccese la musica, sperando che essa l'avrebbe salvata dalle inevitabili domande di Wanda e Hanna. Il suo piano funzionò e un attimo dopo, cominciarono a cantare tutte in coro *Shake It Off* di Taylor Swift. Abby si mise comoda sul sedile e si rilassò quando Wanda tornò al posto di guida e chiese: "Dove si va?"

"In centro. Ho bisogno di qualcosa di dolce," disse Hanna.

"Hai detto bene," disse Wanda, voltando il carretto nella direzione di Main Street. "C'è una torta al cioccolato senza farina con il mio nome sopra."

# CAPITOLO 22

*A*bby si sedette sulla poltrona nell'ufficio della dottoressa Kass e guardò per la centesima volta il messaggio che aveva ricevuto da Clay. Finalmente, l'uomo le aveva scritto verso mezzanotte, la sera prima, scusandosi per non essersi presentato. Era stato avaro di dettagli, ma aveva accennato alla necessità di sistemare la questione dell'affidamento di Olive con Val. Da quel momento in poi, lei non era riuscita a smettere di preoccuparsi.

"Salve, signorina Townsend," disse la dottoressa Kass, entrando nella stanza e prendendo posto sulla poltrona di fronte a quella di Abby. La psicologa aveva lunghi capelli lisci e argentati e un viso gentile, con limpidi occhi azzurri. Indossava un completo nero di sartoria, calzava tacchi alti argentati, e stava benissimo. Abby sperava che, a settant'anni e passa, avrebbe avuto un aspetto anche solo lontanamente paragonabile a quello della donna matura.

"Allora, cosa la porta qui?" chiese la psicologa, appoggiando le mani sull'ampia scrivania di mogano.

"La mia magia fa le bizze."

"Mmm, è preoccupante." La dottoressa Kass annuì. "Vuole dirmi qual è il problema?"

Abby ridacchiò. "Speravo che me lo avrebbe detto lei."

La dottoressa Kass le rivolse un sorriso sardonico. "Sì, lo immagino, ma la terapia non funziona così."

"Così dicono," disse sarcastica Abby. "Il mio ultimo terapista aveva messo bene in chiaro di essere lì solo per sentirmi parlare... e giudicarmi."

"Giudicarla?" Le sopracciglia di Kass spiccarono un balzo. "In che senso?"

"Sa, il solito. Ha trascorso parecchio tempo a dirmi dove avevo sbagliato e, in sostanza, a farmi sentire peggio. Ho smesso dopo tre sessioni."

"Ahi." La dottoressa si sporse in avanti. "Non posso fare commenti riguardo ai metodi del mio collega, ma le dirò che sono qui solo per aiutarla a trovare gli strumenti per affrontare quello che sta passando. Non esistono giusto o sbagliato, solo la situazione corrente. Suona bene?"

Abby intrecciò le dita e annuì. "Sì. Certo."

"Che ne dice di cominciare dal principio? Quand'è che ha cominciato ad accorgersi che la sua magia non funzionava correttamente?"

"La settimana scorsa. Stavo cercando di preparare una pozione per mio padre e non sono riuscita ad azzeccarla."

"D'accordo. È accaduto qualcosa di importante fra l'ultima volta in cui lei ha preparato con successo una pozione e il tentativo della settimana scorsa?"

Abby rise, una risata priva di umorismo. "Può dirlo forte. Sono passati dieci anni."

La dottoressa spalancò gli occhi con interesse. "Dieci anni. Wow. Vuole parlarne?"

Il "no" era sulla punta della lingua di Abby, ma il motivo per cui lei era lì era proprio per sistemare la sua magia. Non ci sarebbe mai riuscita se non avesse parlato di Charlotte. Dopo aver tratto un respiro profondo, si lanciò nella storia che non aveva mai raccontato completamente a nessuno, nemmeno all'altro psicologo. "Avevo diciott'anni ed ero piena di sicurezza, decisa a diventare la guaritrice del paese dopo aver ottenuto l'abilitazione. La Humboldt State mi aveva già accettata."

"Dunque lei è una strega della terra?" chiese la dottoressa.

Abby annuì. "Sì. Mia madre era una guaritrice, e a quanto pare il suo DNA scorre potente nelle mie vene. A ogni modo, avevo già padroneggiato pozioni di ogni genere: contro la nausea, i piccoli dolori, le emicranie, e le pozioni energetiche. E poi arrivò la fine dell'anno scolastico. Era la sera del ballo e la mia migliore amica aveva preso una specie di influenza. Mi disse che era una semplice infezione e che il suo medico le aveva già prescritto dei farmaci che avrebbero sistemato tutto. Charlotte – la mia amica si chiamava così – mi chiese di preparare una pozione energetica, in modo che non fosse costretta a perdersi il ballo. Sua madre mi aveva chiesto di non darle niente; aveva detto che ci avrebbero pensato i medici."

"Ne deduco che lei abbia accontentato Charlotte?" chiese Kass.

"Già. Charlotte finse che l'infezione non fosse nulla di grave. Era la sera del ballo e io non volevo che lei se lo perdesse. Sembrava che stesse benissimo, con l'eccezione delle borse sotto gli occhi. Era solo per una sera, sa? Per cui, le preparai la pozione. Anzi, la ricetta produsse una quantità sufficiente per due dosi. Gliene diedi una e conservai l'altra nella mia bottega."

"Cos'è accaduto dopo che lei diede la pozione a Charlotte?"

"Andammo tutte al ballo. Sembrava che Charlotte stesse

DEANNA CHASE

bene. Ballò con il suo ragazzo per tutta la sera. Ricordo che ridevano quando, alla fine, andarono nel parcheggio. Fu l'ultima volta che io la vidi ancora in vita." Abby deglutì, cercando di inghiottire il groppo che le si era formato in gola. "Clay, che era il mio ragazzo, e io trascorremmo la notte vicino al fiume. Quando lui mi riportò a casa, la mattina, appena prima dell'alba, io notai che la luce era accesa nel mio studio."

La dottoressa Kass si sporse in avanti, ma non disse nulla mentre aspettava che Abby proseguisse.

Abby chiuse gli occhi e si costrinse a tirare fuori le parole. "Quando aprii la porta, lei giaceva sulla panca, la seconda bottiglia di pozione energetica versata sul vestito. Aveva gli occhi aperti e..." Abby scosse la testa, cercando di scacciare l'immagine dalla mente. Non ci riuscì e tutto ciò che vide fu il corpo senza vita della sua amica.

Mani tiepide coprirono quelle di Abby e la psicologa parlò con voce bassa e gentile. "Va tutto bene, Abby. Non c'è nessun problema a parlarne. Vuole proseguire?"

Lei scosse la testa, ma quando aprì gli occhi e vide la compassione pura che le restituiva lo sguardo, disse di getto: "Charlotte è morta nel mio studio, bevendo una pozione che sua madre mi aveva chiesto di non darle. È morta a causa mia. La colpa è mia. Tutti dicono che non è così, ma io conosco la verità. Lei avrebbe dovuto essere a casa nel suo letto, a riposare, a guarire, e io... io le ho dato i mezzi per sforzarsi troppo. I medici hanno detto che il suo cuore ha ceduto, prematuramente, probabilmente a causa della pozione energetica. È stato troppo per il suo corpo."

Abby emise un gemito e si premette la mano di fronte alla bocca. Lacrime calde le ricaddero lungo le guance, il dolore che si irradiava in lei a ogni battito del cuore.

La dottoressa Kass le strinse la mano, le passò una scatola

di fazzolettini e le diede un momento per ricomporsi prima di lasciarla andare.

"Grazie," disse Abby, tamponandosi gli occhi.

"È difficile dire certe cose ad alta voce, soprattutto se si tratta delle nostre paure."

Abby si sedette composta, il corpo carico di fatica. "Non si tratta delle mie paure. Si tratta della verità. Non capisce?"

"Non può trattarsi di entrambe le cose?" chiese Kass, senza traccia di giudizio nella voce.

Abby aprì la bocca per rispondere, ma la chiuse quando non seppe cosa dire. La psicologa era d'accordo con lei? Che la morte di Charlotte era stata colpa sua? L'abisso nel suo stomaco si allargò e le si premette una mano sull'addome, cercando di scacciare la sensazione.

"Lasciamo da parte l'argomento, per il momento."

"Va bene," disse Abby. Sapeva che qualunque altra cosa di cui avrebbero parlato non poteva essere peggio.

"Ha più usato la magia dalla morte di Charlotte? O sono soltanto le pozioni di guarigione a darle problemi?"

"Produco lozioni e saponi. Richiedono una punta di magia, ma nulla di troppo intenso. Non come le pozioni che preparavo. A questo punto, potrei farli anche a occhi chiusi."

"Dunque non è per forza la sua magia a essere rovinata." Non era una domanda.

"Non lo so. Forse sono *io* a essere rovinata," disse a bassa voce Abby.

"Lo pensa davvero?"

Abby avrebbe voluto mettersi a urlare. Ma certo che lo pensava davvero. Lo aveva appena detto, no? Ma trattenne la rabbia e disse: "Credo che sia possibile."

"In che senso?"

DEANNA CHASE

"Che vuol dire 'in che senso?' La mia magia. È rovinata. Ho smesso di usarla, per cui ha smesso di funzionare."

La dottoressa Kass esitò, quindi accavallò le gambe mentre si appoggiava allo schienale della poltrona. "Ma lei non ha smesso di usarla. E poi, la magia non funziona così. Non sparisce da un giorno all'altro. Vive dentro di noi. Qualunque cosa ci fosse prima, c'è ancora. Può darsi che lei debba semplicemente imparare un modo nuovo di accedervi."

"Così non funziona," disse Abby, mentre la frustrazione prendeva il sopravvento. "Non può darmi qualcosa per l'ansia o che ne so? Magari, così riuscirei a rilassarmi e a capire dove sbaglio."

"Si sente particolarmente ansiosa? L'idea di interagire con il resto del mondo le provocava una sensazione di panico?"

Abby strinse i denti. "Di solito, no."

La dottoressa Kass le rivolse un sorriso paziente. "In tal caso, dubito che degli ansiolitici le farebbero bene. Anzi, non farebbero che attenuare ancora di più la sua magia. Che ne dice di provare con qualcosa di diverso? Magari delle asserzioni."

"Asserzioni? Vuole che io parli da sola?" Le spalle di Abby si curvarono. Sebbene la dottoressa Kass fosse mille volte più gradevole dello psicologo precedente, quello non era ciò che lei si aspettava. Avrebbe potuto ottenere quel consiglio da qualunque libro di autoaiuto.

"Sì. Vorrei che lei scrivesse cinque cose diverse: due esperienze per cui prova gratitudine, due per cui si perdona e una che aspetta con ansia. Sia specifica. Dica ad alta voce quelle cose tutti i giorni quando si sveglia e prima di andare a dormire. Provi a farlo per una settimana; poi torni qui e facciamo il punto della situazione."

"Tutto qui?" chiese Abby.

"Credo che sia abbastanza per una seduta." La dottoressa lanciò un'occhiata all'orologio, che segnava che era passata già un'ora.

Abby rimase di stucco. Com'era possibile? Le sembrava che avessero appena cominciato.

"Abbiamo cominciato molto bene. Roma non è stata costruita in un giorno." La dottoressa Kass sorrise e si alzò, tendendole la mano. "È stato un piacere conoscerla."

"Anche per me," disse Abby, leggermente traumatizzata per il fatto di aver condiviso tutte quelle cose senza avvertire l'impulso irrefrenabile a darsi alla fuga. Forse, la terapia aveva un senso, dopotutto.

# CAPITOLO 23

*C*lay camminava avanti e indietro nella stanza d'albergo, la terza tazza di caffè in una mano, il cellulare nell'altra. Lorna lo aveva appena chiamato per informarlo che, sebbene l'ordinanza che conferiva a Val l'affidamento temporaneo fosse legale, c'erano dei dubbi riguardo al giudice che l'aveva firmata. L'avvocato aveva appena appreso, tramite un collega, che Valerie era stata vista in sua compagnia in più di un'occasione. Si vociferava che fra i due vi fosse una relazione clandestina.

"Una relazione?" gridò Clay al telefono. "È così che funziona il sistema giuridico? Non possiamo farci nulla?"

"Non c'è molto che possiamo fare, a meno di non trovare qualcuno disposto a testimoniare che quei due si conoscono e che sono amanti. La maggior parte degli avvocati non vuole inimicarsi un giudice, per timore di pagarne le conseguenze in casi futuri."

"Porca di quella…" Clay strinse il telefono così forte che le sue dita cominciarono a formicolare.

"So che è terribilmente frustrante, Clay, ma se riusciremo a trovare qualche prova del legame fra quei due, la battaglia per l'affidamento ne beneficerà. Per cui, tenga gli occhi aperti, d'accordo?"

"Va bene. Quanto ci vorrà prima di tornare in tribunale?"

"Presenterò l'istanza di appello oggi. La informerò non appena saprò qualcosa. Con un po' di fortuna, riusciremo a comparire di fronte a un giudice entro domani."

"Faccia la sua magia," disse Clay.

Lorna emise una risata priva di umorismo. "Può scommetterci quello che vuole. Tenga duro. Sistemeremo tutto."

Dopo la fine della telefonata, Clay si sedette in fondo al letto e guardò di nuovi messaggi. Niente, se non quello di Abby, che lo assolveva per averle buca la sera prima. Quando Lorna era arrivata a casa sua, aveva dato un'occhiata all'ordinanza e gli aveva consigliato di affidare Olive alla custodia di Val. Lo aveva convinto che era la mossa migliore nella battaglia per l'affidamento. Ma Olive era così sconvolta che Clay non era riuscito a lasciarla andare come se niente fosse. Aveva deciso di venire anche lui a L.A., per assicurarsi di essere nei paraggi nel caso sua figlia avesse bisogno di lui. Valerie, travolta dalla crisi di nervi di Olive, aveva accettato con riluttanza dopo che Clay si era dimostrato l'unico in grado di tranquillizzarla.

Naturalmente, Val non aveva accettato di permettere a Clay di stare nel suo appartamento; non che lui avesse desiderato altro che stare vicino a sua figlia. Per cui, ora Clay si trovava in un albergo a cinque isolati di distanza, in attesa che Valerie gli mandasse un messaggio per informarlo dei piani per la giornata. Clay l'aveva sentita parlare con il suo agente di un'audizione e aveva insistito per essere presente. Val aveva risposto in maniera vaga, ma quando Clay aveva insistito, aveva finalmente ceduto. Ma fino a quel momento, lui non aveva avuto sue notizie da quando era salito sul taxi all'aeroporto, la sera prima.

Incapace di resistere, chiamò Valerie.

"Dov'è?" gridò la sua ex nel telefono.

"Dov'è chi? Olive?" chiese lui.

"Sì, Olive. Chi altri? Stavo giusto per chiamarti. Sei andato a prenderla? Sei qui fuori? Devi riportarla subito qui. L'audizione è fra cinque minuti."

"Aspetta un attimo, Val. Stai dicendo che Olive non è con te?" Il cuore di Clay cominciò a battere all'impazzata e la sua nuca si coprì di sudore. Non poteva essere vero. La sua bambina non poteva essere tutta sola in giro per Hollywood.

"No. È con te," disse spazientita Valerie. "Smettila di fare il finto tonto, Clay. Non ti porterà bene in tribunale."

"Valerie, ascolta. Non vedo Olive da ieri sera all'aeroporto. Ho aspettato tutta la mattina che tu mi chiamassi. Stai dicendo che sei a un'audizione e che Olive è scomparsa?" Clay afferrò il portafogli e la chiave della stanza dal cassettone e uscì dalla porta.

"Sì, siamo a un'audizione... aspetta, Olive non è con te?" C'era una nota di panico nella voce di Val.

"No. Dove sei? Prendo subito un taxi."

"Ma aveva detto... Oddio, Clay. Dov'è?"

"Non lo so," disse Clay a denti stretti. "Era affidata a te." Prese l'ascensore e rivolse un cenno del capo all'anziana che lo stava fissando con gli occhi spalancati. "Dove sei, esattamente?"

Val gli diede un indirizzo di Studio City. Due minuti più tardi, Clay era in un taxi ed era diretto in quella direzione.

Trascorse l'intero tragitto cercando di raggiungere Olive al telefono che le aveva dato appena sei mesi prima, proprio perché lui potesse contattarla in caso di necessità, ma ogni volta, scattava subito la segreteria.

"Porca miseria," borbottò. Il telefono era morto. Olive doveva averlo spento, oppure la batteria si era scaricata.

Non appena il taxi si fermò, Clay lanciò un fascio di banconote al tassista, scese d'un balzo e cominciò a correre verso l'edificio. Prima che lui potesse raggiungere l'ingresso, Valerie uscì a grandi passi, i capelli arricciati e ammucchiati sopra la testa. Aveva il trucco pesante e indossava un abito aderente e scollato al punto che Clay era certo che stesse usando il nastro biadesivo per evitare incidenti.

"Clay!" gridò Val, buttandosi fra le sue braccia.

Clay le accarezzò con imbarazzo la schiena e, un attimo dopo, la afferrò per la vita e la costrinse a fare un passo indietro. "Quando l'hai vista per l'ultima volta?"

"Un'ora e venti minuti fa. Avevamo appena—"

"Un'ora e venti minuti? Cosa diavolo stavi facendo invece di guardare nostra figlia?" Clay avvertì il calore che gli risaliva la nuca e dovette trattenersi dallo strozzare Valerie.

"Avevo una riunione con il mio agente. Non dare la colpa a me, Clay Garrison. Se tu non ti fossi opposto alla recitazione, Olive non sarebbe mai scappata."

Lo shock ammutolì Clay. Scosse la testa, assolutamente stupefatto. Non aveva il tempo né la voglia di litigare con Val. L'unica cosa importante era trovare sua figlia. "Dov'è che l'hai vista per l'ultima volta?"

"Nella sala d'attesa. Le avevo detto di stare buona mentre Manny e io facevamo la riunione. Era nell'angolo vicino alla televisione quando Manny e io siamo andati nel suo ufficio."

"Hai lasciato una bambina di otto anni da sola in un edificio sconosciuto nel bel mezzo di L.A.?"

"Non fare drammi, Clay. Siamo a Studio City, non nel ghetto."

"Ha otto anni!" gridò lui, oltrepassandola per entrare nell'edificio. Valerie cercò di raggiungerlo, ma indossava tacchi da dieci centimetri e non era in grado di tenere il passo delle sue lunghe falcate.

"Olive?" chiamò Clay mentre percorreva di corsa il corridoio con la moquette. Seguì i cartelli che indicavano l'audizione e alla fine raggiunse una stanza piena di donne con le rispettive figlie. Cominciò a chiedere di Olive, ma presto si rese conto che non sapeva nemmeno cosa indossava sua figlia. Si voltò di scatto e andò alla ricerca di Valerie. La sua ex si era tolta i tacchi e stava saltellando verso la sala d'aspetto. "Chiedi a tutti se hanno visto Olive. Ti ricordi quello che indossava, vero?"

"Certo che me lo ricordo," disse lei, palesemente offesa. "Indossa un vestitino rosa con delle piccole rosette bianche sull'orlo. E delle scarpette rosa di Mary Jane abbinate."

Clay si trattenne dal levare gli occhi al cielo, ma non riuscì a soffocare un gemito. "E a lei andava bene?"

"Era per l'audizione, Clay. Quante volte ti devo spiegare perché la vesto in quel modo?"

"Non lo so, Val. Immagino che la risposta sia 'tutte le volte che cerchi di spiegarmi perché la costringi a fare qualcosa che non vuole.'"

Val prese bruscamente fiato e Clay vide che si stava preparando ancora una volta a fargli lo spiegone sulle opportunità che la loro figlia avrebbe avuto come attrice. Ma lui non voleva saperne. Non ora. Né mai più. Sollevò una mano. "Vado fuori a vedere se è lì. Tu torna in quella stanza e parla con tutti fino a quando non trovi qualcuno che l'abbia vista allontanarsi. Capito?"

"D'accordo. Se scopro qualcosa, ti scrivo." Val si circondò con le braccia mentre si mordicchiava nervosamente il labbro inferiore.

"Perfetto." Clay fece per allontanarsi, ma Val lo chiamò, fermandolo. "Cosa c'è?" chiese lui.

"Trova la mia bambina, Clay. Per favore," implorò Val, gli occhi che si riempivano di lacrime.

"Su questo non ci sono dubbi," disse Clay con voce tesa, maledicendola silenziosamente. Era tutta colpa di Val e, una volta trovata Olive, lui si sarebbe assicurato di fare in modo che l'intera comunità giudiziaria ne venisse a conoscenza. Mentre usciva, chiamò la polizia di Studio City. Quando la donna all'altro capo della linea rispose, Clay disse: "Devo denunciare la scomparsa di una bambina."

Diede alla donna tutte le informazioni in suo possesso e si sentì dire che un agente sarebbe stato subito assegnato al caso. Clay mise giù e cercò ancora una volta di chiamare Olive. Di nuovo, nessuna risposta. Le sue viscere ribollirono mentre girava attorno prima al palazzo e poi all'isolato. Scrisse a Val per chiederle se c'erano novità. No. Un paio di persone ricordavano di aver visto Olive, ma non sapevano quando si fosse allontanata.

Il panico cominciò a prendere il sopravvento su Clay mentre lui correva da un'attività all'altra. Olive non era al minimarket, alla lavanderia a gettoni, dall'estetista o nella boutique. Girò l'angolo e vide un piccolo parco.

Capì d'istinto che, se Olive era ancora nei paraggi, l'avrebbe trovata lì. La sua bambina era una strega della terra, proprio come il padre. Se aveva sentito il bisogno di allontanarsi dalle audizioni o dalla madre, l'unico luogo che l'avrebbe aiutata a sentirsi meglio era il parco. Clay schivò due auto mentre attraversava di corsa la strada e oltrepassava il cancello di ferro battuto. Sulla sinistra c'era un piccolo giardino di bonsai e sulla destra c'erano delle rose. Clay scelse di dirigersi verso i bonsai.

Olive era affascinata da quei piccoli alberi sin da quando sua nonna gliene aveva regalato uno per Natale, l'anno prima.

Più Clay si inoltrava nel parco, più era sicuro che Olive fosse lì. Era come se percepisse la sua presenza.

"Olive!" chiamò. Nessuna risposta. Si inoltrò ancora di più nel parco e fece un nuovo tentativo. Ancora niente. Rimase sul sentiero e, quando raggiunse un ponte pedonale che oltrepassava un piccolo corso d'acqua, si fermò. "Olive?" chiamò di nuovo, ma questa volta alzò a malapena la voce.

Un piagnucolio giunse da qualche parte sotto il ponte.

"Olive!" Clay saltò sulla riva fangosa e, come aveva immaginato, ecco lì sua figlia, vestita con un abito rosa pallido, nascosta sotto il ponte, le guance sporche di lacrime e di fango. Clay si allungò e la sollevò da terra, stringendola forte a sé. Era sporca di fango sul vestito, sulle braccia e le gambe, ma a lui non importava. L'aveva trovata sana e salva. Nient'altro aveva importanza.

"Papi," singhiozzò Olive contro la sua spalla.

Clay le premette una mano sulla nuca e le accarezzò i riccioli selvaggi. "Sono qui, tesoro. Andrà tutto bene."

"Non mi obbligare a tornare indietro. Per favore, papi. Non voglio fare la pubblicità."

"Non devi farlo, Olive. Te lo prometto. Basta recitare," mormorò Clay, sperando che ci fosse qualcosa che lui potesse fare per fermare Valerie e la sua folle esistenza che sua figlia sarebbe diventata un'attrice.

"Voglio andare a casa."

"Lo so, tesoro. Lo so." Continuando a tenere Olive fra le braccia, Clay si arrampicò di nuovo sul sentiero e raggiunse una panchina di metallo. Una volta sedutosi con Olive in grembo, tirò fuori il telefono e mandò un messaggio a Val per informarla che la bimba era al sicuro e con lui. Lei rispose subito, chiedendo dove fossero. Clay la ignorò. Un attimo dopo, Valerie scrisse qualcosa riguardo al fatto che l'audizione si poteva ancora fare. Tutti i muscoli del corpo di Clay bramavano di lanciare il telefono nel torrente, ma invece lui se lo ficcò in tasca e rivolse la propria attenzione a Olive. "Cos'è successo?" chiese gentilmente. "Perché sei scappata?"

Il labbro inferiore della bambina tremò mentre lei scuoteva la testa. "Non volevo fare l'audizione."

Clay le scostò un ricciolo dagli occhi e annuì. "Lo so. Ma è accaduto qualcosa in particolare?"

La bambina si strinse nelle spalle. "Ho detto alla mamma che volevo andare a casa e lei mi ha gridato contro, ha detto che dovevo farlo per lei."

"Mi dispiace, Olive. So che non hai scelto tu." Clay avrebbe voluto infuriarsi e dirne di ogni su Val, ma fece tutto il possibile per controllare la rabbia. Non voleva essere lui la causa del fallimento del loro rapporto. Val era pur sempre la madre di Olive e lo sarebbe rimasta. "Ma non puoi scappare così. È pericoloso. Ero molto preoccupato."

"Ho cercato di chiamarti, ma il telefono non funzionava." Olive tirò fuori il cellulare da una tasca nascosta del vestitino rosa e glielo porse.

Come previsto, la batteria era scarica. Il cellulare di Clay cominciò a vibrare e la vista del nome di Val gli strappò una smorfia. "Andiamo. Anche la tua mamma è preoccupata."

Olive nascose di nuovo la testa nella spalla di Clay, ma il suo corpo aveva smesso di tremare. Lui sperava che ciò significasse che anche le lacrime si erano arrestate.

Clay riportò Olive al palazzo di uffici e non si stupì alla vista dei lampeggianti blu quando svoltò l'angolo. Doveva rendere merito alla polizia: non avevano perso tempo. Aveva appena raggiunto la prima volante quando Valerie li vide e lanciò un grido di sollievo.

"Olive! Oddio, piccina, stai bene?" Val cercò di strappare Olive dalle braccia di Clay, ma Olive non fece che stringersi più forte a lui e scosse violentemente la testa.

"Non vengo con te. Ti odio. E odio quell'uomo!"

"Quale uomo?" Clay inarcò le sopracciglia mentre tutte le sue difese nei confronti di sua figlia scattavano sull'attenti.

"Quello lì." Olive indicò un uomo alto, molto abbronzato, coi capelli sale e pepe. Indossava un completo costoso e stava parlando con un poliziotto.

"Perché non ti piace?" chiese Clay.

"È il nuovo ragazzo della mamma e non gli piacciono i bambini."

"Ragazzo?" esclamò da dietro di loro una donna dalla voce acuta. "Ti sbagli di grosso. Quello è mio marito, il giudice Peter Mathis."

Clay riconobbe il nome dall'ordinanza che Val gli aveva portato la sera prima e chiamò subito Lorna.

# CAPITOLO 24

*A*bby giaceva nel suo letto a fissare il soffitto. Erano trascorsi esattamente nove giorni dall'ultima volta in cui aveva visto Clay. Era stupita da quanto lui le mancava. Non erano nemmeno usciti davvero, ma questo non le aveva impedito di innamorarsi di nuovo di lui. Sin da quando era tornata in paese, Clay era stato l'amico di cui lei aveva bisogno. Le aveva fatto palpitare il cuore, accelerare le pulsazioni, e quando lei non gli sveniva addosso, l'aveva tranquillizzata, facendola sentire di nuovo a suo agio con se stessa. A suo agio con Keating Hollow.

Lo aveva sentito qualche volta. Era a L.A. a risolvere la questione dell'affidamento con Valerie, e non aveva intenzione di tornare fino a quando non avrebbe potuto portare con sé la figlia. Abby era orgogliosa di lui e avrebbe voluto potergli stargli accanto per dargli sostegno, anche se sapeva che quello non era il suo posto. Per quanto poco avesse visto Valerie, le era bastato per una vita intera.

I suoi piedi nudi toccarono il pavimento di legno e lei si recò allo specchio che aveva di fronte al cassettone. Proprio come aveva fatto per l'ultima settimana, recitò: "Sono grata perché Charlotte ha fatto amicizia con me il primo giorno di asilo e perché, durante tutti gli anni in cui ci siamo conosciute, non abbiamo mai lasciato che nulla si frapponesse fra di noi. Sono grata perché Clay mi ha permesso di rientrare nella sua vita e perché, dopo tutti questi anni, lui è ancora la stessa persona di cui mi ero innamorata. Mi perdono per aver lasciato Keating Hollow e mi perdono per aver dato a Charlotte una pozione che sua madre mi aveva chiesto di non darle. Ciò che desidero per il futuro è sposare un uomo che mi ami per quello che sono e creare una famiglia."

Ciò che non disse fu che avrebbe voluto che quell'uomo fosse Clay. Le sembrava troppo presuntuoso. O forse aveva troppa paura di dirlo ad alta voce. Ma con il passare dei giorni, sentiva che il suo coraggio aumentava. Era sicura che prima o poi lo avrebbe detto. Purché lui tornasse a Keating Hollow. Persino la sua magia funzionava meglio. Non riusciva ancora a preparare la pozione per suo padre, ma due sere prima era riuscita a unirsi alle ragazze nel fiume. Questa volta, l'effetto idromassaggio aveva funzionato benissimo.

"Abby? Vuoi fare colazione? Sto preparando dei waffle," chiamò suo padre dalla stanza accanto.

"Sì!" Abby si vestì rapidamente, indossando jeans e una calda maglietta con le maniche lunghe, e barcollò fuori dalla sua stanza in cerca del caffè.

Suo padre aveva un contenitore pieno di pastella in mano e stava canticchiando la colonna sonora del film con John Wayne che aveva visto la sera prima. Abby levò gli occhi al cielo. "Questa sera guardiamo *Harry, ti presento Sally*. Basta western."

"No." Lin scosse la testa e versò la pastella nella piastra per waffle.

"Prova a fermarmi." Abby versò una tazza di caffè, aggiunse

una cucchiaiata di cacao e concluse il tutto con la panna montata.

"Non sarà difficile, se continui a intasarti le arterie con quella roba."

Abby sorrise e bevve un sorso di caffè. "Vedremo."

"Mi dispiace, bambina mia, ma tu hai altri impegni." Suo padre spinse verso di lei un foglio di carta. Su esso c'era scritto *Cozy Cave, sette in punto*.

"Chi è che devo incontrare al Cozy Cave?" chiese lei, un sopracciglio inarcato.

"È una sorpresa." Suo padre le mise di fronte un waffle e le passò del vero sciroppo d'acero.

"Papà." Abby trascinò la parola. "Dimmelo e basta. È Yvette? Faith? Noel? Tutte e tre?"

Suo padre scosse la testa. "No. Adesso mangia. Mi sembri un po' smagrita."

"Bel tentativo." Abby fece una smorfia per fargli capire che non c'era cascata minimamente. "Sei tu? Perché non mi dispiacerebbe."

Le labbra di Lin ebbero un guizzo. "Sono lusingato, ma no. Clair e io abbiamo altri piani."

Abby lanciò un'occhiata al calendario. "Ma è solo mercoledì. Che fine hanno fatto la cena del venerdì sera e il brunch della domenica mattina?"

Suo padre si strinse nelle spalle. "Lei ha deciso che vuole trascorrere più tempo con me. E siccome non ho niente da fare, chi sono per dirle di no?"

Abby si rabbuiò. Sapeva che Clair voleva dire che voleva trascorrere più tempo con lui finché ce ne era, di tempo. Ed era una cosa buona, ma questo non significava che il promemoria del fatto che il tempo di suo padre fosse probabilmente limitato non fosse come una coltellata al cuore. Abby si schiarì la voce. "Dove andate, piccioncini?"

"Non al Cozy Cave." Lin ammiccò. "Non voglio rovinarti la festa."

Abby lo fissò, mentre la sua mente cominciava a fare voli pindarici. "Non sarà che Logan è tornato in paese? Perché se è così, io non–"

"Non Logan," disse accigliato suo padre. "Pensi che aiuterei un cretino pieno di sé come quello a uscire con mia figlia?" Lin rabbrividì visibilmente. "No, Abby. Anzi, se lui dovesse rimettere piede a Keating Hollow, lo farò cacciare da Andrew Baker. Per farti capire quanto non mi piace quello stronzo arrogante."

Abby scoppiò a ridere. "D'accordo. Non è Logan. Beh, questo è un sollievo." Rimaneva una sola persona: Clay. Ma Abby non insistette. Preferiva trascorrere la giornata sognando che Clay fosse già tornato in città e avesse voluto sorprenderla con un appuntamento. Se si fosse sbagliata, era sicura che sarebbe stata comunque felicissima di chiunque si fosse seduto dall'altra parte del tavolo. Ma se aveva ragione, beh... non le veniva in mente un modo migliore per trascorrere la giornata che pregustare di rivederlo.

ABBY SI ERA SBAGLIATA. Non era riuscita a concentrarsi su qualcosa che non fosse la cena. A peggiorare la situazione, aveva trascorso la maggior parte del tempo a chiedersi ossessivamente che cosa indossare. Se ad aspettarla ci fosse stata Hanna o Wanda, lei avrebbe fatto una figura barbina a presentarsi con un vestitino da cocktail. Ma se si trattava di Clay, voleva vestirsi bene e mettere in mostra un po' le sue curve. Alla fine, aveva scelto un top lungo di pizzo nero, leggings e stivali al ginocchio. Era una mise elegante, ma non troppo, ed era abbastanza aderente alla vita da non dare l'impressione che lei indossasse un sacco di patate di pizzo. Diede un ultimo ritocco al rossetto, prese la borsa e salutò suo padre e Clair, che se ne stavano accoccolati sul divano a guardare *Harry, ti presento Sally*.

"Divertiti," disse Clair, sorridendo. "E grazie per averci prestato il film. Non ne potevo più di John Wayne. Cominciavo a pensare che avrei dovuto indossare il cinturone per attirare l'attenzione di tuo padre."

"Potrebbe funzionare comunque," disse Abby. "Aggiungi un paio di stivali da cowboy e un cappello e la serata promette benissimo."

Lin si voltò a guardare Clair e agitò le sopracciglia con fare allusivo. "Staresti piuttosto bene con cappello, stivali e cinturone. Più tardi proviamo."

Abby gemette e si coprì le orecchie. "Non vi sento. La, la, la, la." Un'esplosione di risate giunse dal divano ed Abby non riuscì a trattenersi dal partecipare. "Cercate di non esagerare di fronte a noi bambine, d'accordo?"

"Sei stata tu a cominciare," disse Lin, proprio mentre, alla televisione, Meg Ryan cominciava a dimostrare come simulare un orgasmo.

"D'accordo, per me basta così." Abby corse fuori dalla porta.

Ma prima che potesse chiuderla, sentì suo padre che diceva: "E io sarei quello inopportuno? È stata lei a suggerire di guardare questo film insieme."

Abby fece una smorfia. Era stato davvero lei a suggerirlo. Oh. Per fortuna, i piani erano cambiati. Salì a bordo del suo SUV, lieta che esso fosse stato finalmente riparato dopo il tamponamento del giorno del suo arrivo in città.

Meno di dieci minuti più tardi, Abby entrò in un parcheggio a breve distanza dal Cozy Cave. Il suo nervosismo divenne palese quando scese barcollando dal SUV e per poco non atterrò di faccia sul cemento, ma riuscì a ritrovare l'equilibrio prima di cadere.

"Che agilità," disse Shannon, a qualche metro di distanza.

Abby sollevò di scatto la testa ed ebbe un tuffo al cuore. Niente Clay. "Ciao, Shannon." Si costrinse a sorridere. "Ti trovo bene. Non dovevi sforzarti tanto per me."

Shannon si accigliò. "Non l'ho fatto."

"Oh, d'accordo. Volevo solo dire che quel vestito è incredibile. E quello spacco. Non credo che sarei tanto coraggiosa da indossare un vestito aperto fino all'anca."

"Questa sera ho voluto strafare." Shannon le ammiccò con fare complice. "Sono finalmente riuscita a convincere Andrew Baker a uscire con me. Spero che il signor vicesceriffo mi faccia vedere quello che nasconde sotto il cinturone."

"Hai un appuntamento con Andrew Baker?" chiese Abby, confusa.

"Sì, perché?" Shannon salutò qualcuno dietro le spalle di Abby.

"Pensavo solo–" Abby si guardò alle spalle per vedere chi stesse salutando Shannon e vide Clay. L'uomo indossava jeans scuri, stivali neri e una camicia azzurro acciaio. Lentamente, un sorriso si allargò sul suo volto quando il suo sguardo incrociò quello di Abby.

"Cosa pensavi, Abby?" chiese Shannon.

"Eh?" Abby si voltò e posò lo sguardo sulla sua nuova amica. "Oh. Ehm, ecco, pensavo che tu fossi venuta qui per me. Ma credo di aver capito chi sia stato a chiedermi di uscire."

Clay arrivò e posò una mano in fondo alla schiena di Abby. "Ce l'hai fatta. Bene."

Un brivido la attraversò mentre fissava il bel viso dell'uomo. "E tu ce l'hai fatta a tornare in paese."

"Sono arrivato ieri sera, sul tardi." Clay rivolse un cenno del capo a Shannon. "Come va?"

"Bene, ma credo che la temperatura si sia appena alzata di cinque o sei gradi, per cui vado dentro ad aspettare il mio uomo. Voi due ricordate di trovarvi una stanza privata prima di cominciare a strapparvi i vestiti, d'accordo?"

"Shannon!" disse Abby.

Clay si limitò a ridere. "Lo terrò presente."

Abby gli diede una manata leggera al petto. "Non incoraggiarla."

"Perché no? Quello che dice ha senso."

I tacchi di Shannon ticchettarono sul marciapiedi e lei rise mentre svaniva entrando nel ristorante.

Abby sorrise a Clay. "Allora, perché la sorpresa? Perché non mi hai semplicemente detto che eri tornato in paese?"

Clay le passò un braccio attorno alla vita e cominciò a condurla verso l'ingresso del ristorante. "Forse volevo fare qualcosa di speciale per te, dopo averti dovuto dare buca."

"Sai che non sono arrabbiata, vero? Per nulla. Hai fatto quello che dovevi."

"Sì, lo so. Ma volevo comunque farmi perdonare." Clay si chinò, la baciò sulla tempia e le aprì la porta.

All'accoglienza, Clay disse: "Buonasera. Ho prenotato per–"

"Garrison." L'addetta gli sorrise, quindi liquidò Abby con un'occhiata prima di rivolgere l'attenzione di nuovo a Clay. "Il suo solito tavolo l'aspetta."

"Grazie," disse Clay.

L'addetta li condusse al tavolo, ma continuò a guardare Clay e a sorridergli. Una volta che furono seduti, Abby era sicura che la donna si fosse già completamente dimenticata della sua presenza. Non le diede nemmeno il menu.

"Ehm, va bene." Abby prese la carta dei vini e sorrise alla vista della sua etichetta preferita.

"Tieni." Clay le diede il menu. "Non so cosa sia successo, ma—"

"Dai, Clay," disse ridendo Abby. "Sai benissimo cos'è successo. La signorina muore dalla voglia di portarti a casa sua. In questo momento, sta pianificando la mia dipartita, così da averti tutto per sé."

"Davvero?" Clay lanciò un'occhiata alla donna, quindi tornò a guardare Abby e scosse la testa. "Dovrà impegnarsi molto di più, perché l'unica con cui voglio andare a casa sei tu."

Abby si leccò le labbra, dimenticandosi completamente del menu. Chi aveva bisogno di cibo quando aveva davanti a sé l'uomo dei sogni che si offriva completamente?

Ma prima che Abby potesse fare commenti, Clay fece una smorfia. "Scusa. Non avrei dovuto dirlo."

"Va tutto bene." Abby allungò una mano e coprì la mano di Clay con la propria. "Non mi dispiace."

Clay allontanò la mano e le rivolse un'occhiata di scuse. "Il fatto, Abs, è che io non voglio davvero altro che ricominciare dove ci siamo interrotti, dieci anni fa. Ma le cose sono cambiate e io non posso tornare indietro come se niente fosse senza pensare a Olive."

Il peso schiacciante della delusione si posò su Abby, ma lei si costrinse a fare un sorriso rassicurante. "Certo che no. Olive è la cosa più importante per te. Lo capisco. Ma questo significa che non hai spazio per una relazione?"

"No, non è così." Clay si dondolò sulla sedia mentre la cameriera arrivava e prendeva l'ordine delle bevande. Una volta che la cameriera si fu allontanata, Clay disse: "Ma significa che, ora come ora, devo andarci piano. La settimana scorsa – tutto quello che è successo con la madre di Olive – è tanto, Abs. Olive ha bisogno di tempo per abituarsi e io non voglio imporle altro. Soprattutto senza nemmeno sapere quanto ti fermerai in paese."

"Capisco." Abby annuì lentamente mentre ripensava ai giorni difficili della sua gioventù, dopo che sua madre se n'era andata. Era stato più o meno allora che la signora Pelsh si era fatta avanti ed era diventata la sua ancora di salvezza. Abby sarebbe stata felicissima di ricoprire un ruolo simile per Olive, ma sapeva che sarebbe stata probabilmente la madre di Clay a farlo. "Non voglio creare alcun problema."

"Non è questo che volevo dire. È solo che ho molte cose da dirti riguardo a quello che è successo a L.A. Possiamo cominciare da lì?"

"Certo."

La cameriera arrivò ed Abby non era mai stata così felice di vedere un calice di vino in vita sua. Ordinarono entrambi degli antipasti al granchio e il piatto speciale con trota.

Una volta che furono di nuovo soli, Abby prese il bicchiere e disse: "Forza. Ti ascolto."

Clay trasse un respiro profondo e si tuffò nell'assurdità che aveva vissuto a L.A. Dopo che Olive era stata trovata nel parco, tutto era emerso. Era vero che Val aveva una relazione con il giudice che aveva emesso l'ordinanza di affidamento temporaneo. Quando la moglie del giudice lo aveva scoperto, aveva fatto un baccano tale da spingere il giudice a revocare l'ordinanza e, subito dopo, rassegnare le dimissioni. La moglie del giudice era sul piede di guerra e Clay quasi si dispiaceva per lui. Quasi, ma non del tutto. Non dopo che questi aveva deciso di sottrargli sua figlia.

Un altro giudice aveva assegnato a Clay l'affidamento

completo e a Val erano permesse esclusivamente visite supervisionate. E parte dell'accordo prevedeva che Olive non sarebbe mai stata costretta a tornare a L.A. o a partecipare alle audizioni di Valerie, a meno che non fosse una sua idea. Inoltre, Clay avrebbe dovuto dare il suo consenso scritto a qualunque audizione. Era improbabile che Olive avrebbe calcato nuovamente le scene di Hollywood. Non le piaceva per nulla farlo.

"Insomma, Olive ha dovuto testimoniare in tribunale e denunciare pubblicamente il comportamento di sua madre," disse Clay. "Non so che effetto avrà su di lei. Non voglio aggiungere novità al tutto fino a quando lei non avrà i piedi ben saldi."

"Non preoccuparti, Clay," disse Abby. "Sono dalla tua parte. Non devi spiegarmi nient'altro. Godiamoci la cena, d'accordo?"

Clay prese fiato e annuì. "Va bene. Grazie." Quindi prese il bicchiere e lo sollevò in un brindisi. "Alle vecchie amicizie?"

Abby inghiottì la delusione e ripeté: "Alle vecchie amicizie."

La conversazione durante la cena fu piuttosto tesa e il resto della serata fu leggermente imbarazzante dopo che Clay ebbe messo in chiaro che non si sarebbero frequentati seriamente. Abby detestava come sembrasse loro impossibile ritrovare la strada dell'amicizia rilassata che avevano creato, ma non sapeva cosa farci, soprattutto mentre erano fuori a cena.

Alla fine, dopo che i loro piatti furono sparecchiati, Abby pose la domanda che moriva dalla voglia di fare sin da quando Clay le aveva detto di essere costretto a tirare il freno nella loro relazione nascente. "Dimmi solo una cosa."

"Che cosa?" chiese Clay mentre firmava la ricevuta della carta di credito.

"Perché l'appuntamento a sorpresa? Capisco che tu debba

concentrarti su Olive e sono assolutamente d'accordo, ma perché prenderti la briga di farmi una sorpresa?"

Clay si accigliò, l'espressione di scusa. "Mi dispiace. È stato solo oggi pomeriggio che ho deciso di dover tirare il freno. Olive aveva avuto una giornata dura e io mi sono reso conto che non ce la faccio. Non ancora. Magari, se tu deciderai di restare ed entrambi saremo d'accordo, potremmo riprovarci più tardi. Ma ora..." Clay si strinse nelle spalle. "Non so cosa dire. So solo che devo concentrarmi su Olive."

Abby tacque per un lungo istante. Quindi si alzò e si chinò a dargli un bacio sulla guancia. "Sei un padre fantastico, Clay. Sono orgogliosa di te. Grazie per la cena."

"Abby." Clay le afferrò la mano, impedendole di allontanarsi.

"Sì?"

L'uomo le baciò dolcemente il dorso della mano e disse: "Per favore, pensa di restare a Keating Hollow."

Abby intrecciò le dita alle sue e gli sorrise. "Non ho detto nulla mentre parlavi, perché non volevo che sembrasse che io fossi contraria alla tua decisione di concentrarti su tua figlia. Ma questa è una cosa di cui non è necessario che ti preoccupi, Clay. Ho già detto alla mia coinquilina che non tornerò a New Orleans. Sono tornata. Sono a casa, al mio posto."

Gli occhi scuri di Clay scrutarono nei suoi, come se stesse cercando di decidere se aveva sentito bene. Poi, l'uomo si alzò bruscamente e la prese fra le braccia. Le sue labbra coprirono quelle di Abby e la baciò così intensamente che, quando la lasciò andare, le formicolavano le labbra e aveva perso il fiato.

Nelle vicinanze, alcuni commensali gridarono ed esultarono in segno di approvazione.

Abby avvampò, ma questo non le impedì di sporgersi per dare a Clay a sua volta un bacio. Il suo fu dolce e delicato e colmo di tutta l'emozione che si era portata dentro nell'ultimo mese. Clay rispose, riversando altrettanto sentimento in quel bacio. E quando, alla fine, si separarono, Abby tremava. Premette una mano contro il cuore di Clay. "Forse, un giorno, saremo pronti entrambi. Fino ad allora, prenditi cura di te, Clay. E della tua bambina."

Con le lacrime che minacciavano di sopraffarla, Abby uscì dal ristorante e corse al SUV, cercando di tenersi stretti gli ultimi brandelli di dignità.

# CAPITOLO 25

$\mathcal{C}$i volle un'intera settimana prima che Abby si convincesse a tornare al birrificio per prendere il necessario alla preparazione del sapone. Finalmente, era di nuovo a suo agio a lavorare nel capanno a casa di suo padre ed era ora di trasferire tutto e permettere a Clay di riavere il suo capanno.

La magia di Abby migliorava tutti i giorni, ma non era ancora al massimo. Il fatto che non fosse ancora in grado di preparare la pozione di cui suo padre aveva bisogno per sfuggire alla nausea la infastidiva immensamente, ma era finalmente arrivata ad accettare che non poteva affrettare le cose. Un giorno, la sua magia sarebbe tornata a piena forza... oppure no. Ciò che aveva ormai imparato era che il suo valore non dipendeva dalle pozioni che poteva preparare per gli altri. Certo, lei voleva essere d'aiuto, ma poteva farlo anche in altri modi.

Dato che la sua magia era ancora difettosa, si era messa alla ricerca di quelle streghe, sulla costa est, che potevano conoscere una formula in grado di aiutare suo padre. Da un giorno all'altro, aveva ricevuto circa mezza dozzina di pacchi e due si erano rivelati promettenti. Quelle pozioni non eliminavano del tutto i sintomi di suo padre, ma dopo l'ultima seduta di chemioterapia, la nausea era durata solo dodici ore invece che trentasei. Era un progresso e a lei andava benissimo.

Abby prese l'unico posto libero nel parcheggio del birrificio, quello accanto alla Jeep di Clay. "Perfetto."

Saltò giù dalla macchina e si preparò a rivederlo di nuovo. Dopo il bacio al ristorante, Abby sapeva esattamente cosa si stava perdendo a non stare con Clay ed era davvero difficile mantenere le distanze. Ancora più difficile, immaginò, sarebbe stato vederlo e non poter stare con lui. Era per quello che si era tenuta lontana dal pub. Non aveva bisogno di rendere le cose difficili a entrambi quando, finalmente, era di nuovo a suo agio a lavorare nella vecchia bottega.

Ma non poteva restare lontana per sempre dall'azienda di famiglia e aveva bisogno delle sue cose se voleva continuare la sua attività. Il pub era pieno ed Abby rimase al tempo stesso delusa e sollevata quando non vide Clay dietro al bancone. *Probabilmente, è meglio così*, si disse, correndo al capanno.

La porta era leggermente socchiusa e lei udì una voce giovane provenire dall'interno. Infilò la testa dentro. "Salve?"

"Salve," disse Olive, dal suo posto in cima a una piccola pedana al piano di lavoro. Indossava dei jeans e un maglione e aveva uno dei grembiuli di Abby legati alla vita.

Il cuore di Abby si sciolse di fronte a quella visione così carina. "A cosa stai lavorando?"

Olive indicò la scatola in un angolo. "La mia coniglietta non si sente bene. Papà ha detto che potevo usare il capanno per prepararle una pozione energetica."

"Una pozione energetica, eh? Sei già capace di farle?" chiese Abby, accovacciandosi per osservare il coniglio bianchissimo.

L'animale rimase perfettamente immobile nella sua scatoletta mentre lei gli accarezzava la testa.

"Certo. Me l'ha insegnato il mio papà." Olive le mostrò un mazzetto di erbe. "Devo solo tritare queste erbe e aggiungere dell'acqua calda."

Abby si alzò e sbirciò oltre la spalla della bambina. Era una semplice pozione energetica. Più che altro una sorta di integratore per la coniglietta. Ma dato che Olive era una strega della terra, senza dubbio la sua magia avrebbe potenziato la pozione, facendo sì che la coniglietta tornasse in grado di saltellare in breve tempo. "Come mai la tua coniglietta è così giù?"

Olive sorrise. "Ha appena avuto i piccoli ed è un po' stanca."

"Quanti?"

"Otto."

"Accidenti," disse Abby. "Non c'è da stupirsi che sia stanca. Scommetto che la tengono occupata."

Olive annuì. "Mangiano seeeempre."

"Ti serve una mano?"

La bambina lanciò un'occhiata alla porta. "Papà avrebbe dovuto aiutarmi a farla sobbollire, ma ci sta mettendo un sacco. Credi di poterlo fare tu?"

"Certo." Abby prese una delle sue pentole di rame e si mise a riempirla di acqua. Entro breve, la mise sul fornello, l'acqua che gorgogliava. "D'accordo, adesso possiamo aggiungere gli ingredienti."

Olive grattò con attenzione la mistura di erbe fuori dal mortaio mentre Abby usava un cucchiaio di legno per mescolare.

"Fammi sapere quando sei pronta a prendere il mio posto," disse Abby.

"Va bene così," disse Olive, andando al lavandino per pulire il mortaio e il pestello.

*Qualcuno ha addestrato bene questa piccola strega,* pensò Abby. Olive era attenta e precisa. Meglio addestrata di quanto lo era stata lei a otto anni, quello era certo. Abby abbassò lo sguardo sulla mistura e disse: "Olive, credo che sia pronta per la tua magia."

Olive avvicinò la pedana, vi si arrampicò e sbirciò nella pentola. "Ci vuole ancora un minuto."

"Davvero?" Abby diede un'altra mescolata alla mistura e annuì. Non era ancora densa a sufficienza. "Incredibile."

Olive sorrise radiosa e si sostituì a lei nel mescolare la pozione. Abby rimase alle sue spalle, lasciando che fosse la bambina a fare il lavoro, ma tenendola d'occhio. Il fornello era a gas, e quando si infondeva la magia nelle erbe, poteva succedere di tutto. Anche se, a giudicare dal suo evidente livello di abilità, Olive non aveva bisogno di aiuto. Ma aveva comunque otto anni e aveva detto che si supponeva che suo padre la aiutasse con il fornello.

"Adesso," disse Olive. Serrò le palpebre e disse: "Magia del mio cuore, infondi le erbe e trasmetti al mio coniglio tutto il mio amore."

Abby ridacchiò per quel dolce incantamento, ma non appena la magia si riversò dalle mani di Olive, la sua risata svanì. La magia era fuori controllo e, invece di infondere le erbe, cominciò a fuoriuscire dalla pentola e si diresse subito verso il fuoco. Se la magia di Olive si fosse mescolata al fuoco, avrebbe potuto scatenarsi l'inferno. D'istinto, Abby avvolse le mani attorno a quelle di Olive e sfruttò la sua magia per aiutare la bambina a dirigere il potere dentro le erbe. All'improvviso, la gioia la travolse ed Abby provò qualcosa che non provava da anni: pura felicità derivata dalla magia. La felicità di Olive mentre si connetteva con la terra colmò tutti i vuoti nel cuore di Abby e, per una volta, lei si sentì perfettamente completa.

La magia di Olive cambiò immediatamente direzione e infuse le erbe, facendo assumere alla pozione un colore verde brillante.

"Funziona!" esclamò Olive. "Sì! L'avevo detto a papà che ce l'avrei fatta, questa volta."

Abby continuò a mescolare la pozione mentre Olive prendeva un vasetto di vetro dove mettere la bevanda energetica per il coniglio. Quando Olive tornò, Abby la aiutò a versare quanto possibile della pozione nel vasetto. Quindi, Abby mosse la mano sopra la piccola quantità rimasta nella pentola. Il calore svanì dalla pentola e dal liquido ed Abby prese un contagocce. "Sei pronta a fare una prova?"

Olive annuì. Il suo entusiasmo era contagioso.

"D'accordo." Abby riempì il contagocce e lo porse a Olive.

"Forza. Vediamo come reagisce."

Olive si sedette sul pavimento, prese la coniglietta e somministrò delicatamente la pozione alla neomamma. Nel giro di pochi istanti, le orecchie del coniglio cominciarono a guizzare e l'animale cominciò a divincolarsi per sfuggire alla presa di Olive. La bambina la mise sul pavimento e batté le mani in preda alla gioia mentre il suo animale domestico cominciava a esplorare il capanno.

"Oh, che bello," disse Abby mentre afferrava la coniglietta e lo restituiva a Olive. "Ma non possiamo lasciarla libera qui. È troppo pericoloso. È meglio tenerla nella sua scatola fino a quando non tornerai a casa."

"Giusto." Olive ripose con cura la coniglietta nella sua scatoletta, quindi la raccolse e si incamminò verso la porta. "Papà! Hai visto? Ha funzionato. Ce l'ho fatta!"

Clay tese le braccia a sua figlia e la strinse in un grande

abbraccio. "Ho visto. Davvero notevole. Ma avresti dovuto aspettare che io tornassi."

"Mi ha aiutato Abby." La bambina si divincolò dall'abbraccio paterno, gli porse la coniglietta e corse da Abby, schiacciandola in un abbraccio. "Grazie, Abby. Grazie tante."

Abby circondò la bambina con le braccia e le diede un forte abbraccio. "Figurati, Olive. È stato un vero onore aiutarti."

Olive rivolse a Abby un altro sorriso gigante e la lasciò andare. Corse di nuovo dal padre, prese la coniglietta e, mentre correva fuori dalla porta, esclamò: "Ci vediamo a casa, papà!"

"Come farà ad andare a casa?" chiese Abby.

"Mia madre la sta aspettando di fuori."

Abby ridacchiò. "Ti tiene davvero occupato."

Clay entrò nel capanno e si chiuse la porta alle spalle. "Credo che sia stata tu quella con le mani occupate. Ho visto quello che hai fatto. Hai evitato che Olive desse fuoco al capanno. Mi dispiace. Non riesce ancora a controllarsi molto bene. Avrebbe dovuto aspettarmi, in modo che potessimo farlo insieme."

"Va tutto bene, Clay." Abby gli rivolse un sorriso che le sembrava grande quanto quello che le aveva appena rivolto Olive. "Tua figlia è... speciale."

Clay ridacchiò. "Diciamo piuttosto turbolenta."

"Anche. Ma parlavo della sua magia. Te ne sarei accorto anche tu. È potente. Un giorno, sarà una forza della natura."

Clay si fece serio. "Hai ragione. Cerco di tenerla sotto controllo il più possibile. Come ho detto, avrebbe dovuto–"

Abby sollevò la mano. "No. Mi ha chiesto di aiutarla e sono stata felice di farlo. Non avrebbe fatto nulla senza qualcuno che l'aiutasse con il fornello, per cui, se è questo di cui ti preoccupi, lascia perdere. È stata attenta, anche se stai ancora imparando."

"D'accordo." Clay esalò il fiato. "Sono solo preoccupato."

"Come tutti i buoni padri."

Abby si voltò nuovamente verso il banco e finì di pulire la pentola che avevano usato.

"Abby?"

Lei si guardò alle spalle. "Sì?"

"C'è qualcosa di diverso in te. Non saprei esattamente dire cosa, ma è come se... Non saprei. Come se–"

"Come se avessi ritrovato la mia magia," concluse lei per lui.

"Davvero? Quando?"

"Adesso." Abby si voltò a guardarlo. "So che sembra un po' assurdo, ma mentre aiutavo Olive, mi sono resa conto di cosa mancava quando lanciavo i miei incantesimi. E ora che l'ho sentito di nuovo, è qui dentro di me." Abby indicò il suo petto. "Sono certa che, la prossima volta che preparerò una pozione, andrà tutto bene."

Clay strinse gli occhi. "E cos'era che mancava?"

"La gioia. La pura, semplice gioia di connettermi con la terra. La tua dolce bambina ne è piena. Mi ha ricordato come ci si sente ad amare davvero quello che fai. Non lo dimenticherò, questa volta."

Clay lanciò un'occhiata alla porta, come se la vedesse ancora lì. Quando si voltò nuovamente, raggiunse il piano di lavoro. "Dimostralo, allora."

"Mi stai sfidando, Garrison'"

"Sì." Poteva anche essere una sfida, ma non era un ordine. Abby sapeva quello che stava facendo Clay. Voleva che lei usasse la sua magia, che concretizzasse la sua sensazione in modo da non perderla. Era una tecnica che avevano imparato da bambini a scuola di magia. Clay prese una pentola di rame pulita e gliela porse. "Prepara quella pozione per tuo padre."

"Assolutamente." Abby badò a seguire alla lettera la sua

ricetta e, trenta minuti dopo, quando incantò le erbe, la magia scorse libera e potente dalle sue mani. Il suo cuore era colmo di amore e di gioia e lei aveva la sensazione che tutto fosse al posto giusto. La pozione assunse un colore dorato e brillante e prese il profumo rilassante della vaniglia.

"Che mi venga un colpo," disse Clay mentre lei versava la pozione in un vasetto per portarla a casa. "Avevi ragione. Ha funzionato."

"Grazie a Olive," disse lei, sorridendogli teneramente.

Clay si avvicinò di un passo le passò un braccio attorno alla vita. "Hai presente quello che ho detto la settimana scorsa, a cena?"

"Quale parte?"

"La parte in cui ho detto che Olive ha bisogno di tempo per abituarsi."

"Sì." Abby lo fissò, il cuore che batteva all'impazzata.

"Credo che si sia abituata. Ora che sa che rimarrà a casa per sempre, non solo se la cava, ma prospera. E quando vi ho viste insieme... Abby, devo dirti che per poco non mi è scoppiato il cuore."

Lei sollevò una mano e gli passò il pollice sul labbro inferiore.

Clay chiuse gli occhi per un istante. "Smettila di distrarmi. Sto cercando di dirti che non credo di poter vivere ancora per un momento senza di te al mio fianco. Senza di te al fianco di Olive."

"Lo so," disse lei, alzandosi in punta di piedi per baciarlo.

Clay la strinse a sé e la tenne stretta, tuffando il viso nel suo collo. "È un sì?"

"Non mi hai chiesto niente," disse ridendo Abby.

"Sto cercando di chiederti di diventare la mia ragazza. E

quando verrà il momento, sono piuttosto sicuro che ti metterò un anello al dito. Che ne pensi?"

Abby si staccò per fissarlo negli occhi. "Non dire cose che non pensi, Clay Garrison."

"L'ho mai fatto?" chiese lui, sfiorandole la guancia con il pollice.

Abby sentì il cuore martellare contro le costole, i muscoli ridursi in gelatina. Se Clay l'avesse lasciata andare, era sicura che sarebbe collassata sul pavimento in un mucchietto di carne e ossa. Ma quando parlò, la sua voce era forte e salda. "No. Ma quella è una promessa importante. Non puoi rimangiartela senza fare del male a tutti e due."

"Non ho intenzione di rimangiarmela. Ma non montarti la testa, Abs. Non te l'ho ancora chiesto."

"Non ancora," gli fece eco lei. "Ma somiglia parecchio a una promessa sottintesa. Sei sicuro di volerlo sul serio?"

"Assolutamente. Per tutta la settimana, non sono riuscito a pensare ad altro che a te e a quello stupido discorso che ho fatto al ristorante. Sai cosa avrei dovuto fare?"

"Che cosa?" chiese lei, rilassandosi fra le sue braccia.

"Avrei dovuto tenere chiusa la mia boccaccia e fidarmi di mia figlia. Sai cosa ha detto quella sera, quando sono tornato a casa?"

"Che cosa?" chiese Abby, fortemente curiosa.

"Ha chiesto quando saremmo usciti la prossima volta e se poteva venire anche lei."

Abby rise. "Sarai onorata di uscire con te e Olive."

Clay scosse la testa. "Tre sono tanti. Per quanto io voglia bene a mia figlia, lei non è invitata ai nostri appuntamenti. Non quando tutto quello che voglio fare è questo." Abbassò la testa e le sfiorò le labbra con le sue. Poi passò al collo e fece scivolare la mano fino al fianco di Abby, affondando le dita nella carne. Lei si sporse verso di lui, bramosa del suo tocco, ma Clay si staccò e aggiunse: "Possiamo avere giornate in famiglia. Picnic al parco. Biciclettate lungo il fiume. Giornate in spiaggia. Ma i nostri appuntamenti? Quelli sono tutti miei."

"Mi sembra assolutamente perfetto, Clay Garrison," disse Abby, fissando negli occhi profondi dell'uomo. "Quando possiamo cominciare?"

"Che ne dici di adesso?"

"Mi sta bene."

Clay sorrise, le afferrò le mani e la attirò fuori dal capanno. Mentre raggiungevano la sua Jeep, disse: "Speravo che avresti detto così."

Abby prese posto sul sedile del passeggero. Una volta che Clay si fu seduto al posto di guida, chiese: "Dove andiamo?"

Clay la guardò e le rivolse un sorriso malizioso. "Sunset Cove."

Abby avrebbe dovuto saperlo. Quello era il luogo del loro primo bacio, del loro primo litigio, della prima... beh, di tutte le loro prime volte. Era giusto che fosse il luogo della loro prima riunione. Gli rivolse a sua volta un sorriso malizioso e disse: "Sbrigati."

# CAPITOLO 26

## UN MESE DOPO

*N*ella cucina di suo padre, Abby guardò Olive e Daisy che giocavano a carte nel bel mezzo del salotto. Il cucciolo di golden retriever di Olive, Endora, era raggomitolato nel grembo della bambina. Clair era seduta sul divano a sfogliare il catalogo di un'agenzia di viaggi e Clay era vicino al fuoco, che chiacchierava con il padre di Abby. Le sue tre sorelle erano in un angolo, presumibilmente intente a progettare la festa di compleanno di papà, che si sarebbe tenuta nel fine settimana successivo.

Tutti erano contenti e pieni di energia, persino suo padre, che aveva avuto una seduta di chemioterapia il giorno prima. Abby era riuscita finalmente a perfezionare le sue pozioni, che stavano facendo miracoli per suo padre. Sin dal giorno in cui aveva lavorato con Olive alla pozione energetica per la coniglietta, Abby era riuscita a portare a termine qualunque progetto. La differenza, ora, era che lo faceva per amore, non per senso di colpa. E dopo aver parlato con la signora Pelsh, la dottoressa, Shannon e persino Clay, era Olive quella che doveva ringraziare per la sua trasformazione.

Certo, parlare con tutti gli altri l'aveva aiutata a imboccare la strada del recupero di ciò che aveva perso, ma inconsapevolmente, Olive aveva trovato l'anello mancante. Abby sarebbe stata grata per sempre alla bambina per averla aiutata a ritrovare la gioia della magia. E poi, Abby le voleva più bene di quanto avesse creduto possibile. Fra loro era nato un legame che lei non riusciva nemmeno a esprimere a parole. E tutte le volte che guardava la figlia di Clay, pensava che le sarebbe scoppiato il cuore.

"Ehi," disse Clay, circondandola con le braccia. "Cosa ci fai tutta sola in cucina?"

"Preparo la cioccolata calda." Abby si chinò all'indietro e gli diede un bacio sulla guancia. "Di cosa stavate parlando tu e mio padre?"

"Oh, dovevo solo chiedergli una cosa." Clay le passò delicatamente le mani sulle braccia.

"Che cosa?" Abby versò la cioccolata calda dal padellino in tre tazze.

"Me, te e l'ultimo dell'anno."

Abby si accigliò mentre raggiungeva i marshmallow alla cioccolata calda. "Cos'è, gli hai chiesto se potevo restare fuori dopo il coprifuoco?"

Clay rise. "Diciamo così."

Abby si guardò alle spalle e gli lanciò un'occhiata perplessa. "Cosa stai combinando, Garrison?"

Clay la baciò sul naso e disse: "Non so di cosa tu stia parlando."

"Papi!" chiamò Olive, seduta sul pavimento. "È ora?"

Tutti, nella stanza, smisero di parlare e si voltarono a fissare Abby e Clay.

Lei si irrigidì e mormorò: "Clay, cosa sta succedendo?"

250

Lui si chinò e mormorò in risposta: "Adesso lo scoprirai."
Quindi, annuì alla figlia. "Sì. Sei pronta?"

"Sì!" Olive diede il cagnolino a Daisy, si alzò di scatto e corse da loro. Afferrò la mano di Abby e la trascinò fuori dalla cucina e in salotto. Clay le seguì da vicino.

Le sorelle di Abby si misero a ridacchiare e si avvicinarono, allargandosi a ventaglio in modo da osservare meglio quello che stava per accadere.

"Mettiti qui," disse Olive, attirando Abby ancora più verso il centro della stanza. Quindi, la bambina fece un passo indietro e osservò Abby. Sorrise da un orecchio all'altro. "Perfetto."

Abby guardò Olive prendere il padre per mano e tutti i due si misero di fronte a lei. Si scambiarono un'occhiata e, a un cenno di Clay, presero ciascuno una delle mani di Abby.

"Olive, Clay, cosa—"

Come se avessero fatto un conto alla rovescia, i due posarono ciascuno un ginocchio a terra nello stesso istante e Olive tirò fuori una piccola scatoletta di velluto nero.

Abby sussultò e dovette sbattere rapidamente le palpebre mentre i suoi occhi si riempivano di lacrime.

"Ricordi quando ti ho detto che, al momento giusto, volevo metterti un anello al dito?" chiese Clay.

Abby annuì. "Sì."

"Beh, ero piuttosto sicuro di essere pronto a farlo quel giorno. Ma come ben sai, non si tratta solo di me. Faccio parte di un pacchetto."

Lo sguardo di Abby si posò su Olive e trattenersi fu impossibile: le lacrime si riversarono lungo le sue guance. Abby non poteva farci nulla. L'amore per le due persone che aveva davanti era troppo potente. "Sai che-che non desidero altro," riuscì a tirar fuori in un sussurro leggerissimo.

"Questo è bene, perché Olive vuole chiederti una cosa," disse Clay.

"Olive?" Abby riportò lo sguardo sulla figlia di Clay. "Di che si tratta, tesoro?"

Fu allora che si accorse che anche Olive aveva le lacrime agli occhi, ma la bambina aveva un enorme sorriso sul volto quando chiese: "Vuoi sposare il mio papà e diventare la mia vera mamma?"

Il petto di Abby si colmò di panico e lei guardò Clay, non sapendo come avrebbe dovuto rispondere alla domanda. Ma lui non le fu d'aiuto. Stava sorridendo come un idiota, proprio come sua figlia.

Abby, bisognosa di sentirsi vicina ai due, cadde sulle ginocchia e si concentrò su Olive quando disse: "Mi piacerebbe moltissimo sposare il tuo papà e diventare la tua matrigna. Non c'è nulla, al mondo, che io desideri di più. Davvero. Ma, tesoro, tu hai già una vera mamma. Non mi sognerei mai di prendere il suo posto."

Il sorriso di Olive crollò. "Non posso avere due mamme?"

"Ma certo. Sarebbe un onore, per me, diventare la tua seconda mamma. È solo che…" Abby guardò Clay in cerca di aiuto.

L'uomo accentuò la presa delle dita attorno alle sue e bisbigliò: "Te la stai cavando benissimo, Abs."

Lei annuì e riportò l'attenzione su Olive. "Hai capito, tesoro? La tua mamma sarà sempre la tua mamma. E io sarò-"

"La mia seconda mamma," concluse Olive per lei. "Proprio come la mia amica Ashley. Lei ha due mamme e due papà." La fronte di Olive si increspò per la preoccupazione. "Ma io non voglio due papà. Mi basta questo."

Tutti attorno a loro risero.

Abby ridacchiò. "Su questo hai ragione. Tuo padre è un bel grattacapo. Ma credo che ne valga la pena."

"È un sì, allora?" chiese Clay mentre apriva la scatoletta di velluto. Un diamante scintillante ammiccò a Abby.

"Sì, sì, sì, sì!" disse Abby, liberando le mani da quelle dei due per stringerli entrambi in un abbraccio gigantesco. Mentre Clay, Abby e Olive si abbracciavano, un grido di esultanza si levò nella stanza.

"È ora di stappare lo champagne!" esclamò Yvette.

"Vado a prendere i bicchieri," sentì dire Abby a Faith.

"Prendo la torta," aggiunse Noel.

Olive si divincolò dall'abbraccio e corse verso la cucina. "Ti aiuto io! La torta è di fuori, nel secondo frigo."

Noel tese la mano a Olive e disse: "Fai strada, piccola Garrison. Andiamo alla ricerca della torta."

Clay lasciò andare Abby e tirò fuori l'anello dalla scatoletta. La guardò e sorrise mentre le infilava l'anello al dito. "Sei libera all'ultimo dell'anno?"

"A quanto pare, sì." Abby gli lanciò un'occhiata. "Da quanto stavate progettando questa cosa?"

Il sorriso di Clay svanì e lui si fece serio mentre diceva: "Non posso parlare per Olive, ma io lo progettavo da quando avevo tredici anni."

Il cuore di Abby si sciolse in una pozzanghera sul pavimento in mezzo a loro. "Avevo dodici anni."

"Abby," disse lui mentre si chinava e baciava l'anello che ora Abby portava al dito. "Siamo sempre stati diretti verso questo momento. Non importava dove fossimo o con chi fossimo, saremmo sempre finiti qui. È giusto in una maniera in cui nessun'altra relazione è mai stata o potrebbe mai essere. E so che le nostre strade hanno fatto qualche curva–"

"Diciamo pure che hanno fatto inversione a U," disse sorridendo Abby.

Le labbra di Clay ebbero un guizzo di divertimento. "Sì, ci sta. Ma senza quelle svolte, non avremmo Olive né la saggezza per capire quanto è speciale questa relazione. So che ci ho messo circa un decennio di troppo per arrivare fino a questo punto, ma non tornerei indietro per niente al mondo."

L'amore esplose dentro di lei e questa volta, il suo abbraccio fu solo per Clay. Lui la circondò con le braccia e rimasero così, ancora in ginocchio sul pavimento del salotto, fino a quando Olive non arrivò con due fette di torta di fidanzamento fra le mani.

"Ecco," disse, allungando i piatti verso di loro. "Zia Yvette dice che dovete mangiare, perché questa notte dovrete essere in forze. Cosa succede questa notte?"

Clay emise una risata strozzata, mentre Abby fulminò con lo sguardo Yvette, che stava ridacchiando fra sé mentre tagliava la torta.

"C'è una gara di auto da golf," disse Abby. "Finalmente, Wanda e io vedremo chi ha quella più veloce."

"Oooh!" Olive strinse le mani con gioia pura. "Posso venire anch'io?"

"Certo. Puoi farmi da secondo." Abby ammiccò a Clay, che si limitò a scuotere la testa. Non capiva l'attrattiva dell'auto da golf che le aveva comprato e truccato con luci lampeggianti al LED e un sistema audio surround. Ma andava bene così. Non era necessario che capisse. Olive la adorava e lo stesso valeva per Abby.

"Sì!" Olive esultò sollevando il pugnetto e corse in cucina a prendere la sua fetta di torta.

Clay mise i piatti sul tavolino da caffè e tese la mano per aiutare Abby a rialzarsi. Quando ebbe di nuovo le braccia attorno a lei, bisbigliò: "Non affaticarti troppo. Yvette ha ragione. Avrai bisogno di essere in forze."

Un piccolo brivido di pregustazione l'attraversò. Abby infilò le dita fra i folti capelli Clay e, con voce roca, disse: "Non fare promesse che non puoi mantenere, Garrison."

Gli occhi di Clay brillavano di birbanteria mentre chiedeva: "Capita mai?"

"No," mormorò lei, per poi aggiungere: "Ora baciami."

Clay premette le labbra contro le sue e, finalmente, Abby fu a casa.

# L'AUTRICE

Autrice di bestseller per il *New York Times* e *USA Today*, Deanna Chase è una californiana di nascita, trapiantata nel più tranquillo stile di vita della Louisiana del sudest. Quando non scrive, se la spassa con suo marito a New Orleans o gioca con i suoi due shih tzu. Per ulteriori informazioni e aggiornamenti sulle ultime uscite, visitate il suo sito: deannachase.com

# NOTE

## CAPITOLO 1

1. Letteralmente "Un cucchiaio pieno di magia" (ndt)
2. Letteralmente "Grotta accogliente" (ndt).
3. Letteralmente "Birrificio Townsend di Keating Hollow" (ndt).

## CAPITOLO 11

1. Letteralmente "Il libro e la pietra" (ndt).

## CAPITOLO 13

1. Letteralmente "Erbe Incantevoli" (ndt).

## CAPITOLO 19

1. Letteralmente "Stregata" (ndt).